故事会

2023·148

合订本

上海故事会文化传媒有限公司
上 海 文 化 出 版 社

图书在版编目（CIP）数据

2023年《故事会》合订本. 148期 / 《故事会》编辑部编. -- 上海 : 上海文化出版社, 2023.5
ISBN 978-7-5535-2734-5

Ⅰ. ①2… Ⅱ. ①故… Ⅲ. ①故事-作品集-中国-当代 Ⅳ. ①I247.8

中国国家版本馆CIP数据核字(2023)第069340号

书　　名: 2023年《故事会》合订本148期

主　　编: 夏一鸣
副 主 编: 吕　佳　朱　虹
责任编辑: 曹晴雯　孟文玉
发稿编辑: 吕　佳　朱　虹　丁娴瑶　陶云韫　孟文玉
王　琦　曹晴雯　赵媛佳　田　芳　彭元凯
装帧设计: 王怡斐
责任督印: 张　凯

出　　版: 上海文化出版社
出　　品: 上海故事会文化传媒有限公司
(201101 上海市闵行区号景路159弄A座3楼　www.storychina.cn)
发　　行: 上海文艺出版社发行中心
(上海市闵行区号景路159弄A座2楼206室)
印　　刷: 浙江广育爱多印务有限公司
开　　本: 787×1092毫米　1/32
印　　张: 9
版　　次: 2023年5月第1版
印　　次: 2023年5月第1次印刷
书　　号: ISBN 978-7-5535-2734-5/I·1052
定　　价: 25.00元

上海故事会文化传媒有限公司　出品 (01126)

想看更多故事?
扫码下载故事会 App

上海故事会文化传媒有限公司所有图书可办理邮购，免收邮费（挂号除外）
汇款地址：上海市闵行区号景路 159 弄 A 座 2 楼 206 室（201101）
收 款 人：上海故事会文化传媒有限公司出版发行部
联系电话：021-53204159
如发现本书有质量问题，请与印刷厂质量科联系　Tel:0571-22805820

766
CONTENTS

开门八件事 扫码听故事

2023
SEMIMONTHLY
1月上半月刊

一本可读、可讲、可传、可听的全媒体杂志

故事会
红版.上半月刊
社 长、主 编 夏一鸣
副社长 张 凯
副主编 吕 佳 朱 虹
本期责任编辑 孟文玉
电子邮箱 yuwenmeng@126.com
发稿编辑
吕 佳 丁娴瑶 陶云韫 曹晴雯
美术编辑 王怡斐 郭瑾玮
红版编辑部电话 021-5320 4055
绿版编辑部电话 021-5320 4050
地址 上海市闵行区号景路159弄A座3楼
邮编 201101
主管、主办 上海文艺出版总社
出版单位 《故事会》编辑部
发行范围 公开
出版发行部
发行业务 021-5320 4165
发行经理 钮 颖
媒介合作 021-5320 4090
广告业务 021-5320 4161
新媒体广告 021-5320 4191
融媒体中心
《故事会》微博 @故事会
《故事会》微信 story63
故事中国网 www.storychina.cn
《故事会》网店
shop36332989.taobao.com

故事会公众号

故事会小程序

国外发行 中国图书贸易总公司
印刷 上海四维数字图文有限公司
发行：中国邮政集团公司报刊发行局总发行
国内代号 4-225 定价 8.00元

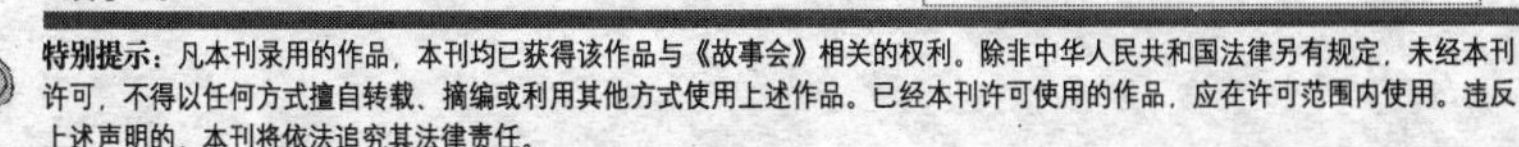

·笑话·

劝不了

大刘长相普通，一直没找着对象。最近他家里拆迁，分了房子和钱，以前对他爱理不理的小倩终于答应当他女朋友了。

朋友劝他：“小倩和你在一起不是爱你，只是爱你的钱！”

大刘不服气：“那为什么她不爱别人的钱，就爱我的钱？还不是因为喜欢我！”

（肉小丁）

（本栏插图：包丰一）

第一次签单

张大爷第一次刷信用卡买东西，收银员打出账单说：“请您签字。”

张大爷问：“签字？签谁的？”

收银员指着银行卡说：“谁的卡就签谁的呀！”

张大爷恍然大悟，拿起笔签了“建设银行”四个大字。

（田龙华）

上课不许带手机

教室里，班主任拿着一个手机怒吼：“说过多少遍了，上课再带手机来就砸了，还敢带！这是谁的？”

学生们都不敢说话，班主任更气了，吼道：“那就真砸了啊！”说完，她就使劲把手机摔在了地上。

这时，英语老师慌慌张张跑到教室门口，问道：“上节课是在你们班上的，有人看到我的手机了吗？”

（皮条胡同老拉家）

拜把子

小王第一次去女友家拜访，吃饭的时候，女友父亲一个劲地和小王喝酒，两人都醉了。饭后女友母亲送小王出门，意味深长地说：“小王啊，你刚刚都跟她爸拜把兄弟了，以后我女儿结婚的时候，你这个当叔叔的可一定要来喝喜酒呀！”

（潘光贤）

蛋炒饭的步骤

有位网友发帖询问：“做蛋炒饭是先放蛋还是先放饭？”

有人说“先放蛋”，也有人说“先放饭”，还有人说“都可以”。

20分钟后，这位网友在帖子后面回复：“怎么没人跟我说其实要先放油？饭和蛋都黑了！”

（卧龙城主）

合影的用意

穷作家独居在一家小旅馆里，从没有亲友来看他。后来他出名了，一大帮人跑来跟他攀亲戚。作家热情地和他们寒暄，还坚持要所有人一起合个影。

人们走后，作家把合影交给旅馆的门卫，说：“照片里的这些人，以后一个都不许放进来！”

（门卫老王）

亲一下就可以

一对情侣去买早餐，负责排队的男孩刚把早点买好，等在一旁的女孩就开玩笑说：“帅哥，我快要迟到了，让一份早餐给我吧？”

男孩笑着说：“亲我一下就可以给你呀。”

这时排在小伙子身后的一个大叔毫不犹豫地亲了小伙子一下，然后接过小伙子手里的早餐就走了……

（变蛋灌饼）

驾校大姐大

小敏第一天到驾校学车，教练指着一位大姐说：“不懂的可以问她，我有急事去去就回。”

小敏心想这个大姐肯定学得特好，便问道：“姐，你在这里练车多久了？”

“有年头了，”大姐指着一棵果实累累的杏树说，“这是我第一次来这练车时，吐在这的杏核。”

（意大利面条饼）

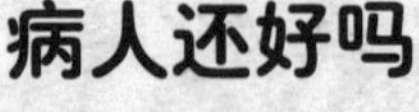

病人还好吗

这天夜里，病房值班护士接到一个电话：“请问23床病人还好吗？”

护士回答：“他很好，应该很快就能出院了。请问您是他的哪位亲友？”

“我就是23床本人。医生总说我很好，可听说他们对快死的病人也这么说，所以我决定匿名问问看。”

（月月鸟）

哪个是真的

爷爷在给四岁的小孙子讲故事：“两个美猴王，看起来一模一样，分不清哪个是真哪个是假……”

小孙子就问：“爷爷，那姑姑生的双胞胎小弟弟哪个是真的呢？”

（霹雳贝贝）

我们人多

武术队的男生们去鞋店买训练鞋，跟老板讲价：“老板，便宜一点儿吧，我们人多。”

老板抬起头看了看，发现他们一个个拿着刀剑棍棒，就生气地说：“人多我就怕你们吗？我也叫兄弟过来！”男生们听了便转身走了。

那天，另一家鞋店的老板一下卖掉了12双鞋。（雨点宝宝）

聪明的儿子

杰克带着六岁的儿子去餐厅吃饭，服务员说：“本店对退伍军人和五岁以下儿童有优惠哦！”杰克心想，儿子冒充五岁正合适！他便对着儿子使眼色，儿子一脸心领神会地说：“阿姨，其实我是一个退伍军人……”（啾咪咪）

尖端科技

某高科技实验中心对民众开放参观，实验室内，一尘不染的地板上陈列着各种尖端高科技仪器。

工作人员说：“有什么问题尽管问，只要不涉及机密，我都会回答。”

沉默了一会儿后，一位老太太开口问：“你们是用什么蜡把地板打得这么亮的？”（奶油小方）

树叶的意义

小张和老婆感情出了问题，他向朋友倾诉，朋友指着窗外郁郁葱葱的大树说：“你每天拍一张树叶的照片，过段时间就好了。”

小张心想，感情确实需要时间来修复。没想到到了秋天，小张老婆出轨了，要和他离婚。朋友翻了翻小张相机里的照片，对他说：“你看看树叶的颜色，‘因为绿过，所以黄了’！”（任万杰）

骗子的电话

小李接到一个陌生电话：“您好，恭喜您中了二等奖20万元！”

还没等小李回答，他自己先“哈哈”大笑，说：“不好意思，刚入行，没忍住笑场了。”

10分钟后电话又响了：“对不起，我确实是骗子。不过我们有3万元可以转给你当诱饵的，干脆我俩合作把这钱分了？”

小李心动了：“怎么合作？”

“你给我转1万块钱，假装已经上钩了就行。”

半小时后，小李因为被骗1万元报警。

（糊小涂）

·新传说·

雪山的孩子

□侯晓琪

初一的寒假，小磊跟着爸爸来到了“动保站”。动保站设在祖国边陲的雪山下，紧邻一个叫那依的小镇，负责对野生动植物的监测和保护，是爸爸工作的地方。

这天中午，爸爸说：“听镇上的巡边员库尔班大叔说，雪山垭口来了一群岩羊，我临时决定去观察一下，可能很晚回来。我送你去库尔班大叔家吧？他的儿子阿吾兰跟你年纪差不多，你们可以做伴。”

小磊怕生，有些不乐意，正想拒绝，就听爸爸说：“阿吾兰养着一条猎狼犬，叫若尔巴斯，可威猛啦！”小磊一听，这才点了头。

听说阿吾兰家来了新伙伴，镇上的孩子都跑来了。库尔班大叔说：“孩子们，你们要成为朋友，像石榴籽一样团结哦！”大伙儿看着小磊，纷纷应诺。阿吾兰正给爱犬若尔巴斯挠痒痒，他也抬头朝小磊看了看，点了头。小磊没说话，心里却感慨：雪山下的孩子眼睛都好大，尤其是阿吾兰，那双水灵灵的眼睛比春天融化的雪水还清澈。

察觉到了小磊的拘谨，阿吾兰拿过了数学课本，问他：“这个开根号的问题，我不太懂……”

有人向自己请教，小磊

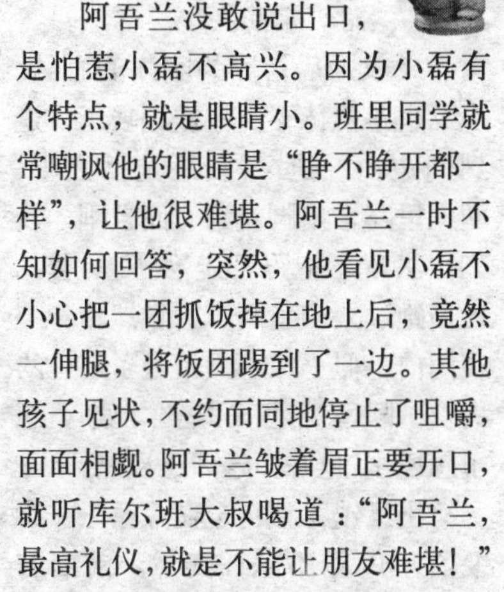

十分惊喜，可是他的数学也一般，唾沫四溅地讲了半天，阿吾兰还是不停地眨着眼睛，似懂非懂。一旁的伙伴们不耐烦地叫起来："阿吾兰，带上若尔巴斯，咱们去玩吧！"经不住撺掇，阿吾兰与小磊相视一眼，如释重负地收起了课本。

镇外原野上，伙伴们在阿吾兰的带领下，众星捧月般地围着小磊。从来没受过这种待遇的小磊受宠若惊，很快与大家打成一片。

猎狼犬若尔巴斯却一反常态，不时到处乱嗅，显得紧张不安。

想起爸爸说的话，小磊说："也许有岩羊经过？"阿吾兰却很有把握地摇了摇头："现在不是岩羊下来的季节！"不是岩羊下来的季节？那爸爸为什么借故去忙了？小磊正奇怪，那边传来了库尔班大叔的呼唤："孩子们，吃饭啦！"

晚饭是羊肉串和抓饭。作为主人的阿吾兰一边给大伙添饭，一边向小磊介绍："这种肥瘦相间的烤肉，叫和田翠玉片；这种全肥的呢，叫雪山贯顶。"

"那么全瘦的呢？"小磊学着小伙伴，一边用手捏着抓饭，一边兴致勃勃地问。

全瘦的其实叫"戈壁小眯眼"，意思是很容易因为烤过头而变得干韧，吃起来得眯着眼睛撕。

阿吾兰没敢说出口，是怕惹小磊不高兴。因为小磊有个特点，就是眼睛小。班里同学就常嘲讽他的眼睛是"睁不睁开都一样"，让他很难堪。阿吾兰一时不知如何回答，突然，他看见小磊不小心把一团抓饭掉在地上后，竟然一伸腿，将饭团踢到了一边。其他孩子见状，不约而同地停止了咀嚼，面面相觑。阿吾兰皱着眉正要开口，就听库尔班大叔喝道："阿吾兰，最高礼仪，就是不能让朋友难堪！"

小磊察觉到了气氛异常，只见阿吾兰与小伙伴们窃窃私语，他很为难地瞅了一眼小磊，然后像是灵机一动，脱口而出："根号一，不就是根号一嘛！"说着，他还用手在眼睛处做着一开一合的手势。

大伙儿这才打量着小磊，然后又都点了点头。小磊愣了：根号一，什么意思？突然，他一个激灵：自己刚刚教过阿吾兰，数字一开根号还是一，"开不开一个样"！想着刚才大家都冲着自己的眼睛瞧，好嘛，是在说他的眼睛小吧，睁不睁开都一样！

饭后，孩子们散了，库尔班大叔也要去巡边了。他塞给小磊一个袋子："这是做抓饭剩下的羊肉，

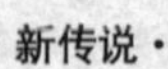

已经切碎了，爸爸来接你时，带回去吃。”

大叔走后，因为刚才的心结，小磊也不愿待了。他提起袋子，走到门边，说道：“我还是回去吧，两三里路，抬脚就到，而且刚才我们出去玩，把路都走熟了。”若尔巴斯跑过来叫了两声，竟然横身挡在门前，似乎嫌小磊带走了家里的肉食。阿吾兰拦下了若尔巴斯，想了想说：“也好，趁天还没黑。”

出了镇，独自走在荒原上，小磊心里闷闷不乐，突然，前面有个黑影诡异地一动。借雪山反射的月光，小磊定睛一看，不由毛发直立——雪豹！这应该是一头才开始独立生活的小豹，还没打下自己的领地，所以饥肠辘辘地四处游荡。

小磊吞了一口唾沫，脑海里回想着爸爸平时教的经验，强迫自己镇定下来，缓缓向后退去。也许是看出了他的心虚，也许是闻到了肉香，雪豹竟耸着鼻子，慢慢逼近。

小磊傻了，猛然想起怀里的肉，他忙挑出一块，战战兢兢地丢在地上。雪豹一愣，凑上来嗅了又嗅，才小心翼翼地吞下。趁这工夫，小磊赶紧往后退了一大步。这样，每当雪豹逼近，他就丢出一块肉，可随着雪豹越吃越香，就越追越快，小磊的缓兵之计不灵了：肉也没了，而雪豹又追了上来。

小磊绝望地闭上了眼睛，只听得一阵犬吠人吼——原来小磊走后，若尔巴斯一个劲地狂吠乱跳，引起了阿吾兰的警惕，这才跟来了。

见阿吾兰带着若尔巴斯，挥舞着双手冲了过来，雪豹转身走了。

“不怕，雪豹是雪山上的精灵。”阿吾兰笑着安慰道，“这么多年，还没听说过雪豹伤人呢！”

“我、我用肉……”小磊缓过了神，哆嗦着说，“这样，一路丢，拖延时间，才脱身的。”

“什么？”阿吾兰紧紧一皱眉，脸色大变，“你、你这个笨蛋！”说完，他冲若尔巴斯一挥手：“上！”随着一声令下，猎犬箭一般冲了出去，阿吾兰也跟着爱犬，一起向雪豹隐没的方向追去。

为什么骂我笨蛋？小磊来不及气恼，因为他发现旷野上只剩自己了。更糟糕的是，没过一会儿，他听见前面巨石边有响动——那只雪豹似乎甩掉了若尔巴斯的追赶，又抄近路折了回来！刚才阿吾兰和猎犬的穷追不舍，似乎让它感受到了挑衅。眼见它龇起了尖牙，慢慢逼近……突然，一个身影挡在了小磊身前——是阿吾兰。

荒原上，两个孩子、一条狗，远远不是雪豹的对手。阿吾兰拿着石块的手直抖，却仍然坚定地将小磊护在身后。一旁的若尔巴斯知道恶战难免，也噤声做好了战斗准备。

千钧一发之际，雪豹突然扬尾往旁边一蹿，没命一般地逃了——是库尔班大叔和小磊爸爸！他们一个骑着马，一个开着车，从两个方向赶来接应。一骑一车飞驰而来，将雪豹赶向了遥远的雪山深处……

第二天早上，爸爸叫醒了小磊："走，去库尔班大叔家，昨天的抓饭我还没吃上呢！"小磊揉了揉眼睛，噘起了嘴，说道："爸爸，你是不是骗了我，故意把我留在库尔班大叔家的？"

"你是说岩羊的事？"爸爸笑着点头，"怕你在营地没玩伴，我才设法让你和阿吾兰交朋友的。"

"可阿吾兰好凶啊！"

"凶？"爸爸叹了口气，摸了摸小磊的脑袋，"儿子，你还没意识到，你差点捅了大娄子呢！"

爸爸说，小磊为了脱身而向雪豹扔肉是非常错误和危险的做法。这样，以后雪豹饿了，会认为跟在人后面就能得到食物，可能养成它们追人、甚至是攻击人的习惯。

"阿吾兰当时奋不顾身地去追，也是想给雪豹一点颜色看看，好让它知道以后别来冒险。"

小磊恍然大悟，却仍不服气："可他还嘲讽我！"爸爸笑了："那好，我正好去替你讨公道。"

到了库尔班大叔家，小磊一眼看到坐在毡毯角落的阿吾兰，他一脸委屈地搂着若尔巴斯。

"我批评过他了，"库尔班大叔说道，"礼仪，也是一种教养，如果朋友们有些事情不懂，不让朋友难堪才是最大的礼仪。"

"对不起，"阿吾兰望着小磊说，"我昨天不该骂你，也不该……说'根号一'……"

昨天，小磊不小心把饭团掉在地上。依雪山这边的习俗，掉地上的食物可以不吃，但一定要捡起来放在高处，表示对食物的尊重。当时小磊对饭团视而不见，惹来“众怒”。阿吾兰看在眼里，可为了不让小磊难堪，有些话不能明说，他便用小磊刚教的内容，也就是“根号一”来暗示小伙伴——也许小磊真是眼睛小，没看见嘛，不能怪他！

“其实眼睛小也挺好……不容易雪盲嘛！”库尔班大叔想缓和气氛，插科打诨道。小磊可没笑，他冲阿吾兰一躬身，认真地说道：“谢谢你帮了我，是我不懂事。不过，我还想问，遇到雪豹，它非要吃我，我该怎么做？”

“这个……其实我也不一定能表现好，但……”阿吾兰挠着头说，“绝不能为了自己，把风险转给陌生人。这次你用肉换了平安，下次没肉了呢？只有奋力一搏，才能让雪豹知难而退，这才是我们与雪豹千百年来相安无事的原因。”

小磊想起阿吾兰昨天勇救自己的情形，心里暖暖的，他看着阿吾兰，觉得阿吾兰突然间长大了很多，更高大了，这就是雪山的孩子吧！大概是小磊直直地看阿吾兰看得出神，阿吾兰突然惊奇地喊道：“开了开了，你的眼睛原来挺大的嘛！”阿吾兰说完，朝小磊眨眨眼，吐吐舌头，跑开了。

小磊也“扑哧”笑出了声，他低头看到了若尔巴斯，走过去，摸摸它的脑袋：“也要谢谢你啊，若尔巴斯！昨天，你一定早发现原野那边有雪豹的气味，这才故意拦着，不让我独自回家的吧……谢谢你！”

若尔巴斯像是听懂了似的，温柔地舔了舔小磊的手，然后绕着这个来自城市的新伙伴跑起来，欢快地跑了一圈又一圈……

（**发稿编辑**：丁娴瑶）

（**题图、插图**：孙小片）

外公的自行车

□ 上海市青浦区教师进修学院附属中学 黎思睿

我是一辆普通的老式自行车。现在我手脚不大利索了，躺在杂物间里百无聊赖。我常常回忆起陪着祖孙俩一起穿梭在大街小巷的日子。

上海人爱把小女孩叫作“囡囡”，外公也这样称呼他心爱的外孙女。囡囡刚来的时候，我才到外公家没多久。囡囡的爸妈工作太忙了，就把她送到乡下，交给老两口带。囡囡正是认东西的年纪，外公总是领着她在院子里走来走去，一只手牵着她的小手，另一只手指着院子里的东西，问她这是什么、那又是什么，兜兜转转间总忘不了我。囡囡绕着我，拽我的车铃铛，奶声奶气地学着外公用方言讲“粗（车）子”。

外公在我的后车座牢牢安上一个粉色的小凳子，上面还铺着外婆亲手做的绣花坐垫。外公怕囡囡在我这儿坐不定，又在车把上扎了个风车。我带着这身行头，在小巷里悠悠地穿行，小心地绕开路上的坑坑洼洼。囡囡一边吃外公煮的茶叶蛋，一边兴奋地说，幼儿园的小朋友都羡慕她有我这么可爱的自行车呢！

就这样，我们仨慢慢悠悠地一路行来，一起穿过春日里漫天飞舞的花瓣雨，一起吹着夏日里凉爽

湿润的晚风，一同踏遍深秋的满地红枫叶，一同在冬天等待第一片雪花落下……一路上，我听得最多的是囡囡唱新学的歌，讲幼儿园里的新鲜事，还有外公畅快的笑声。

不知是在第几个年头，我后座上的坐垫磨得毛了边，车把上的风车也转不动了，同样转不利索的，还有我。囡囡问外公："'粗子'怎么跑不快啦？"我听着有些难受。

外公同外婆商量："近来越发骑不动车了，要不让囡囡自己上学吧？"外公语气平平，我却有些心慌，预感到自己将下岗了。

果不其然，囡囡开始学骑车了。她的自行车通体粉色。外婆带囡囡去专门的地方学车，她头一天回来就哭着说教练好凶，不想再去，最后还得外公出马。

外公还是骑我这"老爷车"，囡囡推着她的小粉车。我"嘎吱嘎吱"地响，小粉车欢快地响起铃声……外公教了囡囡几次，就让她自己在田间小路上试试，他则站在原地，望着那远去的背影。只有我知道，外公有多紧张，因为他紧紧捏着我的车把，手心都出汗了哩！

囡囡骑到田地的另一头，她回头望，外公在这一头也望着她笑。一老一少的笑容在夏末的田野里绽出了花。

外公不再送囡囡上学，自然也就没了我的用武之地。现在，我静静地躺在杂物间的角落，回味我这一生。我曾以为，人类和我这钢铁之躯一样没有情感，但在外公家，囡囡看到我会"咯咯"地笑，会坐在我背上唱歌，外公会定期帮我擦洗……我感受到了人类的温情。最让我遗憾的是，囡囡回到了父母身边，已经很久没回来过了。

这天，我靠在杂物间的窗边，一抹模糊的粉色闯入我的视野，是囡囡回来了！她把车停在我跟前，挽着外公在院子里散步，就像小时候外公挽着她一样。我隐隐约约听见囡囡兴奋地和外公说着什么，然后就传来外公开心的笑声。

突然，粉色的小车没立稳，轻轻地靠向了我。然后，我向她展示绒布座椅、车把上的风车和清脆的铃声；她也向我打听囡囡与外公从前的事。她就这么一直倚着我，我含着笑，缓缓闭上眼，眼前恍惚浮现出窄窄的巷子、田间的树，还有与祖孙俩初见时的画面……

（**指导老师**：金世慧）

（**发稿编辑**：吕　佳）

（**题图**：孙小片）

朋友圈冬日即景

◆ 他人笑我穿得厚，我笑他人冻成狗。

◆ 冬天有三好：外面好冷，羽绒服好贵，我好冷。

◆ 成熟的标志是到时候就自己乖乖穿上了秋裤。

◆ 如果我没有及时回复你的微信，不是我高冷，是我手冷。

◆ 老了，现在对时尚的理解是：保暖就行。

◆ 错过了夏天的爱情、秋天的奶茶，但我相信冬天的西北风一定有我一口。

◆ 本想对男神来一个回眸一笑，未曾料天太冷一笑就吹出一个鼻涕泡。

◆ 圣诞节让我一个人过，元旦节让我一个人过，有本事考试也让我一个人过啊！

（杨黑劳）

2022 搞笑新闻

◆ 某男子跳河轻生，在水中挣扎半小时后学会了游泳。

◆ 一男子自学反诈知识后信心满满与电信诈骗分子斗智斗勇，终于成功被骗 3 万元。

◆ 一男子冒充税务人员进店收费，被店内吃饭的民警当场抓获。

◆ 某村老汉伙同女婿和亲家一起偷盗村内家禽，在庆功宴上被警方一锅端。

◆ 某偷车贼在警局背陆游的诗词，称那些车子“寂寞开无主”。

◆ 女子报警称家中闯入一只不知名野兽，比猫大比狗小，像猫头鹰又没有翅膀，消防员上门后抓获一只英短蓝猫。

◆ 多地群众逛庙会时手机被盗，警方抓获盗窃团伙后，发现窃贼人手一份“行窃工作计划表”。

◆ 一男子伪造核酸证明，但误把检测结果写成“阳性”。

（食堂买了驴）

职场段子新编

◆ 年底了，我问老板能不能休假，老板说你休想。

◆ 上班的我风吹就倒，下班的我狗追不到。

◆ 今天又是为资本出卖身体和灵魂的一天，这个班再上就不礼貌了。

◆ 老板拉我入股一个项目，说很赚钱，赔到现在我才明白，是很赚我的钱。

◆ 我 18 岁就出来打工，从一无所有到现在负债累累。

◆ 不要一输游戏就让我找个班上，我下班了还是会来打游戏。

◆ 我锄头都要冒烟了，你们这些少爷小姐还不起床？不许过富家子弟的生活！

◆ 都出来聊天啊，大家都是流水线拧螺丝，难道只有我是厂长能聊天？

◆ 螺丝厂的工作我已经辞了，我决定去当电焊工，这样才能让你眼前一亮。

◆ 放假发的朋友圈叫朋友圈，上班发的朋友圈叫劳改日记。

◆ 你可以进二流的公司，但不能过二流的生活。站起来，去领导办公室把他午饭吃了。

（天选打工人）

跨年也欢乐

◆ 腿长的是跨年，腿短的叫蹦年；有对象的是跨年，没对象的叫熬夜。我呢？我是蹦着熬夜。

◆ 学生党是不存在跨年和元旦的，我已经感觉到打印机在疯狂给我们准备大礼包了。

◆ 我在纠结是睡到明年，还是明年再睡。

◆ 如果遇见你需要花光我所有的运气，请你离我远点，因为跨年我要打牌。

◆ 又是一个人的跨年夜，看来我对另一半的要求太高了，比如说性别，可以不用规定得太死。

◆ 新的一年到了，我也没什么好送你的，一起上线玩游戏吧，我给你“送人头”。

◆ 以前的乡愁是一张窄窄的邮票，现在的乡愁是一张张核酸报告。

◆ 我的新年愿望是：新年新气象，世界无冠状！（叶念慈）

（**本栏插图**：孙小片）

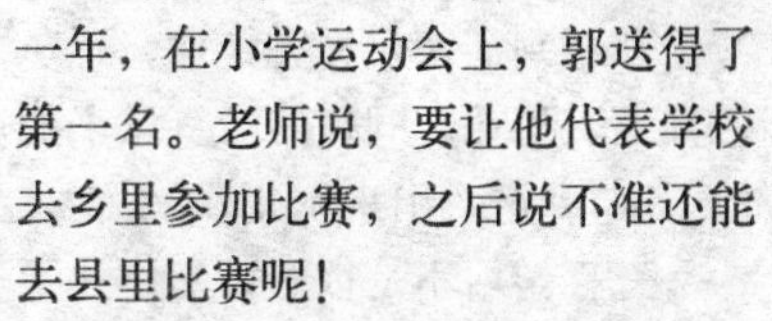

借球鞋

□司健安

这大概是四十多年前的事了吧。那一年，在小学运动会上，郭送得了第一名。老师说，要让他代表学校去乡里参加比赛，之后说不准还能去县里比赛呢！

真能去县里该多好啊！郭送还从来没出过大山……不过，想去县里参加比赛，就得先在全乡的比赛上获得名次。这下，郭送可犯了愁——他没有合适的球鞋。他平时穿的，是娘做的布鞋。没有鞋带，万一到时候鞋子掉了，跑不过人家，回学校，同学们还不笑死他啊？

郭送喜欢的那种天蓝色帆布系带的球鞋，镇上的商店里就有卖。他去问过好几次了，一双要八块多钱。一个鸡蛋才八分钱，要卖一百多个鸡蛋才能凑够呢！就是娘舍得，郭送自己也舍不得。一百多个鸡蛋，他割草的竹篮，怕是也装不下。他知道，他们家和别人家不一样。人家都是有爹有娘，可他爹在他很小的时候就去了很远的地方，一直也没有回来过。家里家外，都靠娘一个人忙活，而且娘的一条腿受过伤，不但走路不方便，也干不了重活儿。

放学回家的一路上，郭送都在想，这么好的一个机会，要是就这

样放弃的话，实在不甘心。

郭送到了家，写完作业，正趴在桌上发愁呢，同村的三喜过来找他了："郭送，出来玩儿！"

三喜学习不是很好，写作业不会时，总是跑过来问郭送，俩人的关系很铁。只是这会儿，郭送哪有心情去玩？他隔着院墙对三喜摇摇头。

三喜看郭送一副无精打采的样子，就索性推门进来，问他遇上啥事了。正在低头想心事的郭送，突然眼前一亮，抬起头来对三喜说："三喜，你说咱俩关系好不好？"

三喜被这么一问，愣了，反问道："咋了？"郭送站起来抓住三喜的手，又问："你就说，咱俩关系好不好吧！"

三喜点头说道："当然好，你是我最好的哥们儿！"

郭送笑着说："那咱俩商量个事儿呗……"

原来三喜走进来时，郭送一眼就看到他脚上穿了一双球鞋。不过不是蓝色的，是白色的。三喜的爹在煤矿上班，过年回来时给他带回了这双球鞋。三喜穿得很爱惜，他总拿老师用剩下的粉笔头往球鞋上擦，好遮掉蹭上去的黑点。

郭送是打算到比赛的那天，借三喜的球鞋穿一天。三喜听说后，面露难色："我怕俺娘要是知道了，会打我……"郭送见状，连忙跑回屋，拿出了一本《千里走单骑》的连环画，他对三喜说："就穿一天，比赛回来就还给你。这本连环画是我考了全乡第一、娘给我买的奖品，你要是答应的话，我就把这个送给你。"看着那本连环画，三喜想了半天，终于点了头。

几天后，郭送就去乡里比赛了。山里的孩子，走惯了山路，尤其是郭送，每天上学、放学，都是一溜小跑，体力好得很。这不，他有惊无险地得了冠军。

回到村口，他大老远地就看到了站在那里等他回来换鞋的三喜。郭送飞奔过去，举着手里的笔记本奖品，给三喜看。三喜看着那个带着塑料皮、印着大红章的笔记本，羡慕得不得了。俩人开心地嬉闹着，笑着笑着，突然，三喜停了下来，瞪大了眼睛盯着郭送的脚发愣。郭送低头一看，也傻眼了——不知道是因为三喜的鞋子穿得久了，不那么结实了；还是因为郭送的脚比三喜的稍微大一些，鞋子显小了，球鞋右边大脚趾的位置，不知啥时竟然破了个小窟窿！

俩人坐在村口，看着鞋子上的窟窿，不知所措。最后，郭送把手里的笔记本递给三喜，说道："三喜，对不起，我也不是故意的。我把这个笔记本赔给你，你看中不中？"

不中还能有啥办法呢？三喜想了想，接过笔记本，忍着眼泪答应了。

天落黑时，郭送和娘在村口看到三喜鬼哭狼嚎般地在前面跑，三喜娘手里握着一根拇指粗细的树枝，在后面追。郭送娘一看，忙上前把三喜护在身后，问三喜娘咋回事。三喜娘气喘吁吁、咬牙切齿地指着儿子骂道："这鳖羔子，好好的一双球鞋，清早起来穿的时候还囫囵着呢，一转眼儿，给我戳了恁大个窟窿！你说说，该打不该打？"郭送低头一看，可不是嘛！可能三喜娘追得紧，三喜跑得着急，这会儿，那个窟窿更大了，三喜的大脚趾已经能从那个窟窿里伸出头来！

不过，三喜也真够意思，尽管挨了打，关于郭送借鞋的事，一个字都没有说。他这样，倒是让郭送心里很愧疚。郭送躺在被窝里想了半夜，决定给爹写信，让爹给他买一双球鞋，赔给三喜。娘曾经给过郭送爹的地址，对他说，实在有必要了，可以给爹写信，写完了，娘会帮他寄出去。

郭送写了信后，没过多久，爹真的就让人给郭送捎回来一双新球鞋。不过，是蓝色的。爹让人转告他，他们那里只有蓝色的球鞋，没有买到白色的。

收到球鞋后，郭送把怎么借三喜的鞋子、又怎么在比赛时被自己穿烂的经过，一五一十地给娘说了，还说打算把这双新球鞋赔给三喜。娘没说话，摸了摸郭送的后脑勺，点了点头。

谁知道郭送捧着鞋、把事情的经过给三喜娘说了后，三喜娘说啥也不要。她让郭送穿上新球鞋，去县里参加比赛。而且，比赛的前一天晚上，三喜娘还专门送来了几个煮鸡蛋，让他去比赛的路上吃。

那次比赛，郭送得了全县第三名，奖品恰恰是一双雪白的运动鞋。郭送和娘一起把那双球鞋赔给了三喜，娘俩心里这才踏实。

回家后，郭送帮着娘把这次获得的奖状贴在了堂屋的墙上。上学以来，郭送每年都能得到奖状，不过，县里运动会的奖状，倒还是第一张。

郭送娘看着那张奖状，眼泪不知不觉地流了下来，一边哭，一边摩挲着郭送的头。

郭送抱着娘的胳膊，问："娘，那双球鞋，不是我爹让人捎回来的，是您买的，对吗？"

郭送娘没吭声，郭送接着说："第二天，我专门去看了，镇上商店柜台里的那双蓝色球鞋，不见了。"

郭送娘抹了抹眼泪，说道："镇子里那么多孩子，不定是谁买去了呢？"

郭送看着娘的眼睛，又问："那——咱们家那只羊羔去哪里了？你本来说不打算卖，可在我收到球鞋的前几天，羊羔没了……"

郭送娘一下子泪如泉涌，她捧着郭送的小脸蛋，说："孩子，你出生的那一年，咱们这里摊上了百年不遇的洪水。你爹把我安置到山坡上后，冒险去村里救人，却被洪水冲走，连个尸体都没有留下。当时你还小，这些年一直没有给你说。本来娘想等你大几岁了，再把实际情况告诉你，但从你赔球鞋这事上，娘看得出来，我儿已经是个肩膀能扛事的男子汉了。娘，真的很高兴！"

郭送把脸贴在娘的胸前，流着泪说："娘，我已经长大了，会像爹那样，成为一个真正的男人！"

"嗯，娘相信你。"

郭送娘流着眼泪，笑了，她用滚烫而哆嗦的嘴唇，在儿子的额头上留下了一个长长的、暖暖的吻……

（发稿编辑：丁娴瑶）

（题图、插图：豆　薇）

英雄不问出处

□汪 志

节日里的一天，高虎一家三口在小区门口拦车，准备去岳父家。

连拦五六辆，车上都有乘客。高虎正想说要不要打电话喊车，只见一辆红色的出租车过来了。高虎刚伸出手拦，出租车就停了下来。

司机是个二十多岁的漂亮姑娘，她下了车，朝高虎笑了一下，说："大哥，您在这等一等，我送完这单就回来接你们，最多五分钟。"

说完，司机坐回车里，把车开走了，留下了一脸疑惑的高虎。

妻子奇怪地问："这女的谁啊？你认识她？"

高虎在脑海中拼命搜索，却想不起来在哪儿见过这位姑娘。他摇了摇头，说："不认识啊……"

果然，没过五分钟，姑娘把车开回来了，她下车主动为高虎打开了车门，笑眯眯地说："请上车。"

高虎和妻子坐上了车。高虎心里好纳闷，想：难道姑娘真的认识自己？不可能呀！一旁的妻子也用异样的目光盯着高虎，皱着眉，一言不发。

高虎犹豫再三，问："姑娘，谢谢你主动回来拉我们。我们之前见过面吗？"

司机笑笑，却没有回答。

高虎疑惑着，车子不知不觉地

就到了岳父家门口。高虎掏出50块钱，递到姑娘手上。

谁知姑娘却将钱推了过来："大哥，不必这么客气。"她边说边拿出一张名片递给了高虎："大哥，这上面有我的手机号码，需要用车给我打电话。"还没等高虎回答，车子一溜烟开走了。

妻子脸上的狐疑更重了，一言不发地看着高虎，皱起了眉头。

进了岳父家，闲聊几句，妻子找了个空将高虎拽到一边，拉下脸低声问："老实交代，你是不是认识那个司机姑娘？我怎么觉得她看你的眼神不对劲？"

高虎直摇头："我说老婆大人，我真的不认识她，到现在我也不知道是咋回事！"

"你平时应酬多，在饭局上认识年轻姑娘很正常。现在你坚决否认，我倒觉得不太正常了。反正，那个姑娘太反常。"妻子"哼"了一声，还是不相信。

一转眼，天快黑了，他们要回家了。

小舅子说用三轮车送他们回家，可妻子非要高虎打电话让那个姑娘来接不可。

高虎不愿意，说："不用麻烦她了吧。"

妻子"嘿嘿"笑了几下，说："不打电话，说明你心中有鬼。"

任凭高虎跟妻子怎么解释，就是行不通。没办法，他只得将电话打给了那个姑娘。等了一会儿，她开着车子就来了。

一路上，姑娘没有说话。高虎的妻子虎视眈眈地望着丈夫，想看看他是否心虚。

车子开回小区门口，高虎掏出100元递了过去："姑娘，麻烦了你两趟。过节，挣钱辛苦，不用找了。"说完，他示意坐在副驾驶位子的妻子赶紧下车。

谁知姑娘将钱递了回来，说：

“大哥，不必这么客气，这是我应该做的。”

高虎的妻子急了，用手抓住了方向盘，说：“姑娘，我们不缺这钱，我只是闹不明白你为什么这样做。你如果真的不认识我老公，那你为什么要对他那么热心？今天你必须说清楚，否则别想走。”

姑娘先是一愣，继而望着高虎空空的左袖筒，说：“张海大哥，去年夏天那次地震，为了救学校废墟中的十几个孩子，你的胳膊被砸没了。你不知道，其中有一个被救出来的孩子，是我妹妹……关于你的报道我看了一遍又一遍，每次我都想，如果能默默地为你做点力所能及的事就好了，也算是我的报恩。”姑娘说着，眼圈红了。

张海？姑娘错把自己当成地震中那个救学生、最后失去左胳膊的张海了！高虎一拍脑袋，难怪，他和张海都失去了左胳膊，自己和英雄张海的个头、长相又有点像，好些人曾那么说过呢。

高虎感慨道：“姑娘，我非常感动，可我不是那个英雄张海，你认错人、拉错人了。”

明白了姑娘拉人的缘由是这个，高虎的妻子急忙在一旁证明自己的丈夫真不是张海，说高虎跟那个英雄张海只是长得像，误会了。

姑娘还不信：“做了好事还不愿接受别人的帮助，这就是英雄和普通人的不同之处。”

情急之下，高虎掏出随身携带的身份证递了过去：“姑娘，我们没骗你，这就是最好的证明。”

姑娘接住身份证，愣住了。她抓住高虎空空的左袖筒，眨了眨眼，问：“大哥，那你的左胳膊是怎么回事呢？”

高虎妻子的眼圈红了：“他是车间主任，有一次厂里出了安全事故，他挺身而出，救了五名工友，却不幸失去了左胳膊。”

姑娘的眼睛又湿润了，她说：“高大哥，你勇敢救人，也是英雄！有道是英雄不问出处，我没认错人，也没拉错人……”

（**发稿编辑**：陶云韫）

（**题图、插图**：陆小弟）

2022年12月（下）动感地带答案

神探夏洛克答案：没有食物和水，在海上漂流四天，身体会严重缺水，怎么可能还会满头大汗？显然这个人在说谎。

思维风暴答案：不可能只装错一封信，至少装错两封。

我的汽车你做主

□蒋诗经

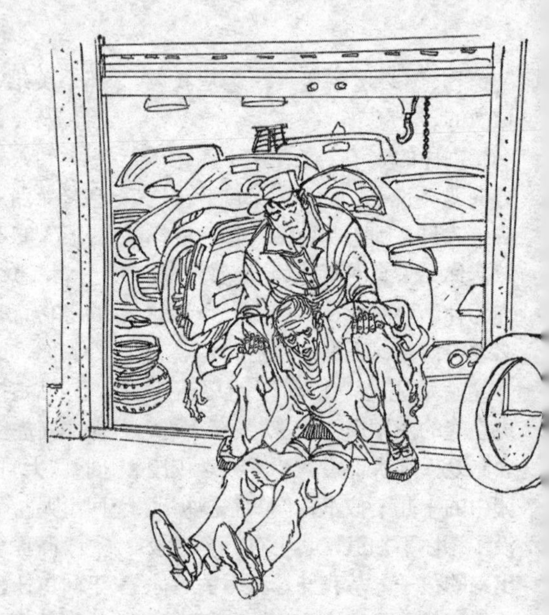

陈木是个汽车修理工。这次疫情来袭，老板安排他一人留在店内值守。老板临走时，叮咛陈木一定要看护好店里的财物，尤其是那几辆已经修好、客户却还没来得及取走的车。

靠着准备好的物资，陈木在店里平静地度过了“静默期”。解封的第一天，傍晚时分，陈木从街上买了些生活用品往回走，刚跨进店门，只听见门口传来“哎哟”一声，一个老大爷突然直挺挺地摔倒在地。陈木赶紧上前查看，见老大爷脸色苍白，已经没有了意识。

救还是不救？陈木抬头看了一眼店门口的监控摄像头，知道自己不会被冤枉，就下定了决心。他担心刚解封救护车不好叫，索性将老人抱上了店里的一辆车，自己直接向医院开去。

到了医院，陈木将老人送进急诊室，正想离开，一个护士走了出来。她对陈木说，老人颅内出血，需要马上手术，但老人身上没有手机，也没有身份证，开通做手术的绿色通道，需要先交三万元押金。老人是陈木送来的，这钱只能由他交了，而且手术单上还得陈木签字。

陈木一听就蒙了，自己只是个打工的，一下子哪里拿得出三万块

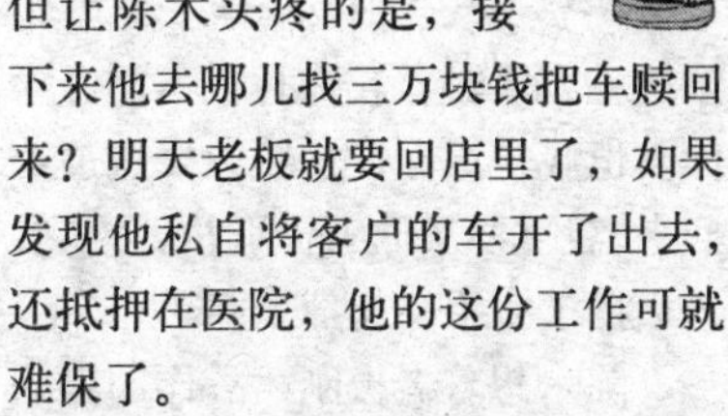

钱？可他又不忍心见死不救。情急之下，陈木灵机一动，从兜里掏出车钥匙，指着窗外停车场上的车，说："救人要紧，要不，把我的车押在这儿吧！"

护士有些为难，这时，一个穿白大褂的医生匆匆走了出来，问怎么还没签字。护士简单说明了情况，医生听完，看了一眼窗外的停车场，又上下打量了一下陈木，说："你的意思是，把你的车押在这里，再去取钱，然后来赎车？"

陈木硬着头皮点点头，他把自己开来的车指给医生看，说："我这车可不差，怎么说也值个几十万吧！"但陈木还是留了个心眼，他说自己并不认识老人，垫钱可以，做手术的字可不能签。

医生接过陈木的车钥匙，看了一眼，放进口袋，什么话也没说，就转身向急诊室走去，一边走一边吩咐道："立即手术。"

护士跟在医生身后，小声地嘀咕了一句："刘主任，那手术的字谁来签？"

刘主任的步伐并没有停止，毫不犹豫地回答道："我签。"

陈木听到了，心里涌起一股敬佩之情，反而感觉自己有点小家子气了。

事情暂时解决了，但让陈木头疼的是，接下来他去哪儿找三万块钱把车赎回来？明天老板就要回店里了，如果发现他私自将客户的车开了出去，还抵押在医院，他的这份工作可就难保了。

回去的一路上，陈木打了好几个电话，只借到了一万块，剩下的还没有着落。等回到店里已是深夜了，刚一开灯，陈木就吓得一哆嗦，只见老板正铁青着脸坐在那儿。还没等陈木说话，老板劈头盖脸地就问了一句："车呢？"

陈木一听老板的口气，就知道坏了。与其遮遮掩掩，不如实话实说，于是，他将发生的事一五一十地说了一遍。说完，他指着监控道："不信，你可以看监控。"

老板板着脸摆了摆手，说："我早就看过了，也知道你没撒谎。我问你，三万块钱你准备好了吗？"陈木低下头，嗫嚅着说只借到了一万。

老板狠狠地瞪了陈木一眼，说："如今这情况，大家都不容易，你就不要向别人借了，我转三万块钱给你，明天一早就给我把车取回来。耽误了客户取车，你就给我卷铺盖滚……"说到这里，老板突然

停了下来，自嘲地笑了笑，“你小子，就算为了这三万块钱，我暂时也不能开除你。但我告诉你，这钱你要是追不回来，我可要从你工资里扣。”说完，老板挥了挥手，起身离开了。

陈木想着老板刚才故作凶狠的模样，不禁笑出了声，忍不住在心里顶了一句：“假如我救的是你老丈人，哼，看你该怎么感激我吧！”当然，陈木知道，不会有这样的巧合。

第二天一大早，陈木来到医院，准备先补交老人的手术费。一个护士告诉陈木，老人的手术很成功，他的家人也已经找到了，费用都交过了。陈木一听，压在心中的石头终于落了下来，现在只要取回车子，就一切圆满了。

那护士又说，刘主任昨晚加班做手术，今天可能会来得迟一点。陈木想起昨天把车钥匙交给了刘主任，看来只能等等了。陈木想着，无意间向窗外的停车场望去，奇怪，停车场里，自己开来的车子怎么不见了？

陈木连忙来到停车场，在里面绕了一圈，也没看见要找的车。他再一寻思，车肯定是被刘主任私自开走了。想到这里，陈木不由得有点生气，这个刘主任，这事做得可不地道啊！

正在这时，一个中年人飞奔过来，一把握住陈木的手，不停地说着“谢谢”。陈木一问，才知道中年人就是老人的儿子，他从护士那里得知陈木来医院了，连忙赶了过来。中年人说着，从兜里掏出一叠钱，一个劲地往陈木手里塞，说是感谢费。

陈木哪里肯要，两人正在拉扯间，刘主任开着车停在了两人身边。陈木一看，果然，刘主任开的是自己店里的车。

陈木灵机一动，指着车对中年人说：“你看看，我开着这样的车，会在乎你这点感谢费？你还是快回去照顾老爷子吧！”

中年人感动得不知道说什么好了，憋了半天，憋出来一句话：“该着您能开好车啊！”接着，他就千恩万谢地离开了。

陈木从刘主任的手里取回了车钥匙，没忘记数落一句：“刘主任，不是我批评你，我的车只是押在你这儿，你怎么能随便开呢？这要是弄坏了，责任算谁的？”

刘主任也不生气，笑着说道：“昨天加班晚了，图个方便。”

陈木想想，就没再说什么。昨

晚刘主任主动为病人签字，是个好人，自己再计较就太小气了。他把这意思说了，刘主任听了笑道："没什么，在手术无人签字的情况下，我们医生的正确决定是受法律保护的。"

开车出了医院，陈木喜滋滋地向老板汇报，车拿回来了。老板很满意，并告诉陈木，疫情期间，店里决定推出"修好车送到家"的服务，等会儿他就联系车主，让陈木直接将车送过去。

不一会儿，老板发来了车主的地址和电话。看到地址和姓名，陈木的心里就有些犯嘀咕，等他把车开到车主那儿，见到了车主时，简直恨不得能找个地缝钻进去。原来，车主不是别人，正是医院的刘主任。

刘主任接过钥匙，依旧笑嘻嘻地看着陈木。陈木脸上一阵阵地发烧，问："刘主任，为什么我拿你的车做抵押，你也不反对？而且，刚才我又撒了谎，还责怪了你，你也没揭穿我……"

刘主任笑着说："我看出来了，你那都是善意的谎言，都不是为了自己。我知道你是个好人，好人不该受委屈。我们这个社会，不仅需要好人，更需要给大家做好人的底气。"

陈木的眼眶有点发热，如果不是刘主任、老板、老人的家属都给了他做好人的底气，他下次还有勇气做这样的好事吗？

看着刘主任离去的背影，陈木由衷地感叹道："刘主任啊，您才是个真正的好人，该着您能开好车！"

（发稿编辑：吕　佳）

（题图、插图：佐　夫）

代代红

□ 忍者文身

如此装傻

某国有大型钢铁公司有个老戴，是公司老总的“御用”司机。老戴参加工作二十多年，公司老总换了十来位。每位老总上任后，都对身边的人走马换将，老戴是唯一没被换掉的。因“戴”与“代”谐音，所以大家都叫他“代代红”。

自从费总上任后，公司效益日渐滑坡，已经到了勉强发工资的地步。老戴考虑到儿子刚上大学，老婆又常年有病，现有的工资实在支撑不住，便到办公室刘主任那里办了“停薪留职”，然后在外面找了份开车的活，工资比原来高很多。

因公司里的几个青年司机都是老戴的徒弟，所以刘主任问他，谁最适合接替他的工作。老戴张口就答：“小马吧，他最机灵。”

小马确实机灵，还风趣幽默，总能逗得费总大笑。可有一天，费总偶遇刘主任，竟没头没脑地说：“你怎么把老戴放走了呢！”

听费总这语气，似乎是对现在的司机不满意呀！刘主任不敢直接问费总，就急忙找到小马，问他怎么惹费总不高兴了。小马听后一惊，说自己哪有那个胆啊！

刘主任一看从小马这里找不到答案，就给老戴打了个电话，让他赶快回公司上班。老戴忙问怎么了，刘主任就对他学了一遍费总的话。老戴听完，也觉得这里面有问题，但他说自己跟现在的老板签了一年合同，不能中途毁约。至于费总的事，他抽空找小马谈谈。

晚上下班后，老戴把小马叫到家里，问他到底怎么回事。小马仍然说啥事也没发生。老戴故作生气

地说："跟师傅还不讲实话，以后出了事别来找我！"小马慌了，就把前几天发生的一件事说了出来。

那天晚上，费总让小马把他送到市中心的公园附近，然后嘱咐小马第二天早上六点来这里接他。

第二天，小马准时来到约定地点，可等了半小时也未见费总。他给费总发微信未回，打电话不接。小马怕耽误费总上班，便从车里下来，顺着公园围墙往前寻找。

转过围墙的拐角，往南走不太远就是一片樟树林，林中有条羊肠小道，直通对面一栋小别墅的后门。小马正犹豫是否继续前行，就见那小别墅的后门开了，费总衣衫不整地走了出来，他身后还有个人相随，抬头看见小马，那人急忙把门关上了。虽离得较远，而且只是一闪的工夫，但小马还是看清了，费总身后是一个染着黄头发的年轻女人。

这时费总已衣冠楚楚地来到小马近前，但他脸上难掩慌乱："我来这里办点事，刚才那人是……"

小马忙挺胸立正表忠心："费总放心，小马保证守口如瓶！"费总看看小马，然后头也不回地往停车的地方走去。小马当时没太在意，直到刘主任找他谈话，他才想到可能是这件事惹费总不高兴了。

老戴轻叹一声，说："我当初向刘主任推荐你，就是看你聪明，但你这次是聪明过头了！"

"我怎么聪明过头了？"

老戴慢条斯理地说："你对费总还不甚了解，他这人不轻易相信别人，尤其是像你这种喜欢多嘴多舌的。因此，你那天向他表忠心，还不如跟他装傻呢！"

小马一拍脑门，忙说："表忠心证明我已知晓了他的隐私，而装傻却能让他感到更安全。我那天如果听费总解释就好了，他说啥我信啥，对不对？"

"你只说对了一半，费总可没那么简单！他说啥你信啥？那他一眼就能看出你在装傻。"

小马挠了半天头皮，最终只得把难题又推给老戴："师傅，那天如果是您，您会怎么做呀？"

老戴举重若轻地说："如果是我，我会问，'费总，刚才那黄毛小子是谁？'"老戴进一步解说："这样问，首先表明你有好奇心，你不好奇就显假了；其次证明你确实看见人了，你说出了事实就显真。那人一闪不见了，你没看清男女也完全有可能。只有这样装傻，费总心里才踏实啊！"

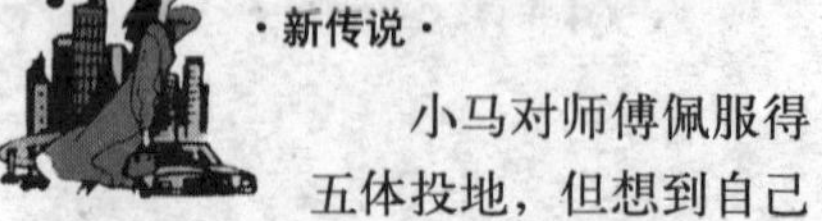
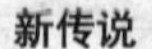

小马对师傅佩服得五体投地，但想到自己的前景，内心又深感不安。老戴安抚了小马一阵，提醒他以后要改掉嘴欠话多的毛病，要让费总看到他的改变，相信他能够做到“守口如瓶”。

从此，小马在单位里像变了一个人，除了吃饭喝水，几乎不张嘴。时间一长，费总逐渐对小马放松了戒备，有时去小别墅幽会，也不再像从前那样遮遮掩掩了。

为屁背锅

黄头发女子名叫安娜，是一位庞姓老板手下的“公关小姐”。她搭上费总，就是想让费总以优惠价批给他们一些铁矿石，然后供庞老板从中谋取暴利。费总被安娜迷得神魂颠倒，对她的要求自然满口答应，但费总不想承担“倒卖国有资产”的责任，就让小马送他去了主管铁矿石的下属公司。

主管铁矿石的是矿业公司，费总一到就召集几位负责人开座谈会。当时已近中秋，为了营造亲切民主的和谐氛围，费总特地让小马拎着月饼站在旁边，就等事成后他亲自将月饼分发给几位负责人，以表达领导对下属的慰问之情。

费总首先发言，从国际形势讲到国内经济，从企业发展讲到钢铁需求，拐了八道弯，最后才道出准备低价出售铁矿石，以解总公司资金不足的难题。

几位负责人一听，心里都想：现在铁矿石在市场上比较紧俏，出高价也未必能买到本公司这样含铁量高的，哪有低价外卖之理？何况总公司资金不足是你费总管理不善造成的，怎么能拿铁矿石开刀？可想归想，谁也不敢当面反对，唯一能做的就是低头闭嘴。

费总讲得口干舌燥，却没想到把座谈会开成了“追悼会”，一个个坐在那里像默哀似的。他有些恼羞成怒：“什么意思？你们拿我说话当放屁吗？”事有凑巧，费总话音刚落，他腹内便有一股气体从下面破“门”而出，“噗”的一声震惊四座。这一下子引爆了大家的笑点，小马也想笑，但一看费总的脸色，他就硬生生地把笑憋回去了。

费总仿佛当众掉了裤子，丢死人了！还有何脸面“座谈”啊？他气呼呼地转身就走，小马双手拎着月饼紧跟了出来。

半路上，小马想安慰费总几句：“费总，今天这事……”

费总正一肚子邪火没处发呢，便含沙射影地说：“今天若是老戴在场，绝不会让我如此尴尬！”

小马心说，我这招谁惹谁了？

下班后，小马打电话把老戴约到一家小饭店。半杯酒下肚，小马就将费总今天放屁的事对老戴讲了一遍，然后委屈地说：“师傅，我原以为给老总开车是个美差，没想到伴君如伴虎啊！我现在每天夹着尾巴做人，可万没料到，费总放个屁也怪到我头上！”

“小子，你太年轻了！你以为在领导身边夹着尾巴做人就够了？关键时刻，你还得勇于救驾呀！”

小马不解地问：“我怎么救驾呀？不让那几个人笑吗？”

老戴清清嗓子，做起了示范：“不好意思，我肚子不舒服，不小心走了火，让各位领导见笑了！”

小马醒悟了：“您是让我给费总放的屁背锅？这也太荒唐了！”

老戴正色道：“你连领导的屁事都担不起，将来怎能担大任？”

一句话，令小马陷入了沉思。

第二天一早，小马在接费总上班的路上，诚恳地做了检讨，称以后不管遇到什么情况，他保证上刀山、下火海，在所不辞。费总见小马确有“悔过”之意，便说：“算了，只要好好干，机会有的是。”

这以后，小马处处着眼，事事留心，总盼着费总能遇到点麻烦事，好让他“将功补过”。

老将出马

临近年底，这天傍晚，费总让小马送自己去安娜的小别墅。一下车，他盯着小马特别交代：“待会儿你就开车走吧，不用等我了。”

小马想，领导的心思摸不透啊！他也不敢立马开车走人，就在

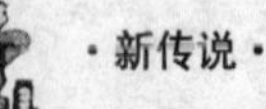

原地等着，说不定还会有“将功补过”的机会呢！果然，不多久，小马就看见费总从小别墅里出来了，手上还拖着一个巨大的铝合金箱子。表现的机会这不就来了嘛！小马赶紧跑上前，大声说：“费总，快停下，让我来、让我来！”

费总一惊，随即冷冷地说：“你怎么还没走啊？”

“这不担心您万一有吩咐，我好使上劲嘛……”说着，小马伸手去接费总的箱子，却被拒绝了。

费总嫌弃地说：“别碰！这点东西，还用不着你！”

这话让小马有点蒙，一愣神，费总已将箱子放进车的后备厢了。随后，小马就将费总送回了家。

费总走后，小马坐在车里越想越委屈，自己主动留下来加班，难道也错了？这么想着，他拨通了老戴的电话，将刚刚发生的事说了。

老戴意味深长地说：“费总特地让你走，不用说，肯定是有自己的安排嘛，你还傻乎乎地不走，撞见他干私事，他能给你好脸色？”

“我没撞见啥呀！”小马赌气地说，“我其实就想表现表现，见费总提个大箱子费劲，想帮忙提来着，可他碰都不让我碰……”

老戴顿了顿，说：“你要真想表现，我给你支一招。快年底了，费总的事只多不少，今晚你就干脆等在费总家楼下待命，他随时可能有新指示。你一看见费总出门，就赶紧先给我打个电话，我提前给你出出主意，你再行动，怎么样？”

小马想，师傅的话总归是没错的，便点头同意了。

一夜过去，小马没等到费总下楼，却见老戴和几位检察官来了。小马赶紧下车：“师傅，您……”老戴拍拍小马的肩膀，说了句“辛苦了”。小马虽然

一头雾水，但立马精神了起来。

很快，费总就被检察官带走了。这时，老戴说：“走，先去吃顿好的，再慢慢跟你解释……”

原来，昨晚老戴听小马说，费总从安娜的小别墅里拿了个大箱子，就觉察到不对劲。早在小马第一次向他请教撞破费总和安娜私情之事时，老戴就留了个心眼，有意无意地打听安娜及其背后的关系网。

上次，费总虽未能帮庞老板买到铁矿石，但后来他想了个万全之策，就是让庞老板从矿业公司高价收购废钢渣，这样矿业公司的负责人就没有理由拒绝了。即使上报到总公司，费总也可以顺理成章地签字。

矿业公司的铁矿石与废钢渣存放在同一个场子里。那庞老板本是地痞无赖出身，靠着强取豪夺开了一家商贸公司，常年养着十几名社会闲散人员。他们表面上从矿业公司高价收购废钢渣，暗地里却在偷运铁矿石。对于看场子的保安，庞老板用小恩小惠收买，不能收买的就恐吓威胁。矿业公司的负责人知道这是费总引来的“外鬼”，也只能睁只眼闭只眼。几个月下来，庞老板赚得盆满钵满，自然没忘了回馈费总的关照。为了避嫌，费总不愿与庞老板直接接触，也不让对方通过银行汇款，庞老板便将大笔现金装到大箱子里，让费总去安娜那里自提。没想到却被小马撞见了！费总不让小马碰箱子，根本就不是待不待见的问题。

老戴听小马说了当时的情况，就知道事情不简单，那大箱子里很可能是巨额赃款。老戴虽然精通与领导的相处之道，但他心里始终有杆秤，对违法乱纪者绝不姑息！他以前认为，钢铁公司效益不佳，至多是费总这人能力不够，后来才看清费总竟如此狡诈贪婪。

于是，老戴故意编了个理由让小马守在费总家楼下，以防费总连夜出门转移赃款。与此同时，老戴则第一时间向检察机关举报了……

小马听完，惊得张大了嘴巴。

最后，老戴笑着说：“干我们这行啊，虽说要学会听话听音、揣摩‘圣意’，但还得有个前提，那就是，违法的事咱不碰，万一碰见了，就得管到底！”

小马敬佩不已，说：“师傅，我终于知道您为什么能‘代代红’了，以后啊，向您看齐准没错！”

（**发稿编辑**：曹晴雯）

（**题图、插图**：陶　健）

·情感故事·

父亲的心病

□ 许申

深秋里的一天，在外工作的阿明回乡下看望父母。一回家，阿明就见父亲心事重重，他问父亲怎么了，父亲却闭口不说。

吃过饭，阿明又悄声问母亲。

母亲叹了口气，说："别提了，我估计啊，八成是因为你赵叔借钱的事。"

赵叔是父亲年轻时最好的朋友，早年在城里打拼，离异后独自回到老家，与老娘住在太清山里。两年前，他向父亲借了二十万搞养殖，最近养殖场被强制关停，投资都打了水漂。现在人竟然还"失踪"了，苦了他八十多岁的老娘，一个人在家里，眼睛都快哭瞎了。

"啊，您怎么知道的？"

"你爸三天两头往太清山里跑，我问他是不是要账去了，他却说，你赵叔的钱早就还了。可谁信啊？这钱要是还了，他还能这样一直往你赵叔家跑？他啊，肯定是念旧情，不好意思说。现在你赵叔不见了，电话微信都联系不上，你爸看着都急疯了。当初让他别借，他偏不肯。现在可好，这辛苦攒下的钱，全没了……"母亲说着，抹起了眼泪。

当初赵叔来借钱，阿明正巧在家。饭桌上，赵叔开口借钱，父亲满口答应。母亲不高兴地说："哪来的钱？儿子一家要换个大点的房

子，想帮一把都差钱。”其实母亲是担心赵叔太穷，将来还不起。

阿明忙从饭桌下用脚轻踢父亲的腿，暗示他不要借。可父亲不理会，自作主张地对赵叔说：“行！先挪给你。儿子换房的事，以后再说！”

事后，母亲责怪道：“好，你就等着后悔吧！”

父亲火了，吼道：“我后悔什么？赵兄的为人你还怀疑吗？就算他还不了，我也不后悔。当初我们困难时，是谁帮我们的？”

母亲不说话了，低着头，思绪回到了那个艰苦的年代。

那时，阿明的父母刚结婚，没房子住，就借钱修了两间土砖房。在湖区修房子一般都要把地基填高，可当时没钱填地基，匆匆忙忙就起了房。没想到这年涨大水，房基太低，进了水，房子被淹垮了。无奈，两人收拾了一些破烂家当，住进了生产队的仓库里。时间长了，有人说，公家的房子哪能让小两口长期占着？于是，他们又四处借钱，想在原址上盖两间房。可旧账没还哪能欠新账？结果一分钱也没借上。当时，阿明快出生了，急需一个安稳的家，他们都急坏了。

这事不知怎么传到了赵叔的耳里，他特地从太清山赶来，带着不知从哪凑来的两千块钱，往父亲的面前一搁。父亲一见，眼睛瞪得老大，忙问：“你从哪弄来的？”

“这你别管，总之你放心好了，不是歪门邪道弄来的。”

父亲收下了这笔钱。后来才知道，这是赵叔家人给他准备结婚的钱，赵叔的婚事因此给耽误了。

现在，赵叔落难了，借去的二十万还不了，人也无影无踪了。

一晃到了年底，村里在外打拼的人都回来了，这正是讨账要债的好机会。整个腊月里，父亲一直郁郁寡欢，他往太清山跑了不下十趟，都没碰上赵叔。父亲的脸色越来越难看，人也瘦了。阿明很担心，但他担心的不是这二十万能不能要上，而是父亲的身体。

转眼到了腊月二十九，每年这天，父亲就开始张罗年三十的团年饭。可今天，他却一脸阴郁地说：“我要去趟太清山。”

太清山往返一百多公里，没有直达车，父亲每次去，都得在那里过一夜。母亲急道：“明天除夕，班车停了，你怎么回来？”

“我在那儿过两夜。”

“大过年的，还在别处过夜？”

母亲说，“要去，就让阿明开车陪你去，当天来回。”

“不，我一个人去，得在那儿待上一两天，兴许能碰上他，而且他家还有个老母亲……”

母亲还是不同意。结果呢，父亲趁人不注意悄悄走了。不久，父亲在微信上发来一段语音，嘱咐阿明好好陪母亲，别担心他。

但哪能不担心呢？好在父亲不时发来信息，有时也发视频，特别戳泪点：大山深处一栋孤零零的土砖房，半开半合的大门口，倚着一位孤苦无依的老婆婆，她闪着泪光念叨：“过年怎么也不回家，不会是出事了吧？”父亲安慰道：“放心，他有事要办，让我来看您，办完事就会回来……”

正月初二那天，阿明见父亲还不回来，便决定开车去接。父亲得知后忙说：“你别来，我这就坐班车回来。”

回来后，父亲寝食难安，有天不小心摔倒了，从此一病不起。在医院住了好几天，各种检查都做了，最后医生说：“都是些老年人的退行性病变，没啥大问题。但看他这精神状态，八成是心病。”

父亲的心病越来越严重，身子一天天消瘦虚弱。阿明急了，下决心一定要找到赵叔，想办法要回那二十万，不然父亲就完了。

说来也巧，阿明有个跑出租车的朋友，老家就在太清山。阿明向他一打听，他立即警觉地问：“你找这人干吗？”阿明便把借钱的事和盘托出。朋友摇头说：“算了吧，估计你找到他也别想要回一分钱了。”

“你是不是知道他的下落？”

在阿明的再三追问下，朋友才说，前不久他送病人去省城肿瘤医院，正巧碰上了赵叔。赵叔很慌乱，说有急事，匆匆走了。几天后，朋友送病人家属去医院，谁知又碰上了赵叔。这回，赵叔说了实话：他

正在化疗，后期还有一次大手术，一直住在医院旁边的出租屋里。赵叔再三交代："千万别对别人说，我不想让人知道！万一传到我母亲的耳朵里，那可就糟了！"

阿明听了，好久没出声。然后，阿明做出一个决定：他要替赵叔"还"了这笔钱。

第二天，阿明来到父亲的床头，拿出一张银行卡，说："爸，我找到赵叔了，这是他还您的钱。"

父亲震惊道："你赵叔呢？"

"我是通过朋友找到他的，朋友说，他在外地，因为疫情原因，暂时回不来。"阿明好不容易想出了这么一个天衣无缝的理由。

"你别骗我了，你老实说，这钱是不是你的？"

"您说啥呀？"阿明紧张起来，不知自己哪儿露了馅。

"你能这样，爸很高兴，"父亲试着坐起来，说，"有你这样的儿子，爸很骄傲。之前，爸怕你和你妈一样……"他从枕头下拿出一个快递信封："你赵叔失踪前，卖掉了所有值钱的家当，包括车和城里的房子，他也不来见我，而是从太清山给我寄来了这个，里面有一本二十万的存折，还有一封信。"

阿明一惊："赵叔真的早就还您钱了？那您还急啥？"

"是啊，可你们不信，一直以为我的心病是为这二十万，其实不是，爸不是这样的人！你赵叔在信中说，他有事要出趟远门，不知哪天才能回，他放心不下家里的老娘，让我有空就去看看……"

阿明想到春节时父亲从太清山发回的视频，说："您接二连三往太清山跑，就是去看赵叔的娘？"

父亲点点头说："你赵叔卖车卖房还了我这笔钱，人却失踪了，而且怎么也联系不上，一定是有大困难，他是怕我担忧啊！我就一直把这钱留着，想让他先用，渡过难关。我现在最大的心病就是找不到他，而且他娘都那么大年纪了，身体也不好……"

阿明想说什么，却一句话也说不出。他不敢把知道的消息告诉父亲，这只会加重父亲的心病。他暗下决心，一定要办好两件事，于是说："爸，赵叔不会有事，我一定会找到他，让他来看您。"

第二天，阿明说服母亲，请来一个保姆，然后从太清山接来了赵叔的老母亲。接着，阿明带着那笔钱，悄悄来到了省城肿瘤医院……

（**发稿编辑**：曹晴雯）

（**题图、插图**：豆 薇）

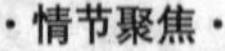

□ 唐　风

为幸运买单

耿华正在读高三。他的父亲卧病在床，全靠母亲在菜市场给霍老板打零工补贴家用。寒假时，耿华闲在家里，母亲找到霍老板，低声下气地问能否给耿华找个差事。霍老板想了想，说自己要去云南收购独头蒜，可以让耿华当个帮手，吃住全包，每天支付耿华五十元工资。有了这个好差事，耿华兴奋得一夜没有睡好觉。

耿华跟着霍老板从哈尔滨来到了几千里之外的云南大理。霍老板验货，耿华算账，两人配合默契。十天后，霍老板收足了货，接下来便是往哈尔滨长途运输了。从大西南的大理到大东北的哈尔滨，一共四千多公里，路途遥远，霍老板选择铁路陆运。

火车运输，必须雇用一位押运员。霍老板派耿华到押运公司签订合约。耿华一看合同，几乎惊掉下巴：押运是按里程计费的，从大理到哈尔滨，押运费要八千元！

耿华从押运公司回来向霍老板汇报。霍老板嘴里叼着雪茄烟，慢悠悠地说道："押运费不便宜，但百万元的货物不能没有押运员。"

耿华仔细一想，自己跟着霍老板忙前忙后收购大蒜，一天才赚五十元，十天满打满算五百元钱，

而一趟押运就是八千元啊！这样一算，耿华心底一亮，说出了想法：自己想当押运员。

霍老板默默地抽着雪茄烟，沉思良久，摆摆手说："还是雇一位押运员吧！"

耿华急了："雇我当押运员，您不是照样出八千元吗？"

霍老板却没有松口："还是雇一位押运员吧！"

耿华看霍老板不肯改变主意，近乎哀求地说："我不要八千那么多，减半，只要四千！总行了吧？"

霍老板犹豫片刻，却还是说："你去雇押运员就是了，胡搅蛮缠什么！"

想挣的钱挣不到，回程的路上，耿华一肚子怨气。

回到哈尔滨，这天，耿华正在家里生闷气，突然电话响了。耿华一看是霍老板的电话，就立刻挂了，可刚挂上，电话又响起来。看来，霍老板很有耐心，电话一直反反复复地响着，耿华只得接听。霍老板在电话那头说道："我到你家去一趟！"

耿华听了也没往心里去，随手把电话挂了。没想到下午霍老板真的过来了，他二话不说，"啪"的一声把五千元钱拍在桌子上。

耿华一惊，一旁的母亲急忙问道："咋回事？"

霍老板点燃一根雪茄烟，缓缓说道："运输咱们大蒜的火车行至郑州编组站，停留编组。夜里，几名歹徒爬上火车，对押运员搜身行窃。押运员孤身搏斗，身中数刀。据医院方面讲，押运员可能终身残疾了。不过，咱们已经支付了押运费，押运公司会负责所有赔偿，与咱们无关！"

耿华听得浑身发凉。

霍老板停了片刻，拍拍耿华的肩膀，说："小伙子，找专业公司雇用押运员，是我做生意一直遵守的规矩，这样权责明确，还能规避风险。幸亏那天我没有心软，让你押运，不然灾难就有可能落到你的身上。那时候，我承担的就不仅仅是几千元了。这五千块钱，就算是我为咱俩的幸运买单吧！"

（发稿编辑：吕　佳）

（题图：张恩卫）

红版编辑部各编辑邮箱：

吕　佳：lujia411@126.com

丁娴瑶：dingxianyao@126.com

陶云韫：taoyunyun1101@163.com

曹晴雯：caoqingwen0228@126.com

孟文玉：yuwenmeng@126.com

大酒鬼小酒鬼

□ 姚国庆

早年间，有个嗜酒如命的酒鬼。有一回，酒鬼走亲戚时喝醉了，回家路上睡在了旷野。那天夜里突然降温，先刮北风，后飘雪花。雪越下越大，酒鬼迷迷糊糊地感觉怀里抱着个毛茸茸的火炉，浑身冰凉的他就把火炉抱得更紧了一些。第二天，他酒醒了，慢慢活动冻僵的手脚，揉眼一看怀里那东西，当场就跳了起来：那竟是一条肮脏的野狗！

野狗喝了酒鬼随身带的剩酒，正迷糊呢。酒鬼觉得这野狗是福星，要不是它，自己昨晚恐怕就冻死了。于是，酒鬼把野狗带回了家，每次喝酒，也分给它一碗。渐渐的，野狗喝酒也上了瘾。一人一狗摇摇晃晃地走在路上，人们就说："看，一个大酒鬼，一个小酒鬼。"

大酒鬼赚钱时多时少，赚得多就买好酒，赚得少就买次酒。没过多久，他发现小酒鬼竟然学会了辨别酒的好坏。面对好酒，它摇头摆尾，兴奋不已；面对次酒，它苦着脸，闻都懒得闻一下。

大酒鬼灵机一动，有了主意。他带着小酒鬼来到一家赌场门口，对那些进进出出的赌徒说："我这狗能辨别酒的好坏，不信可以打赌。"还真有不少赌徒跟他打赌，结果每次都是大酒鬼赢。

一连几天，大酒鬼赢了不少钱。这天，他正准备收手，去买只烧鸡打打牙祭，突然听到有人喊他："老弟，请留步！"

大酒鬼回头一看，见是一伙人，招呼他的是中间一个少爷打扮的，其他跟班帮他提着鸟笼、蝈蝈笼啥的。少爷对大酒鬼说："你那狗好玩，本少爷看了半天了，怎么样，陪爷玩几天？"见大酒鬼有些犹豫，少爷就自我介绍："我是县长的公子，姓童，以后叫我童少爷就是。放心，亏待不了你。"说着他递了一个眼色，旁边一个跟班举起了鼓囊囊的钱袋子。

有钱好办事，大酒鬼就问："童少爷，您想怎么玩？"

童少爷说："我打算给你这狗每天喂好酒、更好的酒、最好的酒……不断提高它的品味。"

见大酒鬼满脸不解，童少爷叹了口气，说出了这么做的目的。原来，童少爷作为县长公子，担任了县酒业协会的会长。说起来，这也是个令人头疼的职务。县里每年要招待不少头头脑脑，招待就得喝酒，可是每次招待，拿出县里评选的名酒，大家都不满意，有的客人甚至当着县长的面把酒倒了。县长就骂童少爷这个会长无能，堂堂一个大县，竟评不出好酒。童少爷心里明白，每年评酒，自己都收了贿赂，哪里能评出好酒来？今年，他决心要搞出名堂来，贿赂不收了，可是怎么才能评出真正的好酒？就算找了懂酒的人来当评委，又怎么能保证他们不受贿呢？童少爷整天为这事发愁……

听到这里，大酒鬼有点明白了，说："童少爷，你的意思是，让我的这条狗来当评酒大会的评委？"

童少爷"哈哈"一笑，说："没错，它既懂酒，又不会受贿，最公平不过了！"

事情就这样定了。接下来，大酒鬼每天都把小酒鬼送到童少爷家。童少爷搜罗了全国的名酒、好酒，看着小酒鬼把那些酒一杯杯喝下去，大酒鬼恨不得缝上它的嘴，把酒倒进自己嘴巴里。童少爷还给小酒鬼配了一辆板车，等它喝醉了，就让大酒鬼把它放到车上，拉它回家。路人看到这一幕，都啧啧称奇，赞叹这狗的福气。

小酒鬼每天过完酒瘾，到家后只要一醒酒，立刻就去找邻居家的母狗花花。看着它们耳鬓厮磨、缠缠绵绵，大酒鬼羡慕得不行。这时，他就会忍不住往"娄家酒坊"多跑

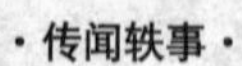

几趟——除了打酒，这里还有个姑娘吸引着他。

姑娘是掌柜娄老头的三闺女，名叫小艺。小艺长得水灵，一双大眼睛看人一眼，能带走人的魂儿。这天，大酒鬼又来到酒坊门口，躲在大树后偷看小艺。见小艺挑着空桶从酒坊出来，大酒鬼知道她要去河边担水，就想跟着过去搭把手。到了河边，小艺把担子放下，红着眼眶，满怀心事的样子。大酒鬼忍不住走上前，问她怎么了。这一问，小艺竟蹲下哭起来，边哭边说："以后……以后，你再也见不到我啦，我爹要把我嫁到山里去……"

大酒鬼一听这话，立刻怒目圆睁："你爹真是钻到钱眼里了！"

娄老头有三个闺女，大女儿、二女儿都嫁到了偏远地方，只因那里的财主给得起钱。这两个闺女，一个雪天下山摔死了，一个孤零零地在外地受尽欺负。

小艺哭着说："不光嫁得远，听说那人是个暴徒，连自己的母亲都打。要是嫁给他，我怎么活……"

这天夜里，大酒鬼怎么也睡不着，脑中老是浮现小艺那挂满眼泪的脸。这时，小酒鬼和花花"约会"完回来了。听到小酒鬼进后院的动静，大酒鬼突然冒出了一个主意。

第二天一早，大酒鬼去找娄老头，他鼓起勇气说："娄老头，我要是帮你发大财，你能不能把小艺嫁给我？"这是他头一次说这么大胆的话，说完心里"怦怦"乱跳。

娄老头冷笑一声，不屑地说："你能帮我发大财？你有啥本事？"

大酒鬼大声说："我有啥本事，以后你就知道了！要是不信，咱们就打个赌。你把小艺留到今年年底，如果我没帮你发财，别人给你多少彩礼，我十倍奉上！"

一开始，娄老头以为大酒鬼在开玩笑，但看他一副认真的样子，想想反正自己也没损失，就答应了。

大酒鬼高兴坏了，他每天依旧带小酒鬼去童少爷那里。很快，到了评酒大会开幕的前一天。大酒鬼找到娄老头，对他说："把你家最好的酒拿来，我有把握让这酒被评选为县里的名酒。"

娄老头半信半疑，抱着试试看的心理，他让小艺从珍藏多年的酒坛里打来一壶好酒。小艺早已听闻大酒鬼的"豪言"，见到他时，比以往任何时候都羞涩，低着头把酒壶给了他。大酒鬼对小艺说："放心，我有办法，绝不会让你远嫁的。"小艺听了脸一红，扭头跑远了。

大酒鬼回到家，把"娄家酒坊"

的酒倒了一小杯，放在小酒鬼面前。小酒鬼闻了闻，却一副不感兴趣的样子。看来，这酒还差点意思。

第二天一早，大酒鬼把那壶酒给小艺送了去，说："这酒我加工了一下，今天你和你爹就带着这壶酒去参加评酒大会，保准有好名次。"

评酒大会上热闹非凡，全县近百家酒坊都派了人来参加。童少爷宣布，要让一条狗当评委。他让大酒鬼把小酒鬼牵出来，当场演示。

几轮演示下来，小酒鬼果然只对好酒、名酒感兴趣，众人惊叹不已。童少爷说："这狗是世上最公正的评委，相信今天一定能选出实至名归的好酒！"

之后过程如何，就不多叙了。总之，"娄家酒坊"的酒出场时，小酒鬼只闻了一下，就连声吠叫，拼命摇尾巴，表现得无比兴奋。除了娄家的酒，小酒鬼还对其他几款酒也表现出了兴趣，但反应都没有那么强烈，众人不禁都对这名不见经传的"娄家酒坊"心生好奇。

评酒大会后，"娄家酒坊"生意大火。娄老头赚到了钱，心情不错，就兑现诺言，把小艺嫁给了大酒鬼。

婚后，大酒鬼和小艺十分恩爱。大酒鬼很感激小酒鬼，从邻居那里买下了小母狗花花，让小酒鬼和它"夫妻团聚"。

有一次，大酒鬼喝醉后抱着花花，说："花花，谢谢你，没有你帮忙，我就娶不到小艺这么好的老婆呀！"

小艺听后一头雾水，只当大酒鬼是在说醉话。她不知道，原来，评酒大会前，大酒鬼在娄老头的那壶酒里，加了花花的一泡尿呀！

（发稿编辑：吕 佳）

（题图、插图：刘为民）

·传闻轶事·

智运炮弹

□ 周大鸣

那是一九四八年七月，小周是鲁北沾化县渤海贸易公司的办事员。董经理交代他说："解放全国要打硬仗，你得跑一趟旅大的建新公司运炮弹。公司的地址、炮弹的数量和规格都是机密，不能泄露。旅大是苏联红军管控区，运输的海路又是国民党的地盘。很多货商只能给钱求他们放行，可我听说，就算放行他们还是要查货舱……"

小周大力扇着蒲扇，散热驱蚊，低着头想了很久。突然，他眼睛一亮，说："俺老家隔壁有个洋布行，老板是个英国人，叫汤姆，他儿子汤万里和我是发小，要是找他冒充一下苏联人的话……只是有十年都没见了，不知他还在不在沾化。"

事不宜迟，第二天一早，小周就去县工商所打听洋布行的消息。所里的同志说："喏，全县的商号老板都在那边开会呢，你去门口候着不就行了？"果然散会后，小周一眼瞅见人群中有一个黄头发脑袋。见到小周，汤万里也开心地大叫，两个人紧紧抱在一起。

二人在对面的茶馆坐下，寒暄过后，小周简单地说了自己想请他假扮苏联人去苏管区运货的事。当然，保密起见，小周说是运送粮食，再回购药品。

汤万里说："我是个外国人，按理说不该掺和你们内部的事。但

是，粮食和药品，这是民生必需，再加上我俩从小的情分，这个忙我肯定是要帮的。”

三天后的码头，小周着灰色洋布长衫，手里夹着公文包，驳壳枪插在长衫里的腰带上；武装押运员穿白色土布短衣和青黑长裤，步枪斜挎身上，一手提着包袱，一手拎着子弹箱；汤万里身穿一套黑色西服，打一条灰色领带，脚上是黑色皮鞋，拎着一只旅行包。三人相继走上跳板，来到装满粮食的船上。

“带枪干什么？”汤万里有点被这阵势吓到，悄悄问小周。

“防海匪啊，”小周拍拍汤万里，一本正经地说，“万一有女海匪把你掳了去当压寨丈夫呢？”

汤万里“哈哈”大笑：“那倒是不错，我会劝他们信耶稣。”

航行了一天一夜之后，到了旅顺港外围。进港卸下粮食，办了交接，一艘汽船过来，挂上缆绳，准备拖曳木篷船去黑嘴子码头，那是建新工业公司的专用码头。

小周对汤万里说：“对不住了，兄弟，你是外国人，为了保密，在这得蒙上你的眼睛。”

汤万里指指岸上巡逻的苏联军人，说：“他们也是外国人啊！”

小周说：“他们是苏联人。”

汤万里瞪大眼睛：“你不是也安排俺当苏联人的吗？”

小周笑了：“你是假冒的。”说完，他就蒙住了汤万里的眼睛。

很快办妥了一切手续，两艘木篷船满载着用油布包裹好的一箱箱炮弹离开了黑嘴子码头。船舱里，小周坐在角落里不知在忙活什么。

木篷船行到半程，押送员望见海面上有一条白带子，怀疑是巡逻汽船，叫来小周。小周一看，连忙让船老大落篷。两人紧急商量后，押运员便趴在船板的一个隐蔽位置，枪口对着白带子做好应战准备。

小周把汤万里从船舱里带上甲板，给他整了整衣服，还在他胸前口袋上别了个徽章，这才和他并排站在船头，望着远方说道：“该你出场了，我的‘苏联’兄弟。”

汤万里看着远处驶来的巡逻汽船，拳头握紧又松开，神色紧张。那个白带子越来越近，果然是国民党的巡逻汽船。船上坐着三个国民党士兵，都挎着冲锋枪，其中一个胖子气势汹汹地大声叫道：“船上装的什么？”

小周指指身旁的汤万里，说：“俺劝你最好别问。”

这时三个士兵才看清楚船上站

着个金发碧眼的外国人。胖子一愣，问："他是谁？"

小周说："他是旅大军管会司令部的，我是他的翻译。"

"苏联人？"胖子有点疑惑。

小周说："看到徽章了没？他是苏联红军的少校。"

另一个瘦瘦的士兵说："例行公事，查验货物。运的什么货？"

小周对着汤万里"叽哩哇啦"乱说了一通。汤万里则微微皱眉，不屑地扫了一眼那几个国民党兵，也对着小周"叽哩哇啦"说了一通。

小周边听边点头，然后"翻译"道："少校说，船上都是苏联军方的货，任何人不得过问。"

瘦子显然比胖子有脑子，说："口说无凭，有公文吗？"

听到这里，埋伏在一旁的押送员不禁把手指搭住了扳机：哪来的公文啊？看来要露底了，只好来硬的了！他眼睛瞟着小周，只要小周一个眼神，他就立刻开火。

小周却看也不看他一眼，神色自如地说："当然有公文，俄文的！你们看得懂吗？"

押运员愣住了，手指渐渐离开了扳机。只见小周不慌不忙地从长衫衣襟里摸出一张纸，展开，将有字的那面对着汽船，说："看得懂吗？俺给你们念念吧！"

公　文

本船所载为苏联红军旅大军管会司令部的货物，望沿途军警予以放行为盼。

此告

苏联红军旅大军管会司令部

一九四八年七月十日

三个国民党兵看到纸上盖着红红的公章，旁边还有不认识的外国字，不由得信以为真，不敢再说什么。这时汤万里又说话了，"叽哩哇啦"的，听起来很生气的样子。

小周连忙"翻译"："少校生气

啦，说苏联帮助中国打败了日本人，两国领袖已经签订了苏中友好同盟条约，而你们居然敢插手苏联军方的事务，太不礼貌了！”

三个士兵交头接耳了一阵，胖子说：“行了，你们走吧。”说完，巡逻汽船轰响着驶远了。

小周、汤万里和押运员三个人各自依旧保持着先前的姿势，僵着没动。木篷船的船老大忍不住叫道：“他们走了！已经走了！我们可以升篷开船了吧？”

僵在原地的小周和汤万里猛醒一般对视了一眼，喃喃说道：“走啦？走啦！”

埋伏在暗处的押运员也长舒一口气，端着枪的手软了下去。

船老大乐呵呵地说：“俺跑了多少年的船了，只要碰到巡逻汽船，货主又是花钱又是赔笑，还常被扣下货，还是你们有能耐啊！”

押运员问小周：“你咋还弄到苏管区的公文了呢？”

小周“嘿嘿”一笑，说：“假的，自己瞎捣鼓的。”

原来，小周把一张白纸裁成书本大小，用小楷毛笔端端正正地写了一篇“公文”。在建新公司装货的时候，他又托人找来一份俄文报纸，照葫芦画瓢，在中文“公文”旁边抄了一份俄文版的，他还用土豆刻了两个“公章”，蘸上红印泥，盖在“公文”上。

“我只是以防万一，没打算用，所以没告诉你，没想到真派上用场了。”小周笑着说。

汤万里这时叫了起来：“什么？公文是假的？”说着，他伸手从小周衣襟里掏出“公文”细看，连声大喊：“你这个骗子，我都被你骗过去了！当时我以为是真的，我也看不懂俄文啊！对了，徽章也是你做的？咦，没有别针？”

“在苏管区上货时，我捡了个啤酒瓶盖，砸扁插在口袋上，还真像徽章！”小周忍住笑拍拍汤万里，“但没有你这个‘苏联少校’，一百个公文和徽章也没用呀！”

后来，在渤海公司欢庆济南解放的大会上，董经理说，一个国民党高级军官被俘后叹道，没想到共产党还有那么厉害的炮弹，固若金汤的永备型工事，几炮就被炸烂了。

董经理赞许地看了一眼小周，骄傲地说：“这些炮弹中的一部分，就是俺们渤海公司从旅大买来的！”大家欢笑着鼓起掌来，热闹的声音像响雷一般直冲屋顶。

（发稿编辑：孟文玉）

（题图、插图：谢　颖）

流浪汉的狗

动物保护协会的工作人员发现了一个带着狗的流浪汉，试图说服他把小狗送到收容机构。

流浪汉紧紧地抱着小狗，连连摇头："不，我很爱它。"

"听着，你有选择流浪的自由，我们无权干涉，但我们不愿看到它变成一只流浪狗。"动保协会的工作人员说。

"我是它的主人，它有家，它不是流浪狗。"

工作人员摇头："可你自己都居无定所，怎么给它稳定的生活呢？"小狗见陌生人要带走它，胆怯地躲到桥洞下自己的窝里。

当时是秋季，天气微寒，流浪汉在地上铺了一层纸板，这就是他睡觉的地方。紧挨着纸板的地方铺着一件破旧却很厚实的棉衣，周围用塑料袋围成一个挡风的小窝，看起来很温暖。小狗躲在里面，不肯出来。小窝前的食盆里还有半根香肠。

"你看，它不愿意离开我，我也不能没有它。从我和它相遇的那一刻起，我们就是家人，请不要让我们分开。"流浪汉恳求道。

工作人员不再说话了，他已经明白，自以为是的善良对于这只狗和它的主人来说，反而是傲慢的残忍。

（**作者**：[美]丹妮拉·凯莉；
推荐者：田龙华）

乌吉养"贼"

东汉时期，有个叫乌吉的农夫，他种的甜瓜快要成熟时，便住在瓜田里看守。可他睡着的时候，瓜还是会被偷。

乌吉见状，索性不去看瓜了。更匪夷所思的是，每天傍晚他还摘几个顶大的甜瓜放在地头，等贼夜里来将它们拿走。

村里人问他："不防贼就罢了，也不能养贼啊！"乌吉淡淡一笑，说：

"如果我不把瓜摘好放在地头，那些偷瓜贼就要自己下地摘。因为是偷窃，肯定慌里慌张手忙脚乱，这样他们不但偷了我的瓜，还会连带着踩坏旁边其他的瓜。现在我把瓜摘好放在地头，其实是减少了我的损失。"

在乌吉"养贼"后不久，窃贼们不知道是碍于脸面，还是被乌吉的举动所触动，或者是领悟到什么，居然不再来偷瓜了。

乌吉"养贼"看似无稽可笑，实则充满应变的智慧。当我们对身边的丑恶行为实在无力改变时，也不妨运用乌吉的这种欲擒故纵的策略，将自己的损失降低到最小。

（**作者**：蒋骁飞；**推荐者**：裴金超）

背板

我17岁开始就跟着父亲学木匠手艺，父亲每次检查我打好的家具时，都会将抽屉的背板拆下来，重新打磨好再安上去。我很是不解，背板人家又看不见，花这么大的功夫干吗？

父亲语重心长地说："背板虽然第一眼看不见，但心能看见，它是一件家具的一部分。一件家具做得好不好，就看背板工艺好不好。"

后来，我离开家乡外出谋生，父亲叮嘱道："无论将来走到哪，都不能忘了背板，它是你一生安身立命的'金子'！"

我心想：我以后又不当木匠了，"背板"跟我还有什么关系呢？

父亲似乎看出我的心思，又说道："还记得你小时候上学，我常常教育你，要做到老师在与不在都一个样吗？那个'不在'，就是你的背板。就像木工活，面板和背板要做得一样精致，你这个背板才能让我放心！"

我恍然大悟：是的，人生可以贫穷、可以平凡，但决不能丢掉"背板"，它是人生最宝贵的"金子"！

（**作者**：李良旭；**推荐者**：梅之傲）

（**本栏插图**：陆小弟）

猴徒弟

□李海庆

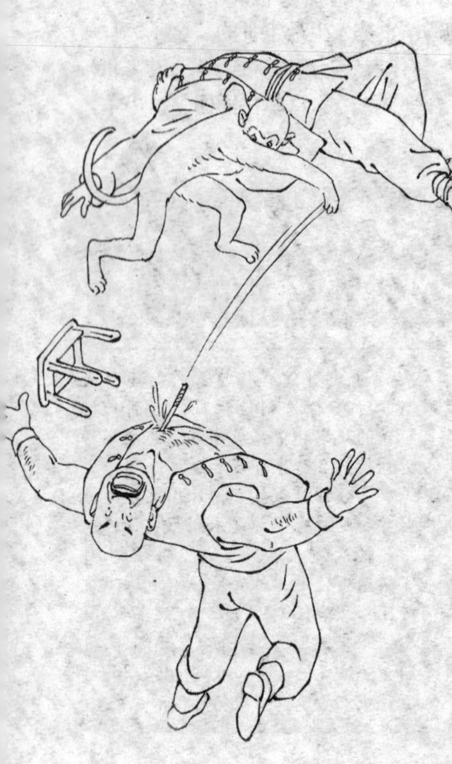

老年间，老牡丹江的老道巷子这片子地儿，每天都很热闹。

一天，药铺的董郎中出门逛街，看到一大帮人围在一起，觉得好奇，于是挤上去想看个究竟。董郎中从人缝中看到，原来是裘三儿正在耍猴。只见那裘三儿胸毛外露，虎背熊腰，手执一根长长的鞭子。

再看那只褐色毛猴，它能模仿出裘三儿的各种动作：裘三儿挠头，那猴挠头；裘三儿捋胡须，那猴学着摸下巴上的毛；裘三儿伸懒腰，那猴伸出双臂，打了一个哈欠。

接着，裘三儿从袖子里掏出一枚飞镖，甩出去，飞镖直插靶心。那猴接过裘三儿的飞镖，奋力甩向靶子，也正中靶心。

围观的人大声叫好，有人不由得夸道："这毛猴简直成精了，学什么会什么。"

董郎中却摇摇头，叹了口气。

然后，裘三儿又从袖子里抽出几枚飞镖，不断地飞速向那猴甩去。那猴一次次前跃，轻巧地接住。

只有一次，裘三儿扔得太急，那猴脚步踉跄了一下，飞镖脱了手。裘三儿顿时怒不可遏，甩起长鞭，狠狠地向那猴抽去，那猴一声哀鸣，令人心惊肉跳。裘三儿却不罢手，依旧甩起长鞭，毫不留情地向那猴

抽去。

董郎中是老道巷子出了名的善人，看到猴子被如此虐待，禁不住在人群中高喊：“住手！”

裘三儿一回头，见是董郎中，便嬉皮笑脸地走过去，阴阳怪气地说：“我说是谁呢，原来是董大善人。这猴子是我的，我爱怎么摆弄就怎么摆弄。”

董郎中急忙从怀里取出十块大洋，放在裘三儿的手里，轻声说：“放过这猴吧，这猴我买下了！”

裘三儿用手掂了一下那十块大洋，眼睛一眯，张口说：“再添十块，把猴牵走！”裘三儿话音未落，董郎中又在裘三儿手上放了十块大洋。

董郎中为买这猴，足足用了自己大半年的花销。他抱着受伤的猴儿回到了家，急急打开药箱，取出药罐里的药末，均匀地撒在那猴的伤口处。说来也怪，那猴乖巧得一动未动，凝神细视董郎中，似是董郎中的故知，好像与董郎中结识多年。

那猴的伤口结痂以后，天天跟在董郎中身边，不离左右。董郎中为病人上药，那猴就高高地举着药箱，立在一旁；董郎中为病人号脉，那猴也屏气凝息，似乎听着什么。时间久了，董郎中手指头一指，那猴就知道去拿什么。

董郎中笑着和外人说：“这猴，是我徒弟！”

自此以后，巷子里就传开了，董郎中收了一个猴徒弟。

两年后，老牡丹江开始闹匪事儿。山上的胡子成帮结伙地下山抢掠，老道巷子变得鸡犬不宁。董郎中开始拾掇细软，准备举家南迁，以避山匪。

谁承想还是晚了一步，这一日天未见亮，董郎中的家就被几个胡子踹开了门。

胡子们下了马，甩着马鞭，闯进董家的大院儿。顿时，董家硕大的院落也略显拥挤了。

为首的那个匪徒胸毛外露，膀大腰圆。

董郎中抬头一看，倒吸一口凉气，惊呼道：“这不是裘三儿吗？何时也成了匪？”接着，他摇摇头，叹了口气，直视裘三儿，说：“你以前也算是老道巷子的好户，咋也走上了这条弯道？”

裘三儿眉毛立了起来，说：“啥道儿有这道儿来钱快？你也别啰嗦了，买个猴儿你能花二十个大洋，我没看走眼，有钱主儿就是腰粗。

这宅子里现大洋肯定有不少，兄弟们一会儿给我细细搜搜！”

裘三儿的话音未落，一个黑影“嗖”的一下蹿到董郎中前面，紧紧护住董郎中。

裘三儿愣了一下，继而“扑哧”乐出了声，指着董郎中前面的那猴，回头跟后面站着的几个胡子说：“兄弟们，这猴我驯过。看这猴，听我摆弄！”说毕，他甩了一下马鞭，那猴的身子跟着抖动了一下。

裘三儿又甩动一下马鞭，喊了声：“翻！”那猴果真应声翻了个跟斗。裘三儿再一次甩动马鞭，高喊“绕圈翻”，那猴仿佛听到咒语一般，真的绕着院子连翻了数个跟斗。后面的胡子们见了，笑得前仰后合。

接着，裘三儿不断甩出飞镖，喊道“接住”。那猴一次次前扑，接住了那些飞镖。

裘三儿忽而冷笑一声，甩出一枚飞镖，飞镖变换了方向，划出一道长长的弧线，冰冷的镖头直插向董郎中的腹部。董郎中顿时倒在地上，脸色惨白，捂住伤口的手指缝间汩汩往外冒血。

只听那猴发出一声凄厉惨叫。裘三儿甩出马鞭，“嗖嗖”的马鞭声掠过那猴的耳畔。裘三儿瞪大眼睛指着董郎中，对着猴高声叫道：“向那里甩飞镖！”

那猴怔了片刻，眼睛红红的，像是燃起了火。蓦然间，它举起手中的一枚飞镖，狠命地甩了出去，再次凄惨地叫了一声，像是使出了全身的力气。

飞镖改变了轨迹，划出一道白线。裘三儿应声倒下，胸口的血喷涌而出。

那猴红了眼，将手中剩下的飞镖一枚枚向裘三儿甩去、向裘三儿身后的几个胡子甩去。裘三儿胸口血葫芦一般，鲜血淋淋，身后的胡子们抱头鼠窜。

裘三儿至死也未料到，那猴竟会反戈一击。董郎中也看得啧啧称奇！那猴仰起头，向裘三儿甩飞镖，像极了裘三儿的身手；那猴俯下身，为董郎中敷药，也像极了董郎中救死扶伤的样子。

后来人们谈起这事儿，都说：“那猴跟了两位师傅，学会了惩恶扬善，了不得啊！”

正是如此，邪不胜正，裘三儿的恶意驯服怎么能抵得上董郎中的善心教化呢？

（**发稿编辑**：陶云韫）

（**题图**：刘为民）

亮嫁妆

□张国心 搜集整理

桥头镇有一个财主乔老爷。在乔老爷的孩提时代，有一件事深深地扎根在他的心中，历久弥新，那就是沈百万亮嫁妆。

沈百万的女儿出嫁时，他搭了一个大大的席棚，把送给女儿的嫁妆全都亮了出来：穿的戴的，使的用的，吃的喝的，应有尽有。把偌大的席棚摆得五彩缤纷满满当当，此“壮举”轰动乡里，一时成为美谈，无人不说：“沈百万的女儿有福气，摊上个好爹，一辈子吃穿无忧，有享不尽的荣华富贵。”

斗转星移，世事变迁。几十年一眨眼就过去，如今沈百万在何方？无人知晓。乔老爷不再是当年被裹挟在人群里看热闹的那个小屁孩，经过摸爬滚打，他发达了，“乔百万”的名号远近闻名。

这年，乔老爷的独生爱女到了出嫁的时候，他也要学当年的沈百万，亮一亮女儿的嫁妆。他请来最好的工匠搭起了席棚，披红挂绿，张灯结彩，比沈百万有过之而无不及。要说更胜一筹的是，他贴出醒目的大告示，上面写：“有能说出嫁妆不足者，赏银一两，外加雪花大馒头两个。”银子就摆在席棚门口，晶亮闪光；雪花大馒头冒着热气，散发着诱人的香味。

这下，小小的桥头镇可就热闹了。人人争先恐后来看乔老爷女儿的嫁妆，一是开开眼界，长长见识；二是想找出点什么“不足”或“遗漏”。到席棚里一看，完全超乎想象，只有想不到的，没有看不到的。几天过去了，无一人拿到银子、吃到大馒头。

这天，席棚大门外来了一个叫花子，是个岁数很大的女人。她头发蓬乱，衣衫褴褛，浑身散发着刺鼻的馊味。她拄着木棍，一歪一斜地就往席棚里走。乔老爷看见叫花子也来凑热闹，感到晦气，叫伙计拿两个馒头送给叫花子，把她轰走。可那叫花子看也不看递过来的白馒头，仍径直往席棚里闯。有个伙计拦住了叫花子，不让她走过去，竟被她“梆梆”打了两棍。

乔老爷怒不可遏，上前斥责道：“不知好歹，也不睁眼看看，这里是你来的地方吗？”他回身一招手，又叫来几个强壮能干的伙计，他们不容分说，就把叫花子架了起来。他们把叫花子放在一台木轮车上，前拉后推，一口气把叫花子送到了桥头镇外，好话劝了一堆，之后回来交差。

没想到，伙计们前脚回到亮嫁妆的席棚，叫花子后脚又跟回来了。她指着乔老爷说：“你怎么出尔反尔，说话不算数？”

乔老爷说：“你也没有说出嫁妆还缺什么，给你两个馒头就不错了，还要什么银子？”

叫花子反唇相讥：“你也没让我进去看看，我怎么能说出嫁妆还缺什么？”

乔老爷被呛得哑口无言，看热闹的人围得里三层外三层，议论纷纷。叫花子不依不饶地说：“你是不是不敢让我进去看？”

乔老爷要面子，岂能被一个叫花子吓住？他退步让开了路，让叫花子进了亮嫁妆的席棚。他倒要看看，一个叫花子能挑出个什么子丑寅卯来。

叫花子不紧不慢地走进了席棚，她抬头看去，这边是象牙床、红罗帐、绸缎被、绣花枕；那边是书桌琴桌八仙桌，地柜炕柜檀香柜，衣箱鞋箱首饰箱，漆匣玉匣描金匣……琳琅满目的嫁妆不说价值连城，也算得上贵重如山。可叫花子看了，不是不屑一顾，就是嗤之以鼻，根本不为所动。这让乔老爷心里不是滋味，他问：“你倒是说说看，我女儿的嫁妆还缺少什么？”

叫花子不亢不卑地说：“缺得真不少。三伏天缺少一张紫藤纳凉床，晚夏初秋少一袭珠罗蚊香帐，冬天缺一盘熏被窝的九转铜香炉，脚下还少一个压寒避风的皮床套，还有夹核桃的铁钳子，砸榛子的铜砧子。”

乔老爷一听，句句在理，赶紧让人记下来，命人立刻抓紧置办。他对叫花子不得不刮目相看。谁知，叫花子接下来的话却令人震惊：“这些还不算是重要的，重要的嫁妆一样也没有，你这个当爹的实在不够格！”

乔老爷压住火气，“敬请”叫花子明言开导。叫花子毫不客气地说：“还有种地的犁、赶牛的鞭、割草的刀、筛米的箩；有捡粪的箩筐、刨土的尖镐、铲地的长锄、劈柴的利斧……”

没等叫花子说完，乔老爷鼻子都气歪了，厉声说：“住嘴，你说的这些都是下人用的家什。我女儿是千金小姐，根本不用去干那些粗活，岂能用得着这些乱七八糟的破烂东西？”

叫花子冲天长叹一声，说：“言之差矣，你可知道很早以前有个沈百万吗？”

“当然知道。”

“你只知其一，不知其二。”接着，叫花子就讲了沈百万的故事——

沈百万的女婿本是寒门之子，他得到了那些数不尽的嫁妆后，一夜暴富，从此懒得出力，吃喝玩乐，挥金如土。沈百万劝姑爷干点正事，实在不行就花钱给买个官当。听说当官，那不知天高地厚的后生竟然答应了，不久就穿上官服走马上任。可他当了官，还是不知珍惜，作威作福，贪赃枉法，没过几年就被朝廷治了罪。家产全被充公，那些嫁妆一件没剩。沈百万也受了牵连，被抄了家，一夜间倾家荡产……

叫花子抹了一把昏花的眼睛，接着说：“送给儿女钱财再多，不如送给儿女养家糊口的本事。钱财越多罪孽越大，只怕是到头来一场空。我讨饭路过你家门口，看到你亮嫁妆，想好言劝你几句，听不听由你了。”

乔老爷这才感觉到，眼前这个叫花子不简单，他躬身问：“老姐姐，您是……”

“我就是沈百万的女儿。”

乔老爷心头一震，似有所悟，立刻叫来伙计，把席棚全拆了，嫁妆不亮了。

（**发稿编辑**：陶云韫）

（**题图**：刘为民）

讨饭去上任

□ 李威远

清朝初年，于成龙被吏部选任为广西罗城县令，他是罗城第三任县令。

罗城新附清廷，战乱连年，满目疮痍。首任县令刚到任，就被强盗杀害，继任县令吓得挂冠而去。于成龙不畏艰险到了罗城，他招流民、开荒地、减赋税，励精图治七年，罗城人口大增，经济繁荣。朝廷褒奖，提升他为四川合州知州。

消息一传开，罗城上下轰动，都在议论如何报答于成龙的恩泽。这个时候，于成龙却带着跟班长庆，悄然离开了罗城。

上了路，于成龙心情大好，吟诗赞叹广西山奇水秀，长庆却忧心忡忡：大人不理家务，收支吃住都归他管，可巧妇难为无米之炊啊！大人官俸本就有限，又常周济别人，还要寄钱回家养家小，临行之时，俸银所剩无几。

罗城百姓知道于成龙清贫，此去合州肯定囊中羞涩，意欲捐赠银两给他作盘缠，他却谢绝了。

长庆建议于成龙走官道、住驿馆，可以减少些花费。于成龙想了想，道："不可，官场积习难改，我若住驿馆，每到一处，当地官吏按例迎来送往，要靡费多少库银？若是遇上贪官趁机敲诈勒索，更会殃及百姓。我们可以着便装走官道，但绝不能住驿馆！”

长庆掂掂手上的银子，摇头说：“此去合州千里之遥，这点钱，骑马、坐车是不可能了，就是走着去，吃住费用还缺大半呢，如何是好啊？”

“天无绝人之路，讨饭也去得合州，何况还有些银两呢！”

于成龙认准的事，九头牛也拉不回来，长庆知道只能自己想办法了。他忽然想起，广西道上人烟稠密，有不少寺庙，如若投宿寺庙，吃住费用不都省了吗？于是，每天傍晚，长庆都领着于成龙投宿寺庙。住持见天色已晚，就安排他俩住宿，招待一顿斋饭。就这样，没花费多少钱，两人就走出了广西。

上了蜀道，情况大变：道路崎岖，人烟稀少，也就少有寺庙。长庆担忧，于成龙却说：“天无绝人之路，虽无和尚庙，但多关帝庙。”

“为何多关帝庙？”

“蜀人敬重关云长忠勇有加，处处筑庙祭祀，有事相求时，就去庙里烧香供奉，常有供品可食。”

长庆惊喜道：“这倒也好！”

这天擦黑，长庆找了座关帝庙投宿。他点上蜡烛，在地上铺些稻草，请于成龙躺下。他再到供桌前察看，上面空空如也，只好说：“大人，今天要饿肚子了！”

“那我们到梦中吃斋饭去。”

长庆苦笑一声，睡了。

半夜，长庆饿醒了，似乎闻到馒头香，昏黄烛光中，依稀看到香案上有只大土碗里堆放着馒头。做梦吧？他在大腿上狠狠掐一把，痛得“哎呀”叫出声。于成龙惊问：“长庆，怎么啦？”长庆“哈哈”笑道：“大人，关帝显圣啦！”说着，他赶忙把馒头端到于成龙面前。

两人各吃了两个热腾腾的大馒头，喝了碗水，肚子不饿了。

于成龙端着蜡烛四下看看，说：“好生奇怪！这关帝衣冠褴褛、满面灰尘，日子过得很凄凉，怎会有馒头周济咱俩？”

“那是怎么回事？”

“肯定是有人送来的！”

“不可能！咱们在蜀道上人生地不熟，非亲非故的，谁会半夜三更送馒头给咱俩吃？”

“眼下这是个谜……”

第二天晚上，两人依旧找座关帝庙过夜。因为昨夜有情况，所以今夜长庆睡得警觉。刚入梦，忽听“嗖”的一声，像有野兽蹿进庙里。长庆一跃而起，四处察看，发现墙角蹲着一只兔子。它瞪着红红的眼睛，惊惶不安地看着他。长庆三扑两扑逮着兔子，笑着喊道："大人，关帝真的显圣了！"

"让我看看。"于成龙起身察看一番后，说，"兔腿有伤，分明是有人先射中了它，再把它往庙里放的，人应该还在附近。"

长庆一激灵，忙拿起哨棒猫身出庙，不一会儿，他推搡着一个瞎老头进来了。瞎老头白眼朝天，青竹点地，跌跌撞撞，颤颤巍巍。

于成龙问道："你姓甚名谁，家居何处？"

瞎老头说："小人姓花名四郎，广西罗城人。"

"为何天天跟踪我们？"

"四郎岂敢跟踪大人！"

"昨夜馒头，今夜兔子，想必皆是你所为。"

"大人明鉴，我是个瞎子，如何有这般能耐？"

长庆举起哨棍，吓唬道："还不如实招来，看打！"

于成龙忙喝住长庆："不可！四郎乃善良百姓，不说自有他的难处，何况他还救你我于急难。"

四郎双膝一跪，说："大人爱民如子，四郎实言禀告！"他说，早年他曾是罗城丐帮帮主，听说于成龙招徕流民开荒种田，朝廷还免征七年钱粮，他便解散丐帮，令众人去官府认领荒地。他们种田植桑当了农民，过上了安稳的好日子。

"如今，你为何而来？"

"罗城百姓令我重操旧业，暗中跟随大人，在急难时相助，并嘱咐我不到万不得已，不得暴露身份；大人若有闪失，拿我是问！"

于成龙很诧异，问为什么。

四郎说："罗城百姓要报答您，可您一再拒绝。他们担心万一您路上有闪失，罗城人上对不住朝廷，下对不住合州百姓，万般无奈之下才起用了我。"

于成龙笑道："那你说说，你有何能耐担此重任？"

"我七岁起就在罗城到合州道上要饭，道上的沟沟坎坎，我了如指掌。"

长庆不解，问："蜀道崎岖陡峭天下闻名，你既老又瞎，如何能看得见，还行走自如？"

四郎笑笑，说："既老又瞎那是假象，谋生手段而已。"说罢，他扯掉胡须、假发，站直了身体，好一个双目炯炯有神的精壮汉子！

长庆还是不解："你怎么在这蜀道上搞到热馒头和兔子的？"

四郎解释，蜀道两旁的山川、

城镇，他烂熟于心。昨夜他在附近小镇上买了热馒头，用棉衣包好，神不知鬼不觉地溜进关帝庙，放在香案上。至于打猎捕鱼之类的，其实是丐帮代代相传的生存之道。于成龙和长庆听了，赞叹不已。

很快，四郎把兔子收拾干净烤了，三人食欲大振，饱餐一顿。

长庆打着饱嗝说："我在罗城县衙当差七年，从没吃过这么好的伙食，你们丐帮的日子好快活！"

四郎笑道："那你入丐帮，跟我讨饭去。"

长庆瞅瞅于成龙，说："我去了，大人怎么办？"

于成龙说："我们一起去！"

三人"哈哈"大笑。

往后路上，四郎逢山打猎、遇水捉鱼，他们不再有饥饿之忧。就这样，三人顺顺当当地到了合州。

这天，于成龙对四郎说："你稳重干练，不如留下来当班头？"

四郎躬身行礼，说："谢大人美意！四郎奉罗城百姓之命护送，如今大人安抵合州，四郎须回罗城复命，以免百姓们牵挂。"于成龙点头称是。四郎又道："还有一事，罗城百姓曾欲为大人勒石立碑以作纪念，大人不允；又欲送万民伞，大人也不答应。于是他们暗中制作一方锦旗，要我离开合州之时送给大人。请大人务必收下，以成全罗城百姓爱戴之情！"

于成龙命长庆收下锦旗，展开一看，上面写着"清正廉明"，他"呵呵"一笑，道："过誉了！"

四郎临行前，于成龙执手相送："公务在身，恕不能远送，代我谢过罗城百姓！"

四郎双手作揖，洒泪而别："一定！大人保重，就此告别！"

（发稿编辑：曹晴雯）

（题图、插图：谢　颖）

新任总经理

□［日本］星新一

江野氏人到中年，在公司里担任科长。这天，他正坐在办公桌前浏览文件，桌上的内线电话响了起来。江野氏忙拿起听筒，电话那头的秘书说："总经理找你，他想听你汇报销售情况。"

江野氏答道："好的，我马上就过去。"

江野氏一边站起来，一边想：糟了，被总经理喊去，对谁来说都不是一件愉快的事。自从新的总经理上任以来，江野氏的日子就越来越难过了。他叹了一口气，手持一沓报表，硬着头皮朝总经理室走去。半路上，他正好与生产部的部长擦肩而过，从部长闷闷不乐的表情可以推测，他刚从总经理室出来。

江野氏心惊胆战地站在总经理室门口，做了个深呼吸后开始敲门。

"进来！"

"总经理，听说您找我……"江野氏进门后，一边打招呼，一边毕恭毕敬地鞠躬。因为上次被总经理提醒鞠躬时幅度过大了，所以他今天只是轻轻地鞠了个躬。可是，坐在老板椅上的总经理看到后，还是发了脾气："喂！头再稍微低下去一些，上身向前倾斜到三十度。我就喜欢这样的鞠躬，再来一遍！"

“好的，非常抱歉。”江野氏按照总经理的要求，重新鞠了个躬。

总经理面无表情地看着他，说：“对，这样就好，别忘了刚才的动作要领。接下来，我听听你的工作汇报吧。”

总经理哪怕稍微把员工当人看待也好啊，可他把员工当成什么了呀！江野氏在心里抱怨着，无奈地开始了汇报。

总经理听着听着，突然抬手打断了江野氏的话：“喂，你刚才说的是百分之五十五，这个数字准确吗？”

江野氏慌忙查看报表，果然如总经理指出的，数字搞错了：“实在对不起，是百分之五十四。”

总经理毫不留情地大声警告：“这样的错误是不允许犯的！”

江野氏战战兢兢地道歉：“确实是我算错了，但您也用不着大动肝火，仅仅差了一个百分点……”

“不，错了就是错了！”

“您说得对！可是，只要是人，都会犯错误的……”

“你这种观念不行！五个星期前，你也犯过同样的错误。你是不是有心理障碍啊？抽个时间让医生看看！”

“好的，遵命。”江野氏老老实实地鞠了个躬，上身弯到了三十度。

幸好总经理没再说什么，而是将目光移到了报表上：“对了，最近你用在招待上的开销比较大啊，怎么回事？”总经理明察秋毫，样样都看得仔仔细细。当然，正因为如此，他才适合当总经理。

江野氏急忙辩解道：“这是因为要增加销售额，招待分销商喝个小酒什么的，在对方心情好的时候提出要求……”

总经理打断道：“不，没必要那么做，经费应该用在提高质量上。”

江野氏还想辩解，总经理却强硬地说：“别那么多废话！从今天起，停止招待之类的活动，这是命令！明白了吗？”

“遵命，那我回去工作了。”江野氏又鞠了一个三十度的躬，转身朝门口走去。就在这时，总经理叫住了他：“喂，稍等一下。”

“您还有什么事……”

总经理说：“能不能帮我清理一下耳朵？你介意干这个吗？”

江野氏忙说：“哪里的话，我很乐意为您效劳。”

“那就拜托你了，工具在这儿。”

总经理坐在椅子上，江野氏站

在椅子的一侧，弯下腰去，刚要开始动手，总经理又说："喂，那样不行，帮我把围布披上。"

"是……"江野氏手持螺丝刀，靠近总经理。他先小心谨慎地拆卸下总经理耳部柔软的塑胶部分，接着用微型吸尘器把语音接收装置周围的灰尘吸出来。

江野氏手上干着活，脑子里却在想着童年的往事。在那个时代，他经常听大人说，等他长大以后，可以指挥机器人工作，自己就能悠闲自在地享受生活了。可惜，现实和预言完全相反。现在自己只能一味地遵照机器人的指令工作。

江野氏正想着，总经理又发话了："到底是里面哪个零件出了问题？赶快帮我换掉它，动作要轻，手要稳！"

"好的。"江野氏朝里面看去，总经理耳朵的内部构造十分精巧，被很多微型装置塞得满满的。就是在这些装置的作用下，哪怕是一些鸡毛蒜皮的小事，都会被总经理记住，而且永远不会忘记。

如此可恶的总经理，世上再也找不出第二个！江野氏虽然也抱怨过之前的那个人类总经理，现在却怀念起他来了。江野氏真想趁机敲敲打打，破坏现任总经理头部的某个零件。不过，如果他真的那么做，就会受到公司的严厉惩罚。要知道，打造现任总经理所花的钱可是一个天文数字。

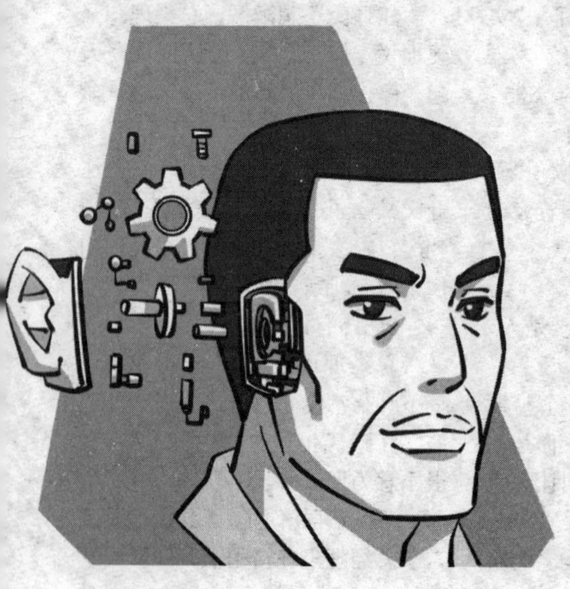

不久前，公司的几个大股东开会讨论之后，决定用机器人当总经理。这已是时代的潮流，而无论哪个时代，昂贵的物品总是由上而下普及开来的。

（编译：虞秋生）

（发稿编辑：吕　佳）

（题图、插图：陶　健）

猫女郎的哀歌

[美国]E.E.金　邓笛 译

安妮经常担心，如果有一天自己死了，会像那些恐怖故事里的主人公一样，在散发着尿骚味的小公寓里，被自己养的猫吃掉。

安妮现在有 72 只猫，但她曾经特别讨厌猫，嫌它们圆滑、冷漠、势利和高傲。一开始，安妮和普通人一样，有一份工作，在城里有一套公寓。她在当地动物管理局当秘书，日子过得安安稳稳。安妮喜欢这样的生活，她感到知足。

安妮平时穿着舒服的衣服和合脚的鞋子，戴着一副镜片厚厚的眼镜。她早就放弃了化妆扮靓，也早就失去了对浪漫和情趣的渴望。每天，她步行上下班、接电话、听痴爱动物的人抱怨，她不明白为什么有些人会认为猫和狗应该享受和人一样的权利，甚至比人过得更好。

后来，马克斯闯进了安妮的生活。他和电影明星一样帅，头发像梦幻般乌黑光滑，眼睛似新鲜的绿色豌豆。那天，安妮下班回家的路上，马克斯拦住她打听时间，安妮便说了。当时是下午六点，她在这位从天而降的大帅哥面前，没有口吃，也没有脸红，因为她没有任何期望。她觉得，对她这么普通的女人来说，这个帅哥太高不可攀了。但是，马克斯没有要离开的意思，

而是跟着安妮走，自然地和她说话。当两人到达安妮的公寓楼前时，马克斯已经知道了她的许多情况，比如叫什么名字、在哪里工作、喜欢什么等等。马克斯邀请安妮约会，安妮接受了。

马克斯准时到达约会地点，还给安妮带了红玫瑰。整个晚上，马克斯都极为绅士，他说安妮长得很特别，甚至用了“漂亮”这个词。虽然安妮知道自己算不上漂亮，但还是很开心。马克斯展开了爱情攻势，连续三周不间断地向安妮求爱，整个过程就像一部浪漫小说。

在两人相识的第二十五天，马克斯带着巧克力和一个大盒子出现在安妮家门口，他说：“亲爱的，我要出差两个月，虽然我一分钟也不想离开你，但别无选择。等我回来时，我有一件非常重要的事情要求你，你可一定要答应。”

虽然马克斯没说是什么事，但傻瓜都能猜到他会向安妮求婚。安妮简直不敢相信自己会这么幸运，她仿佛看到了婚纱和钻石。

马克斯又说：“不过我能先请你帮个忙吗？我一直在照顾我姑妈的猫索菲亚。虽然我和你一样，都不喜欢猫，但我从来不会对任何人说不。所以，亲爱的，在我出差时，你能不能替我照看一下索菲亚？等我回来，我就会把索菲亚还给姑妈，到时我将永远和你在一起！”

安妮害羞地点了点头。

马克斯出差期间，索菲亚在安妮的衣橱里生下了十只小猫，这让安妮十分恶心。她将小猫送到了动物收容所，虽然她在动物管理局工作，但以前从未去过动物收容所。收容所的负责人说，最好把小猫养到可以领养的年龄再送来，这大约需要八周，否则小猫很难存活。安妮想，八周后马克斯可能就回来了，到时他的姑妈或许会要这些小猫，如果小猫死了，他可能会不高兴，所以她又把小猫们带回家了。

可是，马克斯再也没有回来。安妮想把这些猫都送到动物收容所去，但发现自己对它们已经有感情了。每天她下班回到家，它们就跑过来迎接她。当她抚摸它们时，它们发出呼噜声。它们睡在她身边，用稳定的呼吸声慰藉她的心灵。

后来，安妮的邻居搬家，遗弃了三只猫，安妮收留了它们。她还把路上的流浪猫带回了家，这样一来，她的家里到处都是猫，所有地方都被猫占领了。原本不喜欢猫的安妮成了一个地地道道的猫女郎。

安妮一直认为自己成为猫女郎

的原因是独一无二的，直到她认识了罗茜尔，才发现天下的猫女郎心中可能都有一首同样的哀歌。

那天，安妮和罗茜尔都把装着猫屎的塑料袋往一条巷子里的垃圾桶里塞。因为养的猫太多，垃圾也太多，家门口的垃圾箱装不下了。两人因此成了朋友，或者说成了有共同话题的猫女郎。她们从不一起去吃饭、散步、看电影，她们只在扔垃圾时交流一下养猫心得。

有一次，她们谈到了男人。罗茜尔和安妮一样相貌平平，也不注重打扮，到现在还是单身。即使在

她年轻时，也没有男人注意过她。可是，就在她对爱情不抱任何希望的时候，她见到了世上最英俊迷人的男人，他风趣、谦和、有礼，完全爱上了她。后来，男人的母亲死了，他母亲住在英国，作为她唯一的儿子和继承人，男人不得不回去参加葬礼。在离开前，他发誓要与罗茜尔永远在一起，并暗示他会回来向她求婚。他请求罗茜尔替他照看他姑妈的猫，只要三周。他说他自己也不喜欢猫，但已经答应了姑妈。可是，他再也没有回来。

这晚，安妮去巷子里扔垃圾时，感觉到有束目光向自己投来。她抬头一看，看到了一只大黑猫，皮毛像梦幻般乌黑光滑，眼睛让她觉得似曾相识，好似新鲜的绿色豌豆。大黑猫凝视着安妮，看着她把一袋袋猫屎丢进垃圾桶里。它的胡须向上抽动了一下，好像在笑，然后眨眨眼睛，转过身子，告别似的甩了甩尾巴，消失在黑暗之中……

安妮忽然意识到，这大黑猫可能就是马克斯，为了让人类照顾猫，它化身为完美恋人，让女人们陷入爱情，成为猫女郎……

（发稿编辑：曹晴雯）

（题图、插图：豆　薇）

捕捉野兔违法吗

□ 刘彦才

林某是打猎爱好者，但还是个新手。这天，他提了一袋子打猎工具，兴致勃勃地招呼邻居王某，一同去山里打野兔。

王某有过一些狩猎的经验，他听了后摇摇头，说：“我看还是算了吧！现在，听说野兔也不能随便捕猎。有种野兔叫雪兔，还是国家二级保护动物呢，碰不得！”

“我知道，‘雪兔’抓不得，那我们抓抓‘草兔’总行吧？”林某打开工具包，得意地说，“你看，我这里有不少‘新式武器’，咱俩就一起去试试，过过瘾呗！”

呵，捕猎弓、电光炮、电击棒……还真是品种齐全！王某有些心痒了，他想了想，问了一句：“许可证办了没有？”

林某一愣，摇了摇头。

“那去不了，你得去县林业部门办个狩猎许可证。”王某补充道，“现在办这个证也不容易，材料审核十分严格，那时候我也是费了不少功夫才申请到的。”

林某不甘心，拍着胸脯对王某说，他会尽快把证搞到手，到时候哥俩去大干一场。

没过几天，林某还真的带着许可证来找王某了：“老哥，现在万事俱备，只等出发啦！”

这天，两人来到狩猎区，东蹲蹲，西瞧瞧，林某的那些捕猎工具也是轮番上场。还别说，收获颇丰，光是草兔，就打了大半麻袋。

当两人高高兴兴地带着战利品返回时，却被附近巡逻的民警盯上了。面对警察的询问，林某显得十分笃定："警察同志，我们是合法狩猎，都是有许可证的。"

警察检查了林某和王某的证件，没有发现什么问题。然后，他瞄了一眼林某的工具袋和他们装猎物的麻袋，说："请把袋子打开，接受检查。"

林某和王某立马照办，林某还自信满满地说："放心，我们哥俩是懂法的，我们只打了些麻雀、草兔之类的小动物而已，那些稀罕物，碰都没碰！"

"懂法？我看未必！"警察检查了捕猎工具和那满满一麻袋猎物后，说道，"你们使用禁用的猎捕工具，而且猎捕的野生动物属于国家保护的'三有动物'，数量超过了合法范围。很抱歉，你们已经涉嫌非法狩猎，将面临刑事拘留和相应处罚！"

林某和王某听了警察的话，懊悔得直跺脚。王某苦着脸说道："唉，说什么'万事俱备'，到头来，还是'法'没学到位！"

律师点评：

故事涉及的法律问题，即使用电光炮、电击棒等工具，捕捉大量野兔、麻雀等野生动物是否违法。

根据《中华人民共和国野生动物保护法》相关规定，狩猎禁用工具包括毒药、爆炸物、电击或者电子诱捕装置，以及猎套、猎夹、地枪、排铳、军用武器、气枪、非人为直接操作并危害人畜安全的狩猎装置等。

同时，像青蛙、草兔、麻雀等多种动物均属于有益的、有重要经济价值、有科学研究价值的陆生野生动物，即"三有动物"。非法狩猎陆生野生动物20只以上的；在禁猎区或者禁猎期使用禁用工具或方法狩猎的；具有其他严重破坏野生动物资源情节的应予立案。

故事中，林某和王某虽然持有狩猎许可证，但两人使用电光炮、电击棒等禁用工具，捕猎草兔、麻雀等"三有动物"，而且数量超过合法范围，显然是违法的，当受到相应法律制裁，后果严重还可能构成刑事犯罪。

（**发稿编辑**：丁娴瑶）

（**题图**：张恩卫）

一年一度的“催眠师争霸赛”是业内顶尖高手的对决。魔法般令人眼花缭乱的催眠术背后，是催眠师们利用人性的弱点，展开的一场“攻心之战”……

催眠师

□谢天海

1. 争霸大赛

一年一度的“催眠师争霸赛”，今年在南欧一座风景宜人的小城举办。四名决赛选手根据请柬上的地址，准时来到了赛场。

赛场位于老城一栋不起眼的建筑内。争霸赛的主持人名叫波尔，是一名中年男子。他身穿黑色西服，胸前别着一枚蓝色的圆形徽章，上面写着英文“IHA”（国际催眠师协会）的字样，右手无名指上戴着一枚戒指，上面镶着一颗巨大的祖母绿宝石。这戒指戴在他瘦骨嶙峋的手上，显得特别扎眼。

赛场是一间不大的房间，正中摆着一张大圆桌。波尔向圆桌旁坐着的四名参赛者点头致意，说道：“女士们，先生们，大家下午好，欢迎前来参加一年一度的催眠师争霸赛。”

波尔说的是英语，好在来自各国的参赛选手都戴着智能翻译耳机，能实时翻译不同的语种。

波尔继续说道：“组委会要求我每年都介绍参赛选手，其实大家都是老熟人了，除了这位美丽的女士之外。那我就从您开始可以吗？”

桌前唯一的白人女性点了点头。她三十多岁，身材苗条，一头棕红色的秀发，显得极为妩媚。

波尔介绍道：“这位是李普曼太太。李普曼教授临时有事，经组委会批准，授权由他太太参赛。”

李普曼太太嫣然一笑，对大家说：“我催眠术水平不高，只是我丈夫不想错过这次年度盛会，让我来观礼罢了。”

波尔点点头，把脸转向了第二位选手——一个留着花白胡子的男人，说：“这位是罗巴切夫教授，俄罗斯催眠协会的主席，著名的环境催眠术专家。我相信大家都读过他这方面的著作。”

罗巴切夫坐在桌前，低头在写着什么，连头都没抬一下，似乎什么都没听到。

波尔有点尴尬，连忙转向第三位选手：“这位是有着‘催眠魔术师’之称的森田广治先生。”

森田是日本人，他微笑着站起身，向各位躬身致意，一副好好先生的样子。

“最后，是来自中国的金学甫先生。”

金学甫穿一件对襟衬衫，手里捻着一串檀木手串，一直在闭目养神。听到主持人叫他的名字，他睁开双眼，礼貌地向大家打招呼。

介绍完四名参赛选手，波尔开始宣布比赛内容。他打开了面前的一个密码盒，将手上那枚巨大的宝石戒指摘了下来，说道：“这是前任国际催眠师协会主席哈里森先生的家传戒指，价值超过五百万美元。现在，我将它放在这个盒子里，大家可以各自施展本领，夺取这枚戒指。明天中午十二点整，戒指在谁

手里，谁就是争霸赛的赢家。”

波尔当着大家的面，把戒指放进了盒子，随后转过身，用身体挡住大家的视线，为盒子设了密码。屋子里很静，只听到机械密码锁“咔咔”转动的声音。

森田问道：“密码是什么？”

波尔笑着摇了摇头，说：“这要靠各位去猜了。”随后，他板起脸来严肃地说：“为了公平起见，比赛的纪律我也要再重申一下。第一，不得使用药物增强催眠效果；第二，不得以任何方式伤害参赛选手；第三，不得在赛场内，也就是这个房间内对工作人员进行催眠。大家还有什么问题吗？”

四人纷纷摇头。波尔说道：“那好，比赛从现在开始。组委会为大家安排了住宿，就在两公里外的橡树宾馆，我开车送大家去。”

“我不去，我有自己的安排。”罗巴切夫教授粗着嗓子说，“一个晚上可以做很多事，而且，和这些催眠高手住在一起，我有些不放心。”说着，他站起身就要出门。

剩下三个人都表示愿意下榻橡树宾馆。波尔对罗巴切夫说：“那我们明天上午十一点在橡树宾馆门口会合，好吗？”

金学甫建议道：“大家要不要对一下表？”

“好啊，就按墙上的挂钟对时间吧，它从来不会出错的。”波尔指了指墙。

大家都按照墙上的挂钟对起了时间。

2. 香料陷阱

组委会安排的黑色奔驰公务车就停在楼下。大家走下楼，罗巴切夫教授和波尔先生走在最后，两人小声地说着话。

森田好奇地扭头问罗巴切夫：“您和波尔先生在说什么？”

罗巴切夫笑道：“我说，第一次来这个城市，觉得这里的建筑看起来都差不多，是这样吧？”

波尔接话道：“是啊，一不留神就容易走错呢。”

一行人上了车，只留下罗巴切夫。“明天见！”罗巴切夫站在路边，冲着车子挥手告别。

车子很快开到了橡树宾馆，波尔为其余三位选手安排好房间后就告辞了。

宾馆大堂里，森田对另两位选手说：“我晚上请二位吃饭好吗？这里有一家日本料理特别好，主厨是我的老乡。可惜，罗巴切夫教授没有这个口福了。”

金学甫和李普曼太太都高兴地接受了邀请。

森田说：“那咱们晚上八点在大堂见吧。吃日本料理最好时间晚一些，人的味觉在晚上八点以后最敏感。”

金学甫说：“好啊，中国人有句俗语，好饭不怕晚。”

三人各自回了房间。金学甫和李普曼太太住在二楼，森田的房间则在三楼。金学甫进了房间，放好行李，他感觉有些疲劳，就从随身的包里拿出一支藏香点上，屋子里顿时充满了宜人的香味。他坐在椅子上，思考着明天的比赛，突然，传来一阵轻轻的敲门声。

金学甫打开门，原来是李普曼太太。她换了一身红色的休闲装，更加显出曼妙的身材。李普曼太太有些尴尬地说：“金先生，我能请您帮一个忙吗？”

金学甫礼貌地说：“只要我能做得到，乐于效力。”

李普曼太太说：“我的后背上长了一个毛囊炎肿块，这几天肿得越来越大了。我在比赛的两天后要去参加一个晚宴，要求穿露背礼服，我怕到时不能痊愈，那就糟了。听说您原来是外科医生，能不能帮我处理一下？”

“没问题。”金学甫一口答应。

于是，李普曼太太脱下休闲装上衣，只穿一件胸衣，伏在了床上。金学甫打亮灯光，看到她洁白的后背上的确有一个手指肚大小的肿块，颜色深红，带着脓头。金学甫行医多年，随身带着医药箱。他给李普曼太太消了毒，用探针小心地挑开化脓的部分，清理了创口，又轻手轻脚地敷上纱布。整个过程中，李普曼太太时不时发出轻轻的声音，仿佛金学甫碰疼了她

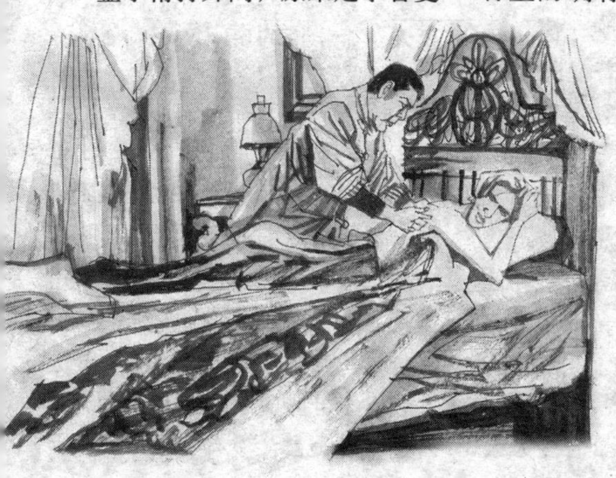

一般。同时，金学甫感到一种特殊的味道直冲鼻孔，像是某种香水，又像是香薰。在这种味道的刺激下，他觉得有些恍惚……

“怎么样，金先生，手术做完了没有？”李普曼太太轻声低语着，声音温柔得就像妈妈怕吵醒婴儿，“真不好意思，您远道而来，我还打扰您休息，您一定累了吧……”

金学甫不由自主地随着李普曼太太的话语点着头，眼皮越来越沉。李普曼太太趁机说道：“那让我给您做个按摩吧。”说着，她的双手搭在了金学甫的肩上。

“不必了！”金学甫突然眼前一亮，使劲甩了甩头，将李普曼太太的手推开了，“我明白了。”

“您明白了什么？”李普曼太太见金学甫清醒了，大吃一惊。

“我明白为什么李普曼先生没来参赛了，”金学甫说道，“我三个月前读过一篇有关李普曼先生的报道，说他在试制一种可以引导催眠的香料，报道里说已初见成效。我猜，您身上就涂了这种香料吧？他是想利用这次比赛，试一试香料的效果，又怕不好用，丢了面子，所以让您来替他参赛，我说得对吗？”

“您的确很聪明，”李普曼太太的表情有些沮丧，“不过我丈夫已经试验过很多次了，这种香料确实非常有效，为什么在您身上就不起作用了呢？”

金学甫微微一笑，说：“说来也是侥幸，在您进屋之前，我点了一支藏香，它的气味在一定程度上抵消了香料的效果。我意识到屋里的味道不对，就屏住了呼吸，因此没有中招。“

“好吧，您赢了。”李普曼太太悻悻地穿好衣服，起身告辞。

金学甫说道：“等一下，我有个建议。”

“什么建议？”

“我建议一会儿您就不要和森田先生一起去吃晚餐了，他神通广大，还不知道有什么招术呢！”

李普曼太太想了一下，点点头，离开了金学甫的房间。

3. 板烧美味

晚上八点，金学甫准时来到大堂，森田已经等在那里了。他换了一身日式家居服，一见金学甫，就主动上前打招呼：“金先生，您好准时啊！我刚接到电话，李普曼太太身体不舒服，今晚不和我们一起去了。有美食，没有美人，有些遗憾啊！”

金学甫笑道：“缺憾也是一种美嘛！”

两人说说笑笑，走出门去。外面天色已全黑，走过三条街，金学甫看到一家日式酒馆,门上挂着“青山食”的招牌。走进门去是衣帽间，一位老妈妈迎上前，用日语向森田先生问好，并为两人拿好拖鞋。两人换鞋后,将外衣交给老妈妈保管。金学甫习惯性地从外套口袋里拿出手机，老妈妈却微笑着摇摇头，示意金学甫将手机也交给她。

森田解释道：“吃饭时不看手机是这里的规矩，只有这样，食客才能全神贯注地享受美食，这也是对料理师的尊重。”

金学甫停顿了一会儿，在手机上按了几下，把手机递给老妈妈。他看着老妈妈的眼睛，用日语说了一句：“那就拜托您了。”

老妈妈双手接了过去，小心翼翼地放在了一旁的柜子里。

金学甫跟着森田来到一个单间。房间不大，灯光昏暗，正对门的餐台上放着一块铁板，一名扎着头巾、穿日式短衣的料理师傅正在整理食材。一见两人进来，他连忙站直身体，深鞠一躬表示欢迎。

森田用日语和料理师傅聊了几句，看得出，他们非常熟悉。接着，森田向金学甫介绍，料理师傅名叫高桥。高桥用一个精致的小壶为两人倒上乌龙茶清口，然后献上两壶清酒和四盘开胃小食。两人边吃边聊，不知不觉，面前的铁板已经微微泛红，冒出了热气。

森田三杯清酒下肚，脸色变得红扑扑的，和金学甫也亲近起来：“金先生，您猜猜今天我们的主菜是什么？”

金学甫笑着摇摇头，不知道这个魔术师葫芦里卖的什么药。

“您知道高桥君最拿手的是什么？”森田不由得咽了口唾沫，“是铁板豆腐，我们日本叫鸡素烧。”

“哦？那倒是要尝尝。”

这时，高桥拿起一个油壶，在烧红的铁板上滴了几滴油，然后把一块洁白细腻的豆腐放在铁板上，豆腐发出轻轻的“吱吱”声。过了几分钟，高桥把豆腐翻了一个面，金学甫看到，豆腐上已经煎出了虎皮一样好看的花纹。高桥手起刀落，把豆腐分成了六块，将一些酱油小心地浇在豆腐周边，铁板上顿时升腾起一股清烟，诱人的鲜香味直刺鼻孔。接着，高桥拿起一个木制盐瓶，用铲刀敲着，将海盐撒在豆腐上，最后拿起一个拱形的盖子，扣在了豆腐上。整个过程一气呵成，没有多余的动作。

金学甫像是看了一场精彩的表演，不禁鼓起了掌。

“还没完呢。”森田在一旁说道，“后面更精彩。”

过了大约三分钟，高桥把盖子揭开，热气混着豆香充满了整个房间。高桥用铲刀将六块豆腐在铁板上推来推去，就像六张骨牌，让它们充分受热。同时，他像打击乐手一样，用铲刀有节奏地敲击着铁板。突然，他挑起一块豆腐，轻轻一弹，豆腐不偏不倚落在金学甫面前的青花餐盘里，接着，下一块豆腐落在森田的餐盘里。紧接着，更多的豆腐一块块准确地叠在盘子里，简直把金学甫看呆了。

“来吧，快尝尝！”森田一伸手，自顾自地把滚烫的豆腐塞进嘴里，“这东西就得趁热吃。”

金学甫夹起豆腐放进嘴里，果然外皮焦脆，内里嫩滑，别有一番风味。

“怎么样，什么东西都能做成艺术吧。”森田得意地说道，“不好意思，我失陪一下。”说着，他起身走了出去。

金学甫被鸡素烧的美味迷住了，他又吃了几块，觉得舌头被烫得火辣辣的，赶紧喝了一口清酒。在酒精的作用下，他眼前的事物似乎有些模糊。

“金先生，希望您喜欢鸡素烧的味道，也喜欢高桥的表演。”突然，金学甫听到了森田的声音，他向门的方向一看，发现森田并没有回来，那声音来自头顶。他一抬头，头顶有一个小小的监视器，森田正坐在镜头那边，微笑地看着他。

“森田先生，你怎么到那里去了？”

森田笑道：“金先生，你以为

我带你来这儿只是吃饭吗？请允许我再次介绍一下今天的料理师，高桥弘义先生。他不仅是一流的铁板烧厨师，还是一名优秀的催眠师。高桥君，感谢你出色的表演，再和金先生打个招呼吧！”

金学甫回头一看，高桥冲着他深鞠一躬，然后向背后的墙上一靠，那面墙一下子翻转了过去，高桥消失在了墙后，屋子里只剩下金学甫一人和面前冒着热气的鸡素烧。

金学甫忙问道：“森田先生，你这是什么意思？”

监视器里，森田说道：“你是个聪明人，当然知道催眠术无处不在，能以任何方式进行。刚才高桥君的鸡素烧表演，其实就是一场催眠。他借助豆腐和铲刀有节奏的运动让你进入恍惚状态，现在，你已经被催眠术控制了。不信，你看看自己能从屋里出去吗？”

金学甫站起身，伸手去摸单间房门的把手，却摸了一个空。他认真地观察着，抚摸着，却找不到一丝缝隙，那扇门就像消失了一样。金学甫试着用肩膀去撞，但即使肩膀撞得生疼，那地方还是纹丝不动。

“金先生，别费力气了。委屈你在这里呆一晚上，到明天中午十二点以后，催眠术就会失效，到时候你就能找到房门了。桌子上有吃有喝，累了也可以睡觉，你就好好享受吧……顺便说一下，我刚才从宾馆下楼时，到李普曼太太的房间拜访了一下，也用催眠手段让她无法打开房门。为了防止她求救，我还拿走了她的手机。这个屋里的监视器可以连上摄像头，明天你就可以看到，我是怎么击败罗巴切夫的。好了，就说这么多了，晚安。”

森田的话音刚落，监视器的镜头就变成了一片雪花……

4.偷天换日

第二天上午十一点，森田先生悠闲地站在宾馆门外，等候着波尔先生的车。

“森田先生，早啊！”罗巴切夫从街角转了过来，他看上去精神不太好，一个劲儿地打着哈欠。

森田也礼貌地问候了一声。罗巴切夫看看四周，问道：“李普曼太太和金先生呢？他们不是也住在这家宾馆吗？”

森田故作迷惑地摇摇头：“不知道，他们到现在也没下来。”

“不好意思，来晚了几分钟。”随着一声招呼，金学甫从宾馆大门

走了出来。

森田大惊失色，趁着罗巴切夫不注意，凑上前去低声问金学甫："你是怎么出来的？难道你能摆脱高桥的催眠术吗？"

"我还没那个本事，"金学甫摇了摇头，"我只是在进入酒馆时催眠了门口的那个老妈妈，让她产生了一种幻觉，觉得铁板烧那个屋里的火还没有熄，因此她下班前，就从单间的外面开了门，把我放了出来。"

"你实在是太高明了！"森田不由得竖起了大拇指。

两个人正在说话，一辆黑色的本田公务车停在了门口。司机戴着口罩，隔着车窗玻璃冲众人打了个招呼。

罗巴切夫问道："波尔先生，您怎么戴口罩了？"

波尔嗓音沙哑地说："昨天晚上感冒了，发了一夜的烧，怕传染给大家。对了，李普曼太太怎么还没来？"

"我在这里，抱歉来晚了。"正在这时，李普曼太太从宾馆里走出来，挑战似的看着森田。

森田又是一愣，怎么她也逃出来了？

四个人上了车，罗巴切夫坐在开车的波尔先生身后，森田坐在李普曼太太的旁边，金学甫则坐在两人的后面一排。

森田终于耐不住，小声问李普曼太太："您能解释一下是怎么从房间里出来的吗？"

李普曼太太微笑着说："凭您的催眠术还控制不住我。"

"很抱歉，我偷听了你们两位的谈话。"金学甫从后座探出头来，小声对李普曼太太说道，"我要是没猜错的话，您才是真正的李普曼太太。昨天入住宾馆的，大概是您的双胞胎姐姐或者妹妹。您怕被我们两人的催眠术控制住，所以根本

没住在宾馆里，对吗？”

“您有证据吗？”

金学甫笑道：“当然。您姐妹背上的那个肿块还没痊愈，而您的背上不会碰巧也长了一个吧？”

李普曼太太不禁一怔，有些尴尬地笑了。

森田解围道：“没关系，无论谁来参赛，只要是美女，我们都欢迎。”

几个人谈笑间，车子停了下来。大家走下车，跟着波尔先生上了楼。一个门童打开门，屋里的一切和昨天众人离开时一模一样。

“大家现在可以各显其能了。”波尔先生走到密码盒前，抬手示意。

罗巴切夫突然提议道：“等一下，我觉得，是不是有必要先验证一下戒指仍然在盒子里。”

“可以。”波尔先生点点头。他伸手拧动盒子上的密码锁，把锁上的四个数字拧到正确位置上，然后想打开盒子的盖子，但他用了几次劲，盒盖却纹丝不动。

“这是怎么回事？难道密码锁坏了吗？”

罗巴切夫突然笑了起来：“波尔先生，锁并没有坏。”说着，他站起身来，面朝着大家道：“现在，我宣布，这届催眠师争霸赛的赢家，就是我罗巴切夫。”

大家都有些摸不着头脑，等着听他接下来的解释。

罗巴切夫缓缓说道：“从一开始，我就意识到，比赛的关键在于盒子的密码。要想通过催眠波尔先生获得密码是很困难的，于是我选择了另一条途径。”他停了一下，继续道：“我说过，一个夜晚可以做很多事情。昨天我没和大家住在同一个宾馆里，而是去给大家准备了一件特殊的礼物。”

“是什么？”李普曼太太好奇地问道。

“就是这个房间。”罗巴切夫双手一伸，“大家也许还记得，我昨天一直在那里写个不停，就是写下赛场房间里的各种细节。然后，我和我的助手们用一夜的时间将它复制了出来。”

屋里一片沉默。过了片刻，森田先开口了，他惊讶地问：“你是说，我们现在没有在昨天的赛场房间里？”

“当然没有，这里是我和助手们忙了整整一夜复制出来的。真正的赛场房间在另一栋建筑里，和这里隔着一条街。这个城市有很多相似的建筑，房间的大小也差不多。”

李普曼太太不相信地说：“就算

你们能复制出房间，但是，波尔先生开车送我们过来，他怎么可能会走错路？”

罗巴切夫得意地说：“平时他当然不会，但我从昨天开始，就一直在用催眠术影响他，暗示他。这一带的道路和建筑都差不多，在我的暗示下，刚才他开车时提前拐了个弯，而真正的赛场房间在前面的那条街上。”

森田追问：“那我们怎么都没有注意到？”

还没等罗巴切夫开口，金学甫抢先说道：“我明白了，那是因为我们一直在车上讨论李普曼太太的身份问题，所以没有注意路况。”

罗巴切夫点点头：“没错。这个房间里的盒子和波尔先生的密码盒一模一样，但它还没有被输入密码。刚才波尔先生输入密码的过程，等于是把盒子锁上了，这样当然就打不开了。在波尔先生输密码的时候，我的助手通过屋里隐藏的监控器看到了密码，然后把密码发到了我的手机上。现在，我是咱们四个人当中唯一知道密码的。”他看了看表，继续说：“现在是十一点四十五分，我们何不一起动身去真正的赛场？请大家见证我取出戒指的过程。”

5. 天外有天

正如罗巴切夫所说，真正的赛场房间就在一条街以外。车刚刚停稳，罗巴切夫就拉开车门，迫不及待地向楼上冲去，另外三个人紧跟在他身后，不想错过这精彩的一幕。波尔先生要熄火锁车，所以落在了后面。

罗巴切夫来到楼上，发现赛场房间的门半开着。他推开门走了进去，屋里的情景让他吃了一惊：只见波尔先生正站在桌子前，目光急切地望着门口，一看见他和众人走进来，赶紧说道：“你们可算来了。”

罗巴切夫愣住了，他明明记得波尔先生在他们后面，怎么竟然先一步到达了房间？再仔细一看，波尔先生没戴口罩，嗓音也不再沙哑了。不过，罗巴切夫顾不上问这些，只是说道：“我现在能打开盒子了吗？”

波尔先生好奇地问：“您已经知道密码了吗？”

“我刚才不是都解释过了，难道您得了健忘症？”

波尔先生似乎有些不解，但还是说道：“按比赛规定，知道密码的人可以打开盒子，您请便。”

罗巴切夫得意地伸手去拿盒

子。他还没按下第一个数字，一旁的金学甫突然镇定地说道："密码是2178。"

"你、你是怎么知道的？"罗巴切夫大吃一惊。他一直对这个中国人没什么好感，觉得他令人难以捉摸。

"其实，我从一开始就知道了，"金学甫说道，"昨天，波尔先生在给盒子设定密码时，我对自己进行了催眠。人在自我催眠时，感官的敏感度会成倍提高，再加上屋子里很静，我就能听到齿轮拨动了多少下才和暗扣碰撞，因此也就知道密码了。"

金学甫接着说道，知道密码以后，他本来只要趁夜晚进入赛场，把戒指拿走就行了，但是，他更想借机见识一下大家的手段。昨天，金学甫在自我催眠时，还听了罗巴切夫写字的声音，虽然无法听出他写了什么，但从下笔的节奏，能猜到是在写一些数字。罗巴切夫是利用环境催眠的高手，金学甫推测，他是在记录房间内物品的数量和尺寸，可能是想通过重现这个房间来让大家产生误判。下楼时，金学甫又看到罗巴切夫和波尔单独聊天，就猜到他可能要催眠波尔先生。

听到这里，波尔在一旁打断道："等一等，您是说，我被罗巴切夫教授催眠了？"

罗巴切夫说道："是的。"

金学甫却说："不全是。罗巴切夫教授，您以为自己催眠了波尔先生，但其实，您催眠的是另一个人。"

"是谁？"罗巴切夫和波尔同时问道。金学甫用手指了一下门口，大家顺着金学甫手指的方向一看，门前站着一个戴口罩的人。森田一眼认出，竟然是昨天为金学甫做鸡素烧的高桥！

森田脱口而出："高桥君，你怎么会在这里？"

高桥摘下口罩，揉了揉眼睛，茫然地看着房间里的人，似乎不知道自己身处何方，为什么来到这里。

罗巴切夫和李普曼不认识高桥，自然觉得很惊讶，而森田则完全惊呆了，他忍不住问："金先生，这是怎么回事？"

金学甫淡淡地说："你们三个人，都把高桥君当作波尔先生了。"

"怎么可能，高桥君和波尔先生虽然身材差不多，但我和他非常熟悉，怎么可能认错？"森田人称"催眠魔术师"，可此时，他就像刚看了一场魔术表演一样，搞不清这

里面的名堂。

金学甫笑道："森田先生，鸡素烧催眠法很高明，但你也应该知道，高水平的催眠师可以在被催眠的同时催眠对手。昨晚，我对高桥先生进行了同步催眠，我在催眠中把盒子密码告诉了他，让他相信自己就是波尔先生。我还在催眠中下了指令，让他今天上午十一点戴上口罩，开车来宾馆接我们。我也催眠了你，让你将高桥错认为波尔先生。当然，在正常情况下，你不会那么容易中招，我故意在催眠的同时，告诉你我从日料店逃出来的细节，让你的心情产生波动，分散注意力，你就理所当然地把高桥当作波尔先生了。"

金学甫转向李普曼太太和罗巴切夫，继续解释说，由于李普曼太太先派了双胞胎姐妹扮演自己，没见过波尔先生，自然认不出高桥；而罗巴切夫教授一心考虑如何催眠波尔，认定那个时间点来的只会是波尔，所以金学甫只对他稍加引导，他就把戴着口罩的高桥当作波尔了。

最后，金学甫说道："至于真正的波尔先生，我昨晚给他打了一个电话，告诉他，我们四个人决定自己散步去赛场，让他在这里等我们。前后的情况就是这样。"

"那又怎么样？"罗巴切夫突然一把将盒子拿在手里，输入密码，打开盒子，从里面拿起戒指戴在手上，然后指着墙上的钟，"比赛规定，十二点时戒指在谁手上，谁就赢了。现在已经十二点了，戒指就在我手上，我赢了！"

金学甫微笑着说道："亲爱的罗巴切夫教授，您再看看墙上的挂钟。确切地说，现在是十一点五十八分，这钟到整点时会发出报时的响声。"

罗巴切夫不以为意："那又怎么样？两分钟的时间能够产生什么奇迹，您难道还要硬抢不成？"

金学甫胸有成竹地说："那倒不会，只是我还忘了说另一件事。昨天我们开会的时候，我对在座的各位选手下了一个催眠指令——请大家不论谁拿到戒指，都要在听到十二点的报时钟声时，把它套在我的手指上。"

正在此时，墙上的挂钟发出了整点的报时声。罗巴切夫眼前突然像蒙了一层雾一样，他两眼发直，动作机械地将戒指摘了下来，套在了金学甫的无名指上……

（**发稿编辑**：吕　佳）

（**题图、插图**：杨宏富）

故事会微信号：story63，欢迎添加故事会微信，参与互动！

· 神探夏洛克 ·

照片里的线索

晚上 7 点半，摄影师切斯特向警方报案："我今天一大早就出门了，当时太太还是好好的，可是刚刚到家的时候却发现她已经死在卧室里了！"警方经过初步的调查后判定，死者的死亡时间是上午 8:40 至 9:40。

夏洛克问切斯特："能把你今天的行程说得详细点吗？"

切斯特答："我是早晨 7:30 出门的，在钟楼附近拍照，拍照后就去暗房洗照片，一直到下午 5 点左右才回家。你们看，这是我拍的照片，还有一张不小心拍到了我自己的手臂。"

照片上钟楼的指针显示的时间的确是 9 点整，日期也是今天，钟楼上一幅宣传画是今天刚挂上去的，照片中的手臂也的确是切斯特的。

从切斯特家到钟楼有两个小时的车程，切斯特的不在场证明无懈可击，但夏洛克仔细地看了看照片却说："你是个优秀的摄影师，但不[illegible]。"

超级视觉

这是一个眼睛吗？不，仔细看看，原来这是正在放水的水槽下水口。急速水流形成了一个漩涡，看起来像极了瞳孔。

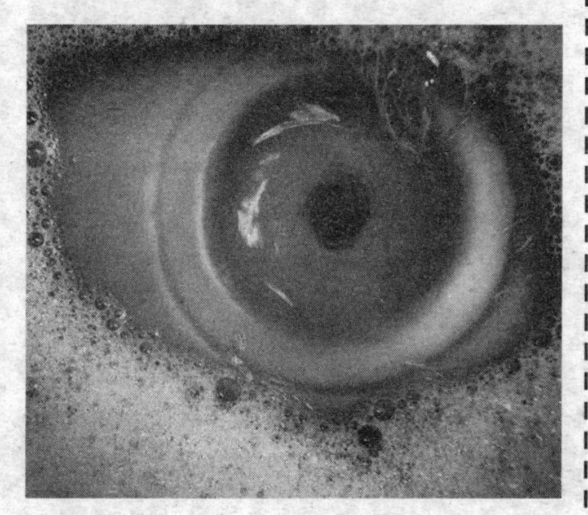

疯狂 QA

24 个人，5 个人一行，要排成六行，怎么排？

想知道答案吗？

1. 扫二维码：

2. 购买 2023 年 1 月下《故事会》。

动感地带，与您不见不散！上期答案见本期 P23。

严独鹤题诗

民国文化名流严独鹤去探访一位写白话诗的朋友，适逢朋友不在，严便在房里等候，猛然发现书桌上有一首未完稿的白话诗，题为《咏石榴花》，当中一段为：“越开越红的石榴花，红得不能再红了。”严觉得好笑，便提笔接写两句：“越做越白的白话诗，白得不能再白了。”

宋朝男儿爱戴花

宋朝的[illegible]热衷在头上戴花，上到皇帝下到百姓，风靡全国。皇帝还会亲自赐花给臣子戴，作为一种荣耀。有一回王安石、王珪、韩琦、陈升之四个人聚会喝酒赏花，把一种叫“金带围”的芍药花剪下来插在头上，结果后来他们四个人都做了北宋的宰相。

宰相重温饭后钟

唐朝有个穷书生王播，隔壁寺庙每日鸣钟放饭，他便常去蹭饭。庙里的和尚便故意改成饭后敲钟，王播发现后，就再也不去了。后来，王播官至宰相故地重游，方丈亲自殷勤接待。王播见到当年在墙上写下的诗，如今被寺庙用青纱罩之重点保护。王播感慨万千，提笔写道：“上堂已了各西东，惭愧阇黎饭后钟。二十年来尘扑面，如今始得碧纱笼。”

杨贵妃的袜子

马嵬兵变后，马嵬驿的一个老婆婆在贵妃魂断处拾得一只织锦高筒袜子。老婆婆靠着“杨贵妃袜子”收费玩赏的业务，赚了不少钱。后来唐玄宗回长安又经过马嵬驿，老婆婆便把袜子还给了皇帝。唐玄宗回长安后睹物思人，写了一首《杨妃袜铭》。后世不少文人也写了很多歌

咏杨妃袜子的诗作，可谓奇观。

阎裕昌护镭

阎裕昌原是清华大学校长梅贻琦家的杂役，因为聪明能干，梅便推荐他去物理系帮忙，给叶企孙教授当助手。七七事变后，清华奉命南迁。正在天津养病的叶教授急坏了，物理实验室有50毫克镭，要是落入日本人的手里就麻烦了！

就在他心焦的时候，一个衣衫褴褛、怀抱破瓦罐的乞丐在门外喊道："叶先生！我是阎裕昌啊！"

叶教授把他迎进门后，他小心翼翼地从那个破瓦罐里掏出一个铅筒，铅筒里正是那50毫克镭。原来，为了躲过日寇的封锁，阎裕昌扮成乞丐，一路从北平走到天津，这才把镭安全交给叶教授。叶教授激动地说："阎裕昌，你为清华、也为国家做了一件大好事！"

范宣受赠

东晋名儒范宣家境贫穷却品行高洁，豫章太守韩伯送给他一百匹绢，他不接受；减到五十匹，还是不接受；这样一直减半，最后只剩下一匹，他还是不肯接受。后来韩伯跟范宣同乘一车，在车上撕了两丈绢给他，说："一个男人能让妻子没有裤子穿吗？"范宣这才笑着收下了。

身无长物

东晋名臣王恭从会稽回来后，好友王忱去看望他，看见他坐在一张六尺长的竹席上，便对王恭说："竹席不错，可以送我一张吗？"

王恭就拿起自己坐着的那张竹席递给王忱。王忱吃惊地说："你只有这一张吗？"王恭回答道："我一向身无长物，不留多余的东西。"

秦桧的心机

秦桧宰相府的庭院前后有几棵石榴树，每年石榴成熟的时候，秦桧都会亲自点数，时常复核。有一天他发现石榴少了两颗，却没有立即查问。直到仆人们都来到庭院中点名时，秦桧说道："这些石榴树真碍事，明天找人全砍了。"这时有个仆人劝道："这石榴很甜，砍了太可惜。"秦桧一把抓住他，笑着说："好哇，原来是你偷了我的石榴！"

（供稿：晨 曦 严 俊）

（本栏插图：孙小片）

克立·巴莫(1911—1995)，泰国政治家、作家。其作品构思巧妙，手法夸张，富于浪漫色彩。本篇根据其同名小说改编而成。

厨房杀人犯

□[泰国]克立·巴莫

流言四起

銮甘加是泰国某府的警察总监，最近，当地传说财主夫人阿汶连续害死了两任丈夫。

虽然阿汶在当地是无人不晓，但平时，銮甘加对她从未特别注意。不过，最近三四年来她的经历，倒让銮甘加不得不关注起来。

四年前，阿汶三十六岁，她和大财主乃朋结了婚。当时乃朋五十六岁，身体十分健壮。他开了好几家碾米厂，还拥有不少土地和房产。然而阿汶和乃朋刚结婚一年多，乃朋就得肠胃病死了，给阿汶一个人留下了一笔巨大的遗产。

乃朋的尸体火葬后不久，阿汶又和另一个大财主乃琪结了婚。乃琪也是个壮汉，五十三岁。他是个不亚于乃朋的富豪，有好几家锯木厂，拥有的土地与房产跟乃朋相当。除此，乃琪还因买卖鸦片赚了不少钱。他和阿汶生活了两年，也得肠胃病死了。乃琪和乃朋一样，也给阿汶留下了一大笔遗产。

阿汶接连两次成了寡妇，就有人说，阿汶是个杀人犯，为了得到财产，投毒害死了两个有钱丈夫。流言蜚语先是在两位死者的亲友中流传，因为死者都留有合法遗嘱，把所有财产留给阿汶一个人，而死者的亲友什么都没有。后来这种风言风语传到了咖啡馆、赌场，最后成了当地传播最广的小道新闻。

这种传言对警察的声誉自然有影响，大家纷纷说他们愚蠢、糊涂、无能，竟然什么都没发现。

銮甘加一直视警察声誉为生命，当自己管辖的地区出现了有损于警察声誉的事，他坐不住了，心想，必须尽快查出真相。

銮甘加对两位财主的死亡做了调查，发现确实不太正常：两人都很壮实，虽然有了点年纪，但没有一点病。可是，当他们和阿汶结婚后不久，就开始多病多灾，最后都毙命了。如果追究谋杀的原因，大抵是图财。然而这都是推测，銮甘加手里一条可靠的证据都没有。

这天，銮甘加想到，既然坊间流传两人是被毒死的，那么他可以从尸体着手，将某些器官送去化验，这样就能知道尸体里是否有毒药残留了。乃朋的尸体早已火化，但好在乃琪的尸体还停放在家中。

銮甘加赶紧吩咐下属："你去一趟阿汶夫人家，请她允许我们检查乃琪的尸体。"

很快，下属回来说："阿汶夫人拒绝了，她说乃琪是因病死亡，没道理接受警方随意的调查，毕竟无人起诉，这案件也无法成立。"

阿汶说得对，警察不能超越权限。不过，銮甘加并没有死心，他决定亲自登门，会会阿汶。

直面凶手

銮甘加来到阿汶的宅邸。这座宅子由柚木建造，房顶是瓦，规模很大，颇为舒适。宅子和院落拾掇得很整洁，种着各种花草树木，看得出来，主人是个殷实富裕和爱好整洁的人。他不禁自语道："人真是奇怪，她模样不坏，有吃有穿，不应该是个性情残忍的坏人啊！"

还没进门，銮甘加就听到阿汶从屋里向他打招呼："哎，总监大人，您今天怎么到这里来了，快请进！有什么事能为您效劳？"

"没什么事！"銮甘加含糊其词地说："闲着没事，经过这里，来拜访一下。"銮甘加边说边扫视了一下周围，只见屋里装修极为讲究，陈设也很华美，还有许多名贵的花草。銮甘加心中赞叹：阿汶夫人真是识货之人，如果不是涉案，

他还真想和这样的人交朋友呢！

阿汶穿着一条白底红花的裙子，薄薄的麻纱绣花上衣，衣襟上缀着镶红宝石的金扣子。她不瘦不胖，体态适中，手腕上戴着两三条金链。虽然谈不上美貌超群，但她有着独特的风韵。见到銮甘加，阿汶一边双手合十为礼，一边请他在椅子上坐下，然后说："我知道，像总监大人这样的人无事不登三宝殿，想必多少有些事吧？"

"其实，是有点小事，"銮甘加这才打开天窗说亮话，"您知道现在外面的风言风语吗？"

"我当然知道，"阿汶夫人点点头，"总监大人是来审讯我的吗？或者是来搜查我家的？容我直说，这不算是一种正当的行为，但我把您看成一个可尊敬的大人物，倒也无妨，我其实没有什么可遮掩的。上一次，我之所以不让那位年轻警官检查乃琪的尸体，是因为他言语唐突，小小年纪，架子老大。如果最初是您来，我会同意的。"

"啊，谢谢，但是……"

"但是您还是派人偷偷检查了乃琪的尸体，而到头来并未发现什么，不是吗？"阿汶把话接了过来，"我猜，您早晚会来找我的，但这没什么，我清楚您的来意，您不是有意加害于我。外面消息传得这么厉害，肯定是要惊动您的，您也不会坐视不管。既然您不辞劳苦地来了，我就向您坦白。好吧，我承认我是有意害死了两个丈夫。"

"等等！"銮甘加大叫道，"这是人命关天的事，夫人，我必须提醒你，说话前得考虑清楚。"

"万分感谢，总监大人！我不是孩子，我自己懂的。"说完，阿汶停了一会儿，打开一个小象牙盒，慢慢地往嘴唇上擦着蜂蜜唇膏。这时，一阵风从外面吹来，銮甘加闻到了一股花香，十分怡人。

谋杀真相

接下来，阿汶便从头讲起："我从小待在曼谷的王宫里，等回到家乡年纪已经不小了。那时，我识人不多，亲戚对我说，乃朋是个有地位的人，人很忠厚，又有家产，所以撮合我们结婚。我信以为真，便答应了。可结了婚，我才发现乃朋这人很坏，他的财富都是从穷人那里搜刮、敲诈来的。而且他很贪婪，看见别人有什么财产就会嫉妒，然后算计。乃朋越富越贪，越是占别人的便宜就越要坑别人。不瞒您说，我是个有同情心的人，我见穷人因乃朋受苦，很想帮他们，对乃朋的恨也与日俱增。最后我横了一条心，决定把他除掉。”

銮甘加追问：“那乃琪呢？”

“后来我遇到了乃琪，我想他总会比乃朋好些。您也知道，他是买卖鸦片的，结婚前，他向我保证会洗手不干了，可他并未做到。后来我发现，他也是靠吸别人的血过活的，甚至比乃朋更坏！乃朋是当面巧取豪夺，而乃琪是生性多疑、鼠窃狗偷，谁跟他做生意都要吃亏，而且他还暗杀了不少人。我想作恶的人就得自食其果，于是决定把乃琪也干掉。”阿汶停顿半刻，继续说：“事情就是如此。外面传言我想夺财产，可您大概清楚，我虽不十分富有，但也吃穿不愁。自从他俩死了，我就致力于慈善事业。”

銮甘加吃惊不已，但他更好奇，阿汶是怎么干掉两个丈夫的，便问：“你是用了什么方法……”

阿汶淡淡地说：“啊，这其实并不难……”阿汶之前说自己从小待在王宫，是因为她姑姑在御膳房工作，后来她跟着姑姑学会了制作各种美食，厨艺受到整个王宫的称赞。于是阿汶使出全部的手艺做饭菜，伺候乃朋和乃琪。平常是一天四顿，有时故意献些殷勤，比这更多。乃朋和乃琪虽是大财主，但以前从未见过这些花样，十分贪吃。

听到这里，銮甘加说：“所以，你就在饭菜里下了……”

“下了功夫！”阿汶接话道，“我一般早上会做得少些，但要有营养。比如恰到好处的沸水冲蛋、煎荷包蛋，有时是西式煎蛋卷，夹些腰子、鸭肉、鸡肉，配上鲜牛奶、咖啡；有时会做泰式烤鸡蛋，适当加些鱼露、葱花，就着热粥吃。中午我会做些稀有但能引起食欲的饭菜，有时做西餐，用一些里脊、牛舌或新鲜牡蛎；有时会做米粉，我的米粉可不同于一般人做的，我会先把金豆炒香，捣碎，加上虾油、海蟹，做成辣酱；然后把配菜都切成细丝，打上柠檬汁，使它变成洁白色，过一下虾油，再把细丝炸脆；无论是米粉还是配菜，我都没少花心思。下午会安排零食，比如鱼灌肠、粉蒸肉之类的。晚上除了精心准备几道菜，还会专门熬制汤品，比如鱼羹，用小咸蟹混合椰肉汁，加一些酸果；还有全鸡汤，放土豆、腌菜……”

“够了，夫人，这种吃法谁受得了啊！”銮甘加忍不住喊道。

“是呀！”阿汶冷静地说，“乃朋、乃琪总是吃得肚腹胀满，而且我也不阻止他们喝酒。还有一点，他们的情欲也很旺盛，什么时候有了爱的要求，我总是有求必应；如果我一个人不够，还有好几个情人可以满足他们。两人毕竟都上了年纪，这样一来怎么吃得消？所以不到两年，他们自己就死了。这便是您所说的谋害的手段，如果不是您来，我肯定是不会说的。”

“夫人，”銮甘加突然站起身来，说，“请您准备一下，现在就跟我一起出去一趟。”

“您要把我抓到警察局去？”

“不，”銮甘加回答，“我们去吃点东西再继续聊，我饿了。”他停了一会儿，又开口了：“恕我冒昧，阿汶夫人，我们都是成年人，我想直截了当地告诉您——我，警察总监銮甘加，年已四十六岁，还未娶妻，相貌还算过得去。我担任公职二十六年了，积了一点点钱，也有一些房产和地产。我现在想告诉您：我也想‘死’！”

“哎呀，您……”阿汶说着，避开了銮甘加的目光，“如果您饿了，就在这儿吃，我已经准备好了。其实，好的饭菜，如果吃得适当，是不会有生命危险的……”

（改编：朱　歌）

（发稿编辑：曹晴雯）

（题图、插图：孙小片）

外卖小哥做证

□张　希

这天晚上，小黄加完班回到家，一进家门便拿起手机点外卖。附近有一家卖小龙虾的搞促销，小黄看看价格，果断下单。很快，外卖小哥将小龙虾送来了。小黄尝了尝，味道不错，就是量少了点。

小黄吃完小龙虾，感觉没吃饱，又拿起手机，点了两份鸭脖。很快，外卖小哥又送货上门了。说来也巧，这两单全是一个小哥接的单，这小哥又高又瘦，笑眯眯地说："哥们，你这饭量可以！"小黄笑着点点头，关上门，两份鸭脖迅速被消灭，接着他便洗洗睡了。

哪知睡到半夜，小黄闹起了肚子，一宿跑了好几趟厕所。这点小病不值当去医院，小黄就上网买了治拉肚子的药。

很快便有人敲门，是送药的来了。小黄打开门一看，还是那个瘦高个的外卖小哥。

见小黄一脸萎靡，小哥指指订单上的药名，关心地问："哥们，闹肚子了？"

小黄有气无力地说："也不知道是小龙虾还是鸭脖有问题，东西都吃了，也没证据了。"

小哥脱口而出："是小龙虾！"

"你咋知道？"小黄不解地问。

小哥知道自己说漏了嘴，吐了吐舌头，吞吞吐吐地说："因为我老婆也吃坏肚子了……昨天我看你点的龙虾挺多，就给她拿了几只尝尝，结果她跟你症状一样。"

小黄刚要发火，转念一想，幸亏他老婆吃了几个，要不自己全吃了，病得更厉害。为了缓解尴尬，小黄转移话题："这鸭脖可能也有问题。"

哪知小哥拍拍肚子，不好意思地回答："其实……我昨天路上吃了你几块鸭脖，啥事没有。这鸭脖啊，肯定没问题！"

（发稿编辑：陶云韫）

·幽默世界·

和珅的职业病

□ 胡爱林

嘉庆四年，和珅被撤了职。回了家，和珅一病不起，他每天躺在床上，两眼直勾勾地盯着大门，一有响动，他就对管家说：“有人来了，快去开门。”但是门外压根没人。

一连好几天，和珅重复着“有人来了，快去开门”的话。就在家人急得六神无主时，奇迹发生了。这天，有个小知县听说和珅病得不轻，带了些滋补品前来探望。和珅容光焕发，拉着知县的手有说有笑，一整天都特别开心。

儿子很聪明，马上发动亲戚朋友来看望父亲。很快，和珅房里热闹起来，看他的人络绎不绝，各式礼品摞了一大堆。

好景不长，和珅又犯病了。和珅在来人送的礼品里不停地翻找，还破口大骂：“甭来糊弄我，你们不是诚心来看我的……”

跟随和珅多年的管家说：“大人过去在位时，每次生病，别人来看他，都会在东西里塞上银票……”

听了管家的话，儿子让一位来探望父亲的朋友在礼品里塞上银票。一招奏效，和珅的病又好了。

这下，儿子却犯愁了。以和珅目前的处境，谁会平白无故地给无官无职的和珅塞钱？儿子只好自己花钱雇人来看和珅了。

不出半月，和珅又犯病了，他把东西摔得满屋都是：“甭来糊弄我，你们不是诚心来看我的……”

儿子忙找管家讨教，不解地问：“父亲收了那么多银票，为啥还说我们糊弄他？”

管家叹了一口气，说：“大人一世精明啊！你想，这世上哪有光送钱不求办事的……”

（**发稿编辑**：陶云韫）

横竖都是你

□ 王福军

华运小区是个新小区，华子是最后一个搬进来的。之所以看中这里，除了价格、地段等因素，还因为该小区从未发生过盗窃案，以至于全小区没有一家安装防盗窗的。

万万没想到，没过多久，华子家中就遭窃了，小偷留下一张纸条："别恨我为什么单偷你家，只因为你是最后搬进来的，偷早了就没人敢搬进来啦！"

华子气得头昏。俗话说"亡羊补牢，为时不晚"，华子当即请人给自家焊上了防盗窗。这下，他创造了两项"第一"：小区里第一家被偷的、第一家装防盗窗的。

谁知不长时间，华子家又被盗了！更气人的是，小偷又留下了纸条："全小区都没装防盗窗，就你装，就你能，你是想告诉我你家有矿吗？事实证明，还真有收获！"

小偷没有说错，华子损失相当惨重。

华子欲哭无泪，他心想，防盗窗还是装不得，这是明着告诉小偷此地无银三百两啊！看样子，只有拆掉它这一条路了，不然还不晓得会招来多少小偷呢！

前几天，华子出差了，等他回来，一进小区，发现全小区除了他家，全装上了坚固的防盗窗。

这是为什么？华子赶紧找路过的人问原因，大家异口同声地说："听说本小区有户人家一连被盗了两次，所以必须得装了。"

华子哭笑不得地说："那就是我家啊！"

当华子回到家，差点气疯了：他家再一次被盗了！这次，小偷也留下了纸条，上面写着："全小区都装了防盗窗，就你家不装，这是赤裸裸地挑衅我吗？"

（**发稿编辑**：曹晴雯）

好吃的点心

□徐　满

小张二十多岁，在一家点心专卖店当店员。他为人热情，心思也活络。

这天晚上十点半，小张刚下晚班。回家路上，他看见马路对面的公交车站有两个人。前面站着的，是个穿着时尚的年轻姑娘，正在低头玩手机；后面的那个人则在四处张望，看上去鬼鬼祟祟的。

待小张定睛一看，不得了，只见后面那人的手偷偷地伸进了姑娘背后的挎包中，正试探性地摸索着——原来是小偷！

小张本想上前见义勇为，但他又担心小偷身上带着凶器，万一惹恼了小偷，可能会让姑娘更加危险。突然小张灵机一动，他先走到不远处的角落，随即气沉丹田，朝着对面的公交车站大声喊道："卖蛋黄酥喽！层层酥脆、咸甜交错的蛋黄酥，走过路过不要错过！"

这一声叫喊，在半夜里显得格外响亮。小偷本来就心虚，一听有人过来了，赶紧撒腿跑了。

小张见小偷被自己吓走了，便安心地继续回家。哪知刚走几步，却听见有人喊他，回头一看，居然是刚刚在马路对面等车的姑娘。

小张一头雾水，难道姑娘知道自己帮了她？正疑惑呢，姑娘对小张挥了挥手，问道："小哥，这附近哪里有卖蛋黄酥的啊？"

小张挠了挠头，刚才他只是急中生智，附近有没有卖蛋黄酥的，他还真不知道，于是说："不知道啊，怎么了？"

姑娘笑了笑，对小张说："咳，刚才在我旁边，也有个人在等公交车。结果一听到有人在叫卖蛋黄酥，那人连公交车都不等就跑去买了，我想这家的蛋黄酥一定特别好吃，我也想尝尝！"

（发稿编辑：曹晴雯）

萤火虫的屁股

□ 王士朝

张老三是个“见酒迷”。有一次，张老三的堂弟要嫁闺女。堂弟拜托张老三前去送亲，又怕他醉后胡言乱语，就嘱咐他千万少喝酒。张老三满口应承。

到了新郎家，酒席开始了。新郎家的陪客上来就给张老三敬酒。张老三想起堂弟的嘱咐，赶忙站起，以手护杯，说：“少倒，少倒！”

陪客说：“你是新娘的娘家贵宾，咋能少倒？”

张老三忙说：“你不知道，我的酒量，那是‘萤火虫的屁股——亮（量）小’啊！”

陪客笑了，连连说：“好，好，你量小，那我就少倒！”

过了一会儿，新郎的父母来敬酒。此时，张老三喝了一些酒，情绪逐渐亢奋起来。他指着酒杯，豪气地说：“亲家，倒，倒满！我的酒量，那是‘萤火虫的屁股’啊！”

众人不明白，你既然是萤火虫的屁股——亮（量）小，为啥还要倒满呢？只见张老三端起酒杯一饮而尽，然后缓缓地说道：“‘萤火虫的屁股——有点亮（量）’，我也是有点酒量的啊！”

众人一听都笑了，不少人过来给张老三敬酒。张老三越喝越起劲，把堂弟的嘱咐抛到了脑后。酒席快结束时，他忍不住抓起酒壶，说：“来而不往非礼也，来，我回敬大家一碗酒！”

张老三拿过茶碗，泼掉茶水，倒了一大碗酒，仰起脖子，“咕咚咕咚”一口气干了。

有人忍不住问：“你到底是什么酒量啊？”

张老三抹了一下嘴，说：“我的酒量，那是‘萤火虫的屁股’啊！”

望着大家不解的样子，张老三得意地一笑，说：“‘萤火虫屁股——亮（量）在后头’，我的酒量，也在后头啊！”

（发稿编辑：吕　佳）

文化输出

□ 黄超鹏

阿杰的大学同学里有很多外国留学生。平时，阿杰总喜欢有意无意地在外国同学们面前展示一些有着中国特色的东西，他十分自豪地称这叫“文化输出”。

一次周末，阿杰邀请同学们到家里聚餐。他饶有兴致地下厨，做了一桌子家乡菜招待大家。外国朋友们对中国美食赞不绝口，甚至一个个都学会了用筷子吃中餐。不过也有例外，有个叫吉米的男生，就不喜欢用筷子。

“还是用刀叉好，妈妈从小就跟我说，刀叉并用，能锻炼左右脑。”吉米说道。

“用筷子虽然只需一只手，但能锻炼手部精细动作呀！”阿杰半开玩笑地说道，“再说刀叉用完后，洗餐具还得多洗一件！”

“用刀叉有仪式感！”

“筷子文化也很有讲究啊！”

两人都想说服对方，可谁都不服谁。之后，阿杰想尽各种方法“怂恿”吉米用筷子，甚至送了一副十分精美的骨筷给吉米做礼物，但吉米一直提不起对筷子的兴趣。

几个月后，阿杰在一家西餐厅遇到了吉米。让阿杰惊讶的是，他真真切切地听到吉米对服务生说：“麻烦帮我撤掉刀叉，给我一双筷子就行！”服务生虽然不解，但还是礼貌地照办了。阿杰忍不住上前问吉米：“兄弟，快跟我说说，是谁说服你用筷子了？”

“哈哈，说实在的，这段时间我在中国，很受启发！”

阿杰微笑着，正等着听这位外国朋友大聊中国文化呢，就见吉米一手掏出手机，一手拿起筷子夹菜，然后笑着说道：“真有你们的，要说边玩手机边吃饭，还是用筷子方便啊！”

（**发稿编辑**：丁娴瑶）

（**本栏插图**：顾子易 小黑孩）

《故事会》&“阿基米德”梦幻联动！

这个世界可爱，但不完美。人生不会总是一帆风顺，但遇到磕碰的时候，总有人会伸出温暖的手掌搀你一把，吹一吹你的伤口，帮你踢走那颗绊路的石头，为你鼓劲加油……这样犹如春风一般的珍贵人儿，你遇到过吗？来“故事云”扫码听故事，或者也把你的故事留下。

今日主题

冬日故事里，也有春意盎然！

天气凉了，小馆里开了暖气，阿俑小心翼翼地把几棵室内盆栽移到了通风处。有对老夫妻正好路过，老太太见到阿俑细致照料花草的模样，忍不住拉了拉老伴的衣袖，说：“这一定是个有心人！”

老伴看了看阿俑，又抬头看了看“故事云”，然后牵着老太太的手就拐进了小馆：“走，那就听听他的故事，一定也暖人心！”

《藏在花盆里的爱》　《奇怪的钓鱼者》

《藏在花盆里的爱》

《奇怪的钓鱼者》

一个小职员，工作上碰了壁，垂头丧气地“躲”在“故事云”里发呆。阿俑想讲个故事安慰他，他却苦着脸说：“唉，现在听故事可解决不了我的难题。”

“难题有多难？”阿俑一挑眉，说道，“比造一座山峰还难？”

小职员不服气地反问道：“那听个故事还能造出山峰不成？”

阿俑得意地笑道：“这你还别不信，故事总能创造奇迹……”

🎧《风雨中的柔情》 🎧《第八座山峰》 🎧《课桌效应》

《风雨中的柔情》

《第八座山峰》

《课桌效应》

小梅老师每周都会带福利院的孩子们来“故事云”，但今天是最后一次，因为她要回老家了。孩子们第一次没有争先恐后地去听故事，而是围着轮椅上的小梅老师，个个哭红了鼻子。小梅老师打气道：“放心吧，老师会好好治腿，努力复健，争取早日回到你们身边！记得我们约定好的，把每一次战胜困难的过程都写成故事，再次相聚时，我们要交换‘战斗经历’哦！”

🎧《去北京采风》 🎧《我们一样爱他们》 🎧《大美莲山》

《去北京采风》

《我们一样爱他们》

《大美莲山》

第四届“笑传正能量”百姓故事大赛征文启事

本届大赛主题词：家教　家风　家训

为深入学习宣传贯彻党的二十大精神，加强家庭家教家风建设，将中华民族传统家庭美德发扬光大，讲述老百姓身边更多美好的故事，上海东方宣传教育服务中心（上海市公益广告协调中心）与《故事会》杂志社现联合举办第四届“笑传正能量”百姓故事大赛。

活动时间：即日起至2023年2月28日。

征集要求：1. 尚未公开发表的原创作品，无版权争议（如有纠纷，责任自负）。2. 突出表现发生在日常生活中的家教家风家训故事，用细腻的笔触描绘生活中的苦乐酸甜，表达真情实感，弘扬好家风，涵养好民风。3. 篇幅控制在3000字以内。

奖项设置：一等奖1名，奖金10000元（税前）；二等奖2名，奖金各5000元（税前）；三等奖5名，奖金各2000元（税前）；优秀奖若干名，奖金各200元。

投稿方式：本次大赛一律采用电子邮箱收稿。投稿邮箱：xcznl2019@163.com。标题统一为“笑传正能量+作品名+作者”。参赛作品请附：作者真实姓名、联系地址、联系电话（手机）、身份证号、开户银行信息及账号。

其他说明：获奖作品著作权归作者所有，主办方享有使用权、发布权和改编权，凡参赛者视为接受本项约定。获奖作品结集编印成册，不再另付稿酬。

看见他人

王琦 故事会绿版编辑
Wang Qi Stories Editor

最近我读到一则小故事，和大家分享。故事说的是禅宗六祖惠能禅师云游时，来到一处山下，他见此处清净，利于修行，便打算住上一段时间。但惠能禅师名气太大，附近镇子上的人听说他来了之后，都跑来拜访，请教问题。

很多人来请教的都是生活中的难题，慧能禅师不忍拒绝，便耐心地给大家提出建议。就这样一传十，十传百，来找惠能禅师的人越来越多。

这一日，有好几十人拥在惠能禅师的门外吵吵嚷嚷，都说自己的问题最严重、最迫切，要让禅师先为自己答疑解惑，谁也不让谁。

惠能禅师思忖片刻，拿出纸笔说："大家这样同时说话，我听不清，不如大家把自己的问题写在纸条上，写完后放进我身边的这个篮子里。"

等所有人都把纸条放进篮子后，惠能禅师拿起篮子摇了摇，说："请每人从中拿出一张纸条，看看上面写了什么。"

于是，每人都拿到了一张别人写的纸条，仔细读了之后，大家都发现，确实是各人有各人的难处，家家有本难念的经。这时，惠能禅师开口道："现在，谁的问题最迫切需要解决呢？"他这一问，倒没人再说话了，因为现在，谁也不敢保证自己的问题就是最严重的。

很多时候，我们会被自己当下的感受捆缚，当困难和问题袭来时，仿佛陷入痛苦的漩涡。但只要把目光从自身移开，放眼到他人身上，我们或许会发现，自己遇到的问题并不算什么，或许别人才是更需要帮助的人，或者自己可以为他们力所能及地做些什么。

当视野开阔了，世界也会随之开阔，我们会发现，即使是陌生人也是息息相关的命运共同体，而共情能力，也是人类最珍贵的品质之一。

进入新的一年，我们会继续努力把更多的好故事带给亲爱的读者，希望故事成为您眺望广阔世界的窗口，能为您的生活照进一束七彩的光。

（**插图**：丁德武）

767 CONTENTS

开门八件事　扫码听故事

2023 SEMIMONTHLY

1月下半月刊

一本可读、可讲、可传、可听的全媒体杂志

故事会

绿版·下半月刊

社　长、主　编　夏一鸣

副社长　张　凯

副主编　朱　虹　吕　佳

本期责任编辑　王　琦

电子邮箱　wangqi_8656@126.com

发稿编辑

朱　虹　赵媛佳　田　芳　彭元凯

美术编辑　郭瑾玮　王怡斐

红版编辑部电话　021-6433 2325

绿版编辑部电话　021-5320 4050

地址 上海市闵行区号景路159弄A座3楼

邮编　201101

主管、主办　上海文艺出版总社

出版单位　《故事会》编辑部

发行范围　公开

·出版发行部·

发行业务　021-5320 4165

发行经理　钮　颖

媒介合作　021-5320 4090

广告业务　021-5320 4161

新媒体广告　021-5320 4191

·融媒体中心·

《故事会》微博　@故事会

《故事会》微信　story63

故事中国网　www.storychina.cn

《故事会》网店

shop36332989.taobao.com

故事会公众号

故事会小程序

国外发行　中国图书贸易总公司

印刷　上海四维数字图文有限公司

发行　中国邮政集团公司报刊发行局总发行

国内代号　4-225　定价　8.00元

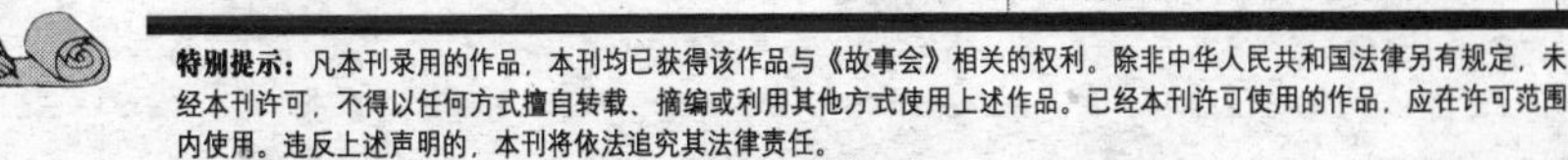

拉拉链

老婆怀孕七个月了，这天她让老公帮自己把外套拉链拉上。

老公二话不说就拉了起来，在老婆肚子最突出的地方，拉链拉起来有点费劲，老公忍不住把她鼓在拉链外的肚子往里按了按。老婆生气地说："你干啥呢？"老公赶紧道歉："对不起，老婆！刚才我有种给行李箱拉拉链的错觉……"

（田晓丽）

（本栏插图：包丰一）

不是爷们儿

老王在家里被老婆打得哇哇叫，他跑出院子，老婆还在追着打。这时一个邻居走过来，鄙夷地说："老王，你是不是个爷们儿？"

老王听了说："对呀，我堂堂一个大老爷们儿……"他正打算反抗，不料邻居接着说道："是爷们儿，挨打就别出声，不然吵得人没法休息。"

（月月鸟）

比老婆

小林和大刘去钓鱼，天突然下起了大雨。

小林拿出雨伞，得意地说："幸亏我老婆有先见之明，她知道今天要下雨，叫我带了伞。"

大刘笑了笑，说："我老婆不仅有先见之明，还特别善解人意。"

小林不解，只听大刘说："我出门时本想带伞的，但我老婆说'带伞太麻烦了，反正小林会带的'。"

（史志鹏）

一举两得

两个大学生聊天，甲说："我梦到自己变成钢铁侠了，穿着特别酷的盔甲，张嘴说的全是英文！"

乙说："厉害啊，那你梦里还有什么壮举？"

甲得意扬扬道："我赶紧抓住这个好机会，去考了英语六级。"

（喵　喵）

取名字

有一对小夫妻，老公姓钱，老婆姓许，他们都想让未来的孩子跟自己姓。

后来老婆生了一对双胞胎，老公兴冲冲地说："老婆，这下问题解决了！"

老婆点点头说："名字我也已经想好了，一个叫钱许多，一个叫许多钱。"（十里荷香）

又是这个味儿

这天，妈妈答应带儿子去动物园，出门前，她顺手拿香水往身上喷了喷。忽然，她身边的儿子号啕大哭起来。

妈妈摸不着头脑，赶忙问儿子怎么了。儿子哽咽着说："不是说好去动物园的吗？怎么喷这个香水？你每天上班前都喷的，今天是不是又要去上班了？"（落花雨）

风俗

胖妹伤心地跟闺密说："我被男朋友甩了……"

闺密生气地问："你对他这么好，他凭什么甩你？"

胖妹哭哭啼啼地说："他说，他不能坏了他们那儿的风俗。"

闺密不解地问："什么风俗？"

胖妹说："他说他们那儿结婚当天，新郎要背着新娘进家门。昨天他试了一下，根本背不起我……"

（小饼干）

·笑话·

用法不对

小李和同事在公司加班到凌晨，他对同事说：“我太困了，有没有什么办法？”同事建议他倒一杯冰咖啡。小李照做了，喝了几口后，对同事说：“不管用啊，我还是很困。”

同事说：“你的用法不对。”小李疑惑地问：“这咖啡还能有什么别的用法？”

同事拿过小李手中的咖啡，一下子全泼在他的脸上。小李顿时打了个激灵，同事见状问：“怎么样，不困了吧！”（蓝　风）

新同事

有个新来的女同事上班时涂指甲油，小丽见了，好心提醒她：“当心被老板娘看到……”

新同事不屑地说：“在公司，我杂七杂八的活都要做，她还要怎样？”

小丽很欣赏她的性格，于是小声说：“话虽这么说，还是小心点为好，那死肥婆喜怒无常，脾气臭得很呢。”

新同事皱起眉头说：“怎么说话的？她是我姑妈。”（樱桃红）

求　情

吉娜跑到法官那儿，请求提前释放她的丈夫。法官问：“你丈夫是因为什么坐牢的？”

吉娜说：“他只是在商店里偷了一瓶食用油。”法官说：“哦，还不算严重。那你为何来替他求情？”

吉娜犹豫地说：“家里做菜的油快用完了……”（帕蒂特）

叫外卖

公司组织“头脑风暴”讨论会，大家正天马行空地说着，小曹随口说了句：“有点饿了……”于是大家开始聊中午吃啥，聊得热火朝天。

老板见状，只好给所有人叫了外卖。会议结束，老板做了总结，最后说道：“这次外卖的钱就从小曹工资里扣，散会！”（卧　龙）

买水果

一个女孩在水果店询价，老板告诉她，苹果4元，桃子5元。

女孩想了想说："我都买点儿，按4元5角算可以吗？"老板同意了。

一会儿，女孩把选好的一袋水果拿去称重，老板一看，急了，说："你这一大袋都是桃子啊！"

女孩从袋子里掏出一只很小的苹果，说："在这儿呢。"（丁 东）

欺负人

小张是四川人，这天公司新来了个女孩，听口音也像是四川人。小张在电梯里遇到女孩，试探着说了句："川娃子？"

这时，女孩身旁的一位大姐生气地对小张说："你干吗欺负新来的小姑娘？"小张蒙了，只听大姐接着说："人家赤脚穿高跟凉鞋这么好看，你凭什么逼她穿袜子！"（池塘柳）

潜心修行

某寺有位大师，经常闭门谢客。这天徒弟感叹道："如今像您一样潜心修行的人，已经很少了。"

大师微微一笑，说："傻徒弟，你不懂。师父这是为咱寺争取回头客咧，客人一次见不到我，必定来第二次、第三次，来一次就要买一次门票……"（一米阳光）

出去吃

大强在工地干活，这天他打完饭菜回到工棚准备开吃，一个工友招呼他说："兄弟，走，出去吃！"

大强以为要去下馆子，高兴地走到门外，顺手把饭菜倒进了垃圾桶。他抬眼却看到工友坐到了外面的板凳上，捧起饭盒吃得津津有味。

大强愣了，问："我们不是去下馆子吗？"工友说："什么下馆子？屋里太热，出来吃凉快啊。"

（火箭熊）

本栏目欢迎来稿。如有新鲜感、有精彩细节的笑话佳作尽快投寄给我们。来稿一经采用，即致稿费，最高稿费为一则100元。本期责任编辑电子信箱：wangqi_8656@126.com。

求救的仇人

□顾敬堂

李四好勇斗狠，有一次寻衅打架时，他被人用刀子割断了手筋，结果双方都进了监狱。李四坐了几年牢，还落下了残疾，等出狱时整个人变得沉默寡言起来，阴沉沉的，村民们见了他，都躲得远远的。

李四的父母给他留下一片鱼塘，这里远离村落，平时连鬼影都见不到。李四独自住在鱼塘边的小窝棚里，乐得清静。以前总有贪小的村民来偷鱼，但自从李四这尊瘟神住进窝棚，就再也没有人敢来了。不过，人不敢来，却仍然有胆大的“小偷”频频光顾。

这天，李四正在鱼塘边巡逻，忽然看到一只灰色的大鸟正站在芦苇荡里的浅水中，伸着长长的脖子半天不动，猛然间将嘴刺进水中，叼出一条半斤左右的鲫鱼来。

李四对着大鸟喊了两声，想赶走它，谁知人家毫不理会，脖子一伸一伸地把鱼吞进肚子，看样子打算吃饱了再走。

李四来了火气，从口袋里掏出弹弓，装上钢珠，用残手拉满弓，对着大鸟的腿就射了过去。只听“啪”的一声脆响，大鸟身子一歪，倒在水中，翅膀扇了半天，好不容易单腿站了起来，趔趔趄趄地飞走

了。

李四站在那儿看了一会儿，转身回窝棚了，却没发现身后的灌木丛中，有个满脸疤痕的人拿着手机将刚才的一幕全录了下来。这人有些不甘心地收起手机，低声骂道："可惜没打死它，否则单凭这个，我就能把你送进去！"骂完，疤脸男悄悄向后退去，消失在树林中。

转眼过了三四天，一大早，李四就被一阵奇特的鸟鸣声惊醒了。他走出门外，循着声音走过去，发现鸟鸣来自鱼塘边的一棵茂密的大树上。李四眯着眼睛朝树上看了半天也没发现什么，不由得暗暗奇怪：听声音这是大鸟发出的鸣叫，可为什么看不到踪影呢？他有心上去瞧瞧，却因为一只手残疾，做不来抓握动作，实在爬不上去，只能在树下看了半天，摇摇头走了。

树上的鸟儿一直不停地叫着，吵得李四心烦意乱，但又无可奈何。临近午饭的时候，忽然多了一只鸟的叫声，和之前那个一唱一和，显得格外凄厉。李四将手里的碗重重放在桌子上，抄起弹弓、装上钢珠跑了出去，只见那棵大树下，一只大鸟瘫坐在地上，仰着脖子向上面叫着，仿佛在向同类求救。看到李四奔过来，大鸟挣扎着往后躲了躲，但后来好像做出了什么决定，它居然用一条腿撑着身体，一点点挪到李四身边，仰起头用哀求的眼神看着他。

疤脸男举着手机躲在树后，神情兴奋地拍摄着，等待李四一把拧断大鸟的脖子。

李四看着艰难爬到自己脚边的大鸟，神情渐渐缓和下来，他慢慢松开了弓，蹲下来抚摸着它的羽毛，喃喃地说道："是我把你的腿打断的，你居然还跑来找我求救，这是拿命赌我的良心呀……"

接下来，疤脸男惊讶地看到李四用竹片做夹板，仔细将大鸟的断腿包扎好，又拿网捞来几条小鱼，看着大鸟狼吞虎咽地吃了下去。

"你的狠劲儿哪儿去了？"疤脸男没有拍到想要的东西，摸了摸腰间的尖刀，犹豫半天，嘟囔着向后退去，"君子报仇十年不晚，迟早让你栽到我手里！"

忽然，疤脸男感觉踩到了一个软软的东西，不等他反应过来，小腿吃痛，好像被什么咬了一口。他慌忙跳开，发现一条五彩斑斓的蛇倏地钻进草丛不见了。

疤脸男连忙蹲下查看伤口，发现小腿迅速地肿了起来，两个小孔流出黑血。他连忙挤了几下伤口，

却很快就感觉腿已经木了。疤脸男又惊又怕，心想就算打电话求救，一来一回最快也要两个小时才能到医院，难道自己的命今天就要交待在这里了？

看着前方正给鸟儿喂食的李四，疤脸男咬咬牙，将腰间的刀子扔到草丛中，踉踉跄跄地走了出来，嘶哑着喊道：“救命！”

李四听到声音，立刻奔了过来，伸手扶住疤脸男，惊讶地问道：“你怎么了？”

疤脸男指了指腿，艰难地说道：“被毒蛇咬了！”

李四弯腰就将疤脸男背了起来：“别害怕，我屋里有蛇药……”

不知过了多久，疤脸男醒了过来，他悄悄动了动腿，发现已经恢复了知觉，不由得松了口气。李四正愣愣地坐在床边，见他醒了，迟疑着问道：“咱俩认识？我瞧着你好像有点面熟。”

疤脸男坐起来，沉默片刻才说道：“四年前我们见过一面，就是这一面，害你判了三年，我判了四年！”

“是你？！”李四吃惊地跳了起来，顿时想起了那件往事。

四年前的那天，李四去城里卖鱼，结束后进了自助火锅店，想要喝一杯。他不太会操作火锅店的电磁炉，胡乱按了几下都没打开，于是大声喊路过的服务生：“喂，你们这破玩意儿不好使，怎么打不开呀？”

服务生对李四的语气很反感，拉着脸走过来，啪啪按了两下，见电磁炉马上工作起来，他说：“不会弄就说不会弄，别赖电磁炉！”

李四哪受得了这个讽刺呀，立马拍着桌子站起来破口大骂。服务生也不甘示弱，和他对骂起来。李四嘴笨，骂架很吃亏，一着急就伸手打了服务生一拳。

其他的服务生赶紧过来拉住李四，而那个服务生还不罢休，趁机

踹了李四几脚。李四被拉扯着过不去，情急之下端起邻桌滚烫的火锅，对着服务生泼了过去。服务生惨叫一声，捂着脸冲进厨房，用凉水冲脸，他脸上越痛，心里越火，终于又抄起一把尖刀冲了出来。李四在撕扯中一把握住了刀刃，却不料被服务生用力抽了出去，李四的三根手筋顿时断了。

这时警察赶过来控制住了局面，押着两人先去医院治疗，根据伤情决定后期处理。

李四坐在处置室里，听守在门口的警察闲谈："这小子手筋接上就没事了，顶多算个轻伤；那个服务生肯定毁容了，属于重伤害，起码三年起步！"

听到这里，李四心里不平衡了——两人打架，凭什么我一人坐牢？他咬咬牙，对医生说道："我没钱接手筋，你直接给我缝上就行了！"

医生吃惊地说道："那你的手这辈子就废了！"

"废了我也没办法，除非你们掏钱给我接！"李四耍起了无赖。

治不治伤是当事人说了算的，于是医生耸耸肩，让李四签了字，直接把他的伤口缝上了事。

这样一来，李四的轻伤反而变得比服务生还严重，最后被判了三年，服务生被判四年。

疤脸男此时也豁出去了，直言不讳地说道："我不久前才出来，心里一直咽不下这口气，打听到你的住处，想找机会报复你，所以一直守在这儿。没想到今天被你救了一命，现在是我欠你的了，要杀要剐随你便吧！"

李四愣愣地看着外面的大鸟，长叹一口气道："咱俩当时要是都能好好说话，何至于弄到今天的地步？鸟都知道只要态度好，仇人都会救它，咱们咋就活得不如一只鸟明白呢？"

疤脸男听完一愣，过了半晌才捂住脸痛哭起来……

太阳快落山了，两人坐在李四的窝棚前搂脖抱腰地喝着酒，哭一阵笑一阵。那只大鸟吃几口鱼，歪着脖子看两人几眼。旁边的一个小音箱里仍不时地响起鸟叫的声音——这是疤脸男为了引来大鸟而放到树上去的，他刚刚爬上树把它取了下来。李四这才知道，这只大鸟的学名叫苍鹭，当地人喊它"长脖子老等"，是国家二级保护动物。

（发稿编辑：赵嫒佳）

（题图、插图：孙小片）

神枪团长

□肖建国

民国时期，某地有个纨绔子弟，外号叫“李大麻子”，不学无术，仗着家里有两个钱，当上了一支杂牌队伍的团长。有了队伍，李大麻子还想打枪玩玩，于是辟出一块场地来练习射击。

走上靶场前，李大麻子认为打靶简单得很，一枪就能撂倒一个家伙。谁知他离开靶子三十米，举起“王八盒子”把一匣子子弹打完，却全脱了靶。

当报靶员报出一枪未中的时候，李大麻子脸上的麻坑就显出了猪肝色，他硬叫报靶员扛着靶子过来让他检查，一看，发现靶子上原来有很多洞，都被一张白纸糊住了。他瞪着眼睛问：“这洞是怎么回事？”

报靶员回答说：“这是以前打靶射的。”

李大麻子鼻子里哼了一声，又仔细看，发现其中有个小洞上的白纸破了皮儿，于是立刻大吼大叫起来：“这个洞呢？分明是我射中的，你为什么不报？”

“这……”其实这个洞是报靶员刚才扛靶子过来时，手不小心碰破的，可他自己没意识到，于是就愣在了那儿。

李大麻子一声怒喝：“他奶奶的，你竟敢谎报军情？”说着，他掏出“王八盒子”对着报靶员就是一枪。这一枪贼准，报靶员连哼都没哼就一命呜呼了。

报靶员死后，接替他这活儿的是一个叫老黑的人。老黑人长得瘦小，嗓门却出奇地大，一双眼睛更是滴溜溜有神。

这天，李大麻子又来射击，没想到这次他一匣子子弹放完后，老黑钻出坑来报靶，乖乖，竟中了七枪！李大麻子一高兴，奖了老黑两个银圆，老黑激动得差点儿没给李大麻子跪下。

这以后，李大麻子的枪法“突飞猛进”，后来竟得了个“神枪团长”的外号，远近闻名。

这年冬天，湘粤联防军的一车军饷在路过李大麻子的地盘时，被一伙人劫走了。押送的士兵抓住了一个劫匪，这劫匪为了栽赃嫁祸，就说幕后主使是李大麻子。这下可惹恼了湘粤联防军的总指挥俞汉谋。但俞汉谋做事十分谨慎，因为他闻知李大麻子外号“神枪团长”，怕硬来的话会出事，所以不敢轻举妄动。

俞汉谋这个人会动脑子，眼珠一转就计上心来。这天，他亲自书写了一个“神枪团长”的牌匾，用黄金镶边，然后带着一个连的人马，押着那劫匪，吹吹打打往李大麻子的团部而来。

李大麻子见总指挥亲自给自己送贺匾，受宠若惊，忙让手下士兵杀猪宰羊，大摆筵席。正当大家喝得酒酣耳热之际，俞汉谋一扔酒碗，“啪”的一声响，身边几个副官一跃而起，把李大麻子按倒在地，利索地把他身上的“王八盒子”给卸了。

李大麻子还没明白过来是怎么回事，就被捆了起来。他手下那些人哪里见过这阵势，个个吓得呆若木鸡。

俞汉谋沉下脸来问李大麻子，为何要抢自己的军饷。李大麻子一听，脑袋“嗡”的一声，赶紧跪倒在地，眼泪一把、鼻涕一把地表清白：“我李大麻子对天发誓，我对总指挥忠心耿耿，抢军饷一事，纯属冤枉啊！”李大麻子边说边向俞汉谋叩头，十几个响头下来，头皮磕得鲜血直流。

俞汉谋见此情景，不禁有点左右为难了，为了给自己找个台阶，他缓了缓口气，说：“李团长，劫匪说幕后的主谋是你，我也是不得已而为之啊。这样吧，只要你亲手处死这个劫匪，就证明他不是你的手下，你的嫌疑也就洗清了。”

李大麻子一听，如获大赦，兴冲冲地提起“王八盒子”就要朝那劫匪扑过去。

俞汉谋拦住他说："慢！李团长，我早就听说你是神枪手，这样开枪多没意思，今天也让我们大家开开眼，把劫匪放了，你打活靶吧！"

李大麻子心想，凭自己打靶的技术，这还不是易如反掌？于是满口应承。为了卖弄自己的枪法，他还让劫匪跑出三十米后再开枪。

劫匪一听有这等好事，撒开腿就跑。旁边的老黑见劫匪一跑，扯开嗓门就对李大麻子喊："团长，开枪！快开枪！"

李大麻子不愿意了，把眼一瞪，骂道："你奶奶个熊，这小子还没跑出三十米呢，老子五十米内都一打一个准，你嚷什么嚷？"

老黑被李大麻子这一骂，不敢吱声了，苦着一张脸，比哭还难看。

劫匪又跑了十几步，李大麻子这才提起"王八盒子"，三点成一线地瞄准了劫匪。此刻，在场所有的人都把目光聚集在李大麻子身上，只听"砰"一声，第一颗子弹落在了劫匪的脚边，击起一串尘土，大家以为李大麻子这是在玩猫捉老鼠的游戏，有人竟拍起了巴掌。

紧接着，"砰"，第二枪又响了，子弹距离劫匪足有二三尺远。大家吃不准李大麻子这是在玩哪一招，都奇怪地看着他。

其实，李大麻子只是把子弹打偏了嘛！这一来，他心里发了慌，于是赶紧双手握枪，扣动扳机，"砰砰砰"，只见一串子弹从枪膛里窜出。可是他枪打得越紧，那劫匪蹿得越欢，等李大麻子打光了子弹，那劫匪也跑了个无影无踪。

这下子所有的人都呆住了，李大麻子脑子里更是一片空白。

俞汉谋气得脸上青筋直蹦，喝道："好你个李大麻子，竟敢放走劫匪？看来军饷分明就是你派人劫的！来呀，把他给我拉下去毙了！"俞汉谋一声令下，立刻有人将李大麻子五花大绑拉了下去。

李大麻子被拉到靶场上，他知道自己活不了了，便求俞汉谋让他临死前跟老黑说说话。

老黑怯怯地来到李大麻子跟前，李大麻子冷不防飞起一脚踢过去，痛得老黑"扑通"一声跌坐在地上。李大麻子破口大骂："都是你小子害了我！"

老黑哭着说："团长，我也没有办法呀！若不在报靶时报你多中几枪，我哪能活到现在啊……"

（推荐者：阿　山）

（发稿编辑：王　琦）

（题图：孙小片）

可爱情话，拿走不谢

◆ 今天下了好大的雨啊，朋友问我要不要伞，我说不要伞，不要伞。你听到了吗？不要散，不要散。

◆ 一只小鸭子想努力和前面的鸭子对齐，但是怎么跑也对不齐，它嘴里念叨着：“对不齐呀对不齐，对不起。”

◆ 从前有一只小猪，它种了一颗草莓和一个芒果，草莓长得好慢好慢，小猪就对草莓说：“莓你不行，没你不行。”

◆ 南瓜、紫薯和花生是好朋友。一天，花生约南瓜去玩，南瓜问花生：“还有谁呀？”花生说：“我、紫薯与你，听到了吗？我只属于你。”

（推荐者：小苹果）

我的母上大人

◆ 有天早上，我边照镜子边问老妈：“妈，你看我的脸最近是不是瘦了？”老妈端详了一会儿，说：“脸没瘦，眼瘦了。”

◆ 和老妈吃早饭，我吃了两口说：“好像我还没洗脸哦。”老妈淡淡地说：“那有啥关系？眼屎掉进去了，你还能多吃两口。”

◆ 我：“妈，经常听别人说，婆媳之间天生就是公敌，你怎么看？”我妈：“我不一样，我投敌了！”

◆ 我给我妈买了台智能洗衣机，教了无数遍她都不会用；后来买了麻将机，她不仅会用，还学会修了。

◆ 公司组织军事化的培训学习，不能开手机。老妈昨天给我打了十几个电话，我都没接到，然后她报案了，报案的原因是：“我闺女除了睡着不玩手机，随时都拿着手机看，肯定出事了，你们快找啊……”

（推荐者：一　言）

科技改变生活

◆ 大学同学聚会，饭局在下午六点开始，有一位同学要九点才能下班。我们都以为他赶不上了，谁知他竟然准时来了！我们问他是请假了吗，他说：“没请假。我把公司的打卡机带来了，待会儿九点的时候在饭店找个插座就可以打卡下班了。”

◆ 我在厨房发现一只蚂蚁在找食物，于是夹了一块肉放在它面前，它过来用触角碰了几下，掉头跑了。然后我把肉拿走，用纸擦干净油渍。别问为什么，因为我要让它的伙伴都觉得它在骗它们，降低它的蚂蚁信用！

◆ 我去外地出差，找了位大哥问路。大哥很热情，指着车站牌上的地图告诉我应该怎么走。他一边说，一边用右手大拇指和食指按住那片区域，做了两下向外扩展的动作，然后他嘿嘿一笑，说：“这要是块平板电脑就好了，放大能看得更清楚。”

（推荐者：许星星）

◆ 看见别人都那么努力、那么勤奋、那么意气风发地走在成功的路上，你问问自己，难道就不想成为他们的绊脚石吗？

◆ 两口子吵架吵到最激烈的时候，一般都会出现耳聋耳鸣等症状，最常见的表现就是，一个人总是会对另外一个人说：“你再说一遍！”

◆ 长个青春痘怎么了？那只能说明你可爱得都冒泡了。

◆ 一般长得好看的女孩子撒个娇就能搞定的事，我都得靠威胁。

◆ 这年头，苹果手机算什么，名牌服装算什么，豪车豪宅都过时了，现在最牛的炫富，就是和同龄人站在一起，你像小鲜肉，她像老土豆。

◆ 与禽兽搏斗的三种结局：赢了——比禽兽还禽兽；输了——禽兽不如；平了——跟禽兽没两样。结论：选择正确的对手最重要！

（推荐者：阿依丫）（本栏插图：孙小片）

间歇性耳聋

□朱关良

小弯沟村有个仙人洞，传说以前有人到这里求药，非常灵验。村民张老三脑子活泛，最近，他将自家几栋房子收拾出来，搞起了民宿。

生意开张没几天，陆续来了三个人，都是奔着长租来的。虽然人少，赚不到几个钱，但起码是个好的开端，于是张老三全心全意地招待着他们。

闲聊时，张老三很快摸清楚了三人的基本情况：第一位姓胡，是聋哑学校的老师，趁着暑假体验一下田园生活；第二位是名中医，姓林，到这儿边玩边采点草药；第三位客人姓金，上了点年纪，看上去脸色不太好，对自己的职业也绝口不提，只说是图这里空气好，所以来小住一段时间。胡老师天天蹲在鱼塘边钓鱼，经常给大伙儿加餐；林大夫起早贪黑钻树林，每天都背着一筐药材回来；唯独老金整日钻进仙人洞里，太阳落山才回来。

这天下起了大雨，三个客人百无聊赖地坐在客厅里，哪儿都去不了。胡老师提议道："闲着也是闲着，不如咱们摸两把？"

林大夫立刻响应，张老三作为东道主也没啥好说的，可老金却不太积极，皱着眉说道："我都好几年没摸麻将了，不太爱玩儿。"

"三缺一，老哥你就别搅局了，摆上摆上！"胡老师不由分说，把

他拉到了麻将桌前。

麻将从上午打到中午，愁眉苦脸的老金却屡战屡胜，把三家收拾得人仰马翻，赢了一千多块钱。输家还没咋样，赢家却受不了了，老金把钱往前推，疲惫地说："这点小钱儿累了一上午，算了算了，谁输的谁拿走，不玩了！"

林大夫和胡老师不同意："认赌服输，谁也不差这点小钱，吃完饭接着干！"

老金苦笑着摇摇头，拿出几张钞票扔给张老三："给你这'庄家'一点抽红填个坑，今天说啥都不玩儿了，要是不服，明天再战，非把你们赢个毛干爪净不可！"

吃过饭，胡老师找到林大夫和张老三，神秘兮兮地说："这老金是个职业玩家呀，他记牌特别厉害，不上点儿手段恐怕赢不了他。"

其他两人听了胡老师的建议，纷纷表示赞同，赢钱还在其次，主要是想挫挫老金的锐气。

第二天牌局开始后，林大夫和张老三凭着胡老师突击培训的手语，暗暗传递信号，三人互相"喂"牌，还真赢了几局。

这时老金又累了，把牌一推道："行了，你们也回本了，就这样吧。"

三人哪肯罢休，拉着老金不让他走。老金无奈地笑了："那就玩大点，现金输光就散伙。"

三人满口答应。结果老金有如神助，根本不需要吃牌，起手就"听"，次次自摸，连和了几把大满贯，将三人手里的九千块现金席卷一空。他照例补了张老三的亏空，将钱揣进兜里，笑眯眯地回房间了。

隔天早上，老金来到餐厅，见几人正在餐桌前看电视。奇怪的是电视里一点声音都没有，大家却看得津津有味。

老金大声问道："看什么呢？"

三人闻声回头，纷纷开口招呼，但老金只看到他们的嘴在动，却没有声音。老金用小指掏掏耳朵，有些害怕了："你们说什么呢？我怎么听不到？"

林大夫一脸诧异地起身迎过来，伸手搭上他的手腕，沉思片刻，嘴里发出断断续续的声音："肾……间歇性……耳聋……"

胡老师和张老三也围上来，七嘴八舌地关心着，老金却一句也听不见。胡老师赶紧找来一张便笺，用笔写道："林大夫说你是肾脏问题引起的间歇性耳聋，若不及时治疗，以后就彻底聋了！"

"啊？"老金的脸白了，"我马上去医院。"

胡老师连比画带写：林大夫就是全市最好的中医，何必舍近求远呢！老金连连作揖，说只要能治好自己的病，多少钱都认。林大夫也不含糊，立刻配了采来的草药，亲自煎好，叮嘱老金按时服下。其余两人也是对他嘘寒问暖，轮番照顾。

很快到了第五天，老金忽然掏出一沓钱，对三人说道："本来还想陪你们多演几天，可是这药太苦，我实在喝不下去了！"

三人听后面面相觑，无声地和他"解释"着。老金笑了："还演呢？一开始我真被你们忽悠住了，可很快就醒过味儿了——公鸡打鸣、母鸡下蛋、小鸟叫唤我都能听到，偏偏你们说话我就听不到？真拿我当傻子呢？当时赢光你们的钱是为了摆脱纠缠，现在还给大家，同时奉劝一句，赌博不是啥好东西，能不沾就别沾！我这肾病就是以前在赌桌上……嗨，不说了。"

胡老师的脸红了："对不起呀老金，因为我喜欢赌博，老婆总和我吵架。所以我趁暑假到山里来住，远离赌博，结果还是没忍住……"

张老三也挺不好意思："感谢金大哥，这点钱你们可能不当事，我是真心疼呀！我们不该合伙糊弄你。"老金摆摆手："就是个恶作剧，没事儿，我原谅你们仨了。失陪，我去仙人洞啦！"一直没说话的林大夫伸手拦住了他："原谅他俩可以，别捎带上我，你还得感谢我呢！"

"感谢你给我灌苦水？"

林大夫笑了："肾病怕凉，仙人洞里的凉气只能加重病情。告诉你吧，恶作剧是真，我给你开的药也不假。你没觉得症状减轻了吗？"

老金听了这话，仔细想了想，惊喜地说："真的，这两天我觉得排尿顺畅了很多！"林大夫笑了："只要能下定决心痛改前非，没必要去向什么仙人求药，你踏实地吃完我开的药，保证你生龙活虎。"

这时，张老三看着老金抱起拳头上的断指，忽然拍了下大腿："我在电视上见过你，你就是那个因为身体不好金盆洗手的赌王！"

老金挖了挖耳朵，大声说道："你说啥？我听不见！"

（发稿编辑：赵嫒佳）

（题图、插图：陶　健）

2023年1月(上)动感地带答案

神探夏洛克：照片其实是下午三点拍的，他洗照片的时候把图片洗反了，这样没有数字刻度的大钟看起来就是九点了。

疯狂QA：排成六边形即可。

·新传说·

一块钱租来的停车位

□向曙红

阿力是个普通的上班族。由于住的小区公共停车位太少，他每天都为停车的事伤脑筋。这天下班回家，阿力又像平时一样，开着车满停车场转悠，空车位没找到，倒是发现一块有意思的招租牌子，挂在一个私家车位的上方，上面写着："此车位出租，租期两月，租金一元。"落款是刘老师，上面还留有电话号码。

一块钱租两个月的停车位，还有这等好事？阿力将信将疑，但还是按照上面留的电话号码打了过去。刘老师在电话里说："我和我老婆都是老师，这不放暑假了嘛，我俩想开车外出度假，车位便空出来了，空着也是空着，就方便邻居吧。收一块钱的租金，只是意思意思。"

阿力听了好高兴，但刘老师话锋一转："可打电话来要租停车位的人太多了，你是第十二位。为了公平起见，你今晚 8 点来 A 幢 606 室吧，大家一起抓阄，抓到谁，停车位租给谁。"

这么多人争一个停车位，胜算不大，但当晚阿力还是去了。他发现自己认得刘老师，以前他占过几次人家的停车位，人家温言软语地

说过他几回，从来没为难过他。

很快，刘老师家聚集了十几个来争停车位的人，按刘老师的要求，大家将自己的车牌号写在纸上，丢进一只纸箱里。刘老师开始抓阄，将抓出的纸团打开，当众展示。阿力没料到，展示的车牌号竟是他的，他觉得自己太幸运了，当众扫码付给刘老师一块钱。

接下来的两个月，这个停车位就归他了，阿力想想就高兴。但想不到，第二天下班回家，他兴冲冲将车开进停车场，却赫然发现，那本来暂时归他所有的停车位上，却停了一辆白色的奥迪车，显然不是刘老师的车。

这辆白车上也没留挪车电话。阿力很生气，自己租来的车位，第一天就被别人给占了，这怎么行？他找到物业，问到了白车车主的电话号码，打过去，是个男人接的，对方说："我在外面吃饭呢，回不去，你另找地方停车吧。"说完，就将电话给挂了。阿力气坏了，又打电话过去，但对方再也不接他的电话了。阿力彻底怒了，他索性将自己的车堵在这辆白车的车头前，回家去了。他想，自己明天上班晚，这可恶的家伙明早开不走车，肯定急得跳脚吧。

第二天上午十点，阿力才懒洋洋地去了停车场，但让他没想到的是，那辆白车并没被堵在停车位里，而是开走了。他在四周看了半天，才明白过来，是旁边几个停车位的车子开走了，腾出了地方，让那辆白车有空隙可以开出去。他虽有些失落，但想到人家早晨要在这里等好长时间，等别人腾地方，也算是吃了点苦头，应该不会再占这个车位了。

然而让阿力没想到的是，当晚回来时，他的停车位还是被那辆白车占了。他气呼呼地打电话给车主，但连打了两次，都被对方给掐了。这下阿力受不了了，你不搭理是吧？那好，我偏让你搭理！阿力走到白车旁，透过车窗，在保险标志背面找到了保险公司电话，打了过去。他先是报了白车的车牌号，然后说车被撞了，车上没人，找不到车主。保险公司的工作人员说会立刻通知车主赶过去。

不到五分钟，一个留着板寸头的男人匆匆赶来，无疑就是白车车主了，抓阄那天阿力在刘老师家里见过。板寸头一看自己的车完好无损，再看站在一旁的阿力，明白了，没好气地问："是你给我投保的公司报假警？你这样做有意思吗？"

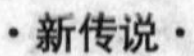

阿力心里的火气“腾”地就上来了：“我没意思？你占人家的车位就有意思？”

板寸头眼睛一翻：“我又没占你的车位，这是刘老师的车位。”

阿力说：“这停车位我租来了，这两个月归我。”

“不就是一块钱的租金吗？我给你！”板寸头掏出一枚钢镚，扔了过来。阿力当然没伸手接，那枚钢镚掉到地上，蹦了几蹦。阿力彻底气坏了，叫了起来：“我再说一遍，这车位现在是我的，你赶紧将车挪开！”

板寸头斜睨着阿力，说：“我不挪你又能咋的？我也再说一遍，这车位不是你的，你的租金我还给你了。从今天起，这车位就是刘老师的空车位，谁都有机会停。你要想占这个车位，就早点回来，我可不等着你。”说完，他扬长而去。

这家伙简直是个无赖！但阿力也不是吃素的，等板寸头一走，他拿出擦车的毛巾，再拿来一把起子，将毛巾塞进白车的排气管里，塞了个严严实实。

第二天，阿力开车去上班，到了小区门口，他看到那辆白车开着引擎盖，窝在那里，板寸头弯着腰到处检查。阿力心里直冷笑：跟我斗？车都开不动，你还能来占车位吗？

然而让他没想到的是，当晚回家，车位还是被那辆白车给占了。很显然，人家已经找到了塞在排气管里的毛巾，排除了故障。

阿力恼了，当即出门买了几枚放气钉，在白车两只后轮胎下面各放了两枚。

但接下来，那辆白车还是停在那个停车位内。那就继续吧，给车窗涂 502 胶水、用车钥匙划他的车漆……阿力火气越来越大，也就越来越不择手段。结果，板寸头报了警，而且，地下停车场的摄像头将阿力的破坏行为都拍了下来，成了证据。

警察将两人都批评了，说一个强占别人的车位没道理，另一个破坏别人财物更是违法。板寸头前前后后修车花了四千元钱，警察让两人各付一半，所以阿力要给人家两千元钱。

钱是给了，但阿力不服气。板寸头也不服气，他还是继续占车位。阿力气得不行，但碍于摄像头，再以破坏的方式出气，肯定是不行的。他思前想后，请人给车位装了个车位锁。

当晚，阿力下班回去，见停车位里终于空着了，不禁长吁了一口气。可等他下车去开锁时，顿时蒙了：车位锁上本来只有他的一把挂锁，现在又多了一把。

不用猜也知道，那把多出的锁，是板寸头锁上的。板寸头和他斗上了，他不让板寸头停，板寸头也不让他停。

阿力与板寸头斗了两个月，不但劳民伤财、两败俱伤，而且最终谁都无法在停车位里停车。斗到后来，阿力也觉得没意思，天天受气，破财又伤神，何苦呢？反正租这车位也只花了一块钱，不停也没什么损失。阿力最后决定，算了，不占这个便宜，还是将车停到离小区不远的停车场去吧，每月也就多花几百块钱。

阿力去那个停车场停车时发现，那辆白车也停在那里。看来，板寸头也像他一样，斗得烦了，花钱买安宁了。

很快，暑假结束了，刘老师回来了，阿力将车位还给了刘老师。

有一天，阿力经过小区门口，听到刘老师在和小区保安说话。保安问：“刘老师，现在没人占你车位了吧？”刘老师频频点头。

保安说：“我给你出的主意不错吧？咱们这个小区，最蛮不讲理、最爱厚着脸皮抢别人车位的就只有那两个人，以你的好脾气，又拉不下脸来对付他俩。所以，你只要将车位白送给其中一个，让另一个也知道，以他俩的心性，必然斗起来，斗个两败俱伤，没了白占车位的兴趣，才能安生，咱们小区也才能安宁。这就叫‘恶人要用恶人磨’。”

阿力愣住了，他万万没料到，刘老师租车位给他，不是他的运气好，而是因为他的“恶”。确实，他之前常常强占别人的停车位，包括刘老师的。

阿力不由得红了脸，低头匆匆从刘老师身后走了。

（发稿编辑：朱　虹）

（题图：佐　夫）

您手中有没有得意之作？本刊辟有二十多个原创性栏目，如新传说、我的故事和中篇故事等；您读到或听到什么有趣事可以和大家一起分享吗？3分钟典藏故事、外国文学故事鉴赏和脱口秀等都是本刊推荐性栏目。热忱欢迎来稿，可从邮局寄发，也可从网上传递。邮寄地址：上海市闵行区号景路159弄A座308室，邮编：201101；如为电子邮件，本期责任编辑信箱：wangqi_8656@126.com。

·新传说·

天降红颜

□张玉平

赵明杰是区文旅局局长。这天，他下班回到家，把手机往桌上一扔，就去浴室洗澡。刚好这时，一个微信电话打了进来，赵明杰让妻子帮忙接一下，说自己过会儿给对方回电。

于是，妻子接通了微信电话：“喂，你好，老赵他说……”不料，话还没说完，对方就“啪嗒”一下挂断了。妻子看了眼手机，却不小心瞄到了这个微信号发过来的信息，顿时脸色大变。

赵明杰洗好澡出来，一眼就看见妻子坐在沙发上，眼里有愠怒，还有悲伤。他连忙上前问：“怎么了？”妻子指着手机问道：“周莹莹是谁？”

“周莹莹……”赵明杰一拍脑门，心道：哎哟不好，这一忙居然把她给忘了。

原来，今天白天，他突然收到“支付宝到账52000元”的消息，同时微信还收到一条添加好友的消息，备注是：赵大哥，还记得4月3日这个纪念日吗？我是周莹莹。赵明杰压根想不起对方是谁，由于当时急着要开会，就通过了对方的添加好友请求，然后把手机调成了飞行模式，直到刚刚洗澡前才想起来将手机恢复成正常状态。

赵明杰试探地问妻子：“刚才的电话是她打来的？她说什么了？”

“哼！”妻子没好气地说，“我这个正室还在呢，她一个小三能

和我说什么？我一接电话，她就挂了。”

赵明杰连忙解释道："瞎说啥呢，啥小三，我都不认识她。"

“不认识她，你们还能有纪念日？她能给你转账？转账也就罢了，居然还是52000元！当我不懂这数字的含义？”妻子冷着脸，把手机递过去，“你要撒谎，也得先把聊天记录删了吧。”

赵明杰忙打开微信，发现周莹莹发来的信息不多，才四句话，却句句要命："赵大哥，我是当年那个在黄浦江畔的周莹莹呀。五年了，我始终没有忘记4月3号这个特殊的纪念日，不知你是否还记得？刚在支付宝上转了账，赵大哥记得查收哦。赵大哥，你已经当上局长了，可不要忘了我哦。"

赵明杰不禁有些生气，这不是无中生有吗？他马上回拨了一个微信电话，却无人接听。他又连发好几条微信询问，还是没有回应。这下，赵明杰慌了，忙向妻子解释："我发誓，我真的不认识这个周莹莹。"

妻子板着脸说："她叫你赵大哥，还知道你做局长了，可见你这位红颜知己对你关心得很呢。"

赵明杰觉得头都大了："老婆，你要这么说，我可真是跳进黄浦江都洗不清了呀。哎，等等……"说到这里，赵明杰脑海里似乎闪过什么，忽然哈哈大笑道："我知道周莹莹是谁了。走，我带你去证实一下。"说着，他就拉着妻子出了门。

不一会儿，两人来到了赵明杰的老同学——公安局长老潘的家中。赵明杰掏出手机递给老潘，把周莹莹的事一五一十地说了一遍。

老潘盯着周莹莹的信息，沉吟道："老赵，你确定这姑娘就是五年前我们在黄浦江畔遇到的那个？"

赵明杰想了想说："百分之八十吧。这不，我来找你这个公安局长帮忙了嘛。想当年，你也是当事人之一啊。"他又转头对妻子说，"老婆，有老潘做证，事情真不是你想的那样。"

妻子脸一红，说："到底是哪样，先找到当事人再说。我这不是担心你这个大局长犯错嘛。"

老潘也笑了，当下爽快地答应道："行，这事交给我。"

不出两天，老潘就有结果了。那天，他约了周莹莹和赵明杰一起喝茶。三人一见面，事情总算水落石出。

原来，五年前的一个夜晚，赵

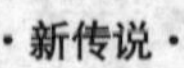
·新传说·

明杰和老潘一起在黄浦江边散步，忽然发现江边有个姑娘正攀爬过栏杆，看样子是想跳江。两人连忙上前将姑娘拉了回来。经询问得知，姑娘为见男网友，只身来到上海，却被骗光了钱，心灰意冷之下想结束自己年轻的生命。赵明杰和老潘苦口婆心的劝说，才让姑娘重燃了活下去的希望。两人又把姑娘送到了长途车站，给她买好了车票。临分别时，赵明杰掏出身上仅有的520元钱，塞给姑娘。姑娘感慨万分，向两人承诺，今后一定会好好生活，如有机会，必当百倍回报。

那个姑娘就是周莹莹。如今她再次来到上海，瞄准了上海一个渔村的商业发展前景。赵明杰拿出准备好的52000元钱递给周莹莹说："我原本想支付宝原路退款给你的，却总提示操作错误，就索性取出来还给你吧。"

周莹莹摇摇头，把钱又推给了赵明杰，说："五年前，你给了我520元钱。当时我就说了，必当百倍回报，我要兑现承诺。"

赵明杰再次把钱推了回去，意味深长地说："就算你要还，还我520元就够了。何况，你给我转账，当真没有其他用意吗？"

周莹莹一愣，支支吾吾地说："我……我在渔村投资了一个民宿。打听到你是文旅局局长，就想……让你给我行个方便。"

"根本不需要。"赵明杰说，"你来我们这里投资民宿，我们热烈欢迎。只要你遵纪守法，本本分分做生意，就算你是我仇人，我也不会为难你；反之，就算你是我女儿，我也不会讲半点情面。"

"这……"周莹莹红着脸，半天说不出话来。

老潘顺势打起了圆场，把钱往周莹莹手里一塞，举起茶杯说道："相识就是缘分。来，来，来，我们一起喝茶。这事儿就到此为止，这才是最好的结果。"

周莹莹也想明白了，她举起茶杯说："这事是我做得不对，我以茶代酒，向赵大哥赔罪。我会记住今天这个日子，一个新的纪念日。"

"又是纪念日？"赵明杰和老潘异口同声道。

"对呀。"周莹莹解释道，"五年前的4月3日，你们拯救了我的生命，是我要记住的第一个纪念日；而今天，你们又拯救了我的思想，我更要铭记心头啊。"

（发稿编辑：朱　虹）

（题图：豆　薇）

偷工减料

□陈　恺

周医生是位外科医生，他花了多年积蓄买了一套房子，由于医院工作繁忙，新房的装修全部包给了一家装修公司。三个月后，装修公司来电表示工程已经结束，请周医生去验收。

周医生兴冲冲地赶到新房一看，顿时火冒三丈，粗看与设计方案差不多，仔细一看，就发现问题不少：插座开关歪歪斜斜；墙面颜色深浅不一；最让人头疼的是地面上的瓷砖居然也贴得凹凸不平。

周医生努力压抑着怒火，拍了现场的照片，立即去装修公司讨个说法。装修公司却百般推诿，说工程是外包给装修队的，现在联系不到包工头，直到周医生打了消协的电话，装修公司才答应安排周医生与那位姓刘的包工头面对面地把问题说清楚。

几天后，周医生在医院查完房，写完医嘱，就急忙赶去约定地点。见包工头人还没到，周医生就低头开始刷手机。刚看没多久，就听到一阵“咚、咚、咚”的声音，他抬眼一看，映入眼帘的是一条做了临时固定的左腿，还有两根拐杖。出于职业习惯，他立即坐直身体，仔细打量来人。

这一看，可把周医生吓一跳，他立马站起来对拄着双拐的人说：“你怎么私自跑出来了？早上我查房的时候还嘱咐你尽量少动，你的腿明天就要做手术了，怎么还到处乱跑？”

来人看到周医生也是一脸惊讶：“周医生，你怎么在这儿呀？”又说：“哎，我不是不听你的话，这不是没办法嘛，有个难缠的客户非要找我，不依不饶的。装修公司也一天几个电话来催我，我都说了我在医院不方便，他们可好，为了讨好客户，说让人抬也要把我抬过来。”

周医生一听，脸色一僵：“你姓刘？”

对方忙说：“是啊，我姓刘啊，你早上查房的时候还确认过我的名字呢，怎么了？”

周医生揉了揉自己的眉心道：“我就是那个难缠的客户！”

“啊？”对方闻言吃了一惊，“周医生，那……那房子是你的？”

周医生咳嗽了一声：“是啊，我也没想到那个包工头就是你！”

包工头干笑道：“嘿嘿，这世界也太小了。”

周医生道：“一码归一码，我们先谈房子的事，谈好后你马上回医院去。”又说：“你这腿不要这样放，得再抬高一些。”包工头尴尬地按照周医生的要求，摆好了自己的伤腿。

包工头愁眉苦脸地说：“周医生，装修公司把情况都对我说了。说实话啊，我真的不知道那房子是你家的。再说，我为了你这房子跑上跑下，不小心把腿都跌断了，这几天为这事也没少折腾。哎，其实地面只有一点点不平整，不仔细看压根看不出来；那个插座呢，稍微歪一点，但不影响使用的；至于墙面嘛，要不这样吧，我送你几桶涂料，你重新刷一遍好不好？”

包工头的这一番话气得周医生的脸黑如锅底，他想了想，忍着气说：“好，好，那明天我给你做手术时，骨头接得差不多就行了，反正也不影响使用的。要是还觉得不理想，我送你几块钢板，你自己固定一下就好了。”

包工头张大嘴道：“那，那怎么行？”

周医生冷冷地说：“有什么不行，我向你学习的嘛。”说完，他气呼呼地走了。

第二天一早，包工头躺在手术台上，顶着两个黑眼圈对周医生结结巴巴道：“周、周医生，那个、房子的事我保证按你的要求修改好，我这腿还是麻烦你……”话还没说完，周医生就给他戴上了一个面罩，在意识陷入黑暗的瞬间，他似乎看到周医生冲他笑了笑。

手术结束后，包工头总觉得不太舒服，伤腿不是疼就是胀，联想到自己被麻醉前周医生的笑容，他心里直发毛。

出院后，他尝试下地走路，惊恐地发现自己的伤腿使不上劲，走起路来一瘸一拐，再仔细一摸，总觉得自己的骨头不怎么平整，好像突出了一块。

包工头欲哭无泪，心想周医生该不会真的没好好给自己接骨头吧？一想到这，包工头就一个激灵，立即给施工的几位师傅打电话，要求他们不惜代价，务必把周医生的房子按设计要求改好，不能有半点差错，什么加班费、材料费他统统都包了。

等房子的装修问题都解决了，包工头急忙拖着伤腿来医院找周医生：“周医生，你的房子我都按设计要求改好了，你抽空去看看，绝对没问题了！”

周医生说：“那就好，这样才对嘛！你的腿我看看，恢复得怎么样？”

包工头哭丧着脸道：“我，我知道错了。是我不好，装修的时候不该偷工减料，请周医生一定要改好我的腿！”

周医生一边检查，一边说：“什么叫‘改好’？你的手术做得非常成功啊！”

包工头郁闷道：“你别骗我了，你看，我这腿的这边有一块都鼓起来了，是不是没接整齐？我走路这腿还使不上力气，是不是有什么问题？”

周医生瞪大了眼，问：“你以为我做手术也像你一样偷工减料？”

包工头支支吾吾道：“对、对啊，你上次不是说，给我钢板自己去处理嘛。”

周医生哭笑不得：“那是气话！我作为一名医生，为病人负责是我的职责，怎么可能因为房子装修得不好而破坏自己的原则！你的腿鼓一个包是因为装了钢板，等骨头长好了还要再来医院拆除的；你腿没力气是因为这条腿好久没使劲了，肌肉有点萎缩，之后要加强锻炼，多吃蛋白质，很快就能恢复的，放心好了！”

包工头听了周医生这番话，立马觉得自己的腿轻便了不少，他连连向周医生鞠躬：“不好意思，不好意思，周医生，是我以小人之心度君子之腹了！”

（发稿编辑：彭元凯）

（题图：陆小弟）

有鬼不舍人间情，有人却堕入鬼道。或许，人与鬼的界线并没有那么清晰……

地狱恶鬼图

□吴宏庆

明朝初期，梁城有个年轻人，名叫程不归，他父母早逝，从小由父亲的伴读书童程全养大。程全相貌丑陋，满脸疤瘌，据说是因为程不归幼时玩火，起火后被困，是程全冒险救了他，自己却毁了容。

为了主仆二人的生活，程全每天在家画画。他极富绘画天资，画完便交由程不归拿去摆摊卖画，可惜没什么人欣赏，因此他们时常饥一顿饱一顿的。

这天，程不归正在街头摆画摊，有个仙风道骨的道士走了过来。他路过摊边时瞥了一眼画，顿时被吸引了，停下脚步一一欣赏，最后问道："年轻人，这些画是谁画的？"

程不归拱手道："回客官，是在下画的，请多指点。"这是程全跟他之前的约定，程全怕有人看到其丑陋的外貌，也会觉得画作丑陋，便让程不归说是他画的。道士笑了笑，说："年轻人冒领他人之功，似乎不妥吧。"不知为何，他竟一眼就看出这些画不是程不归所作。程不归有些难堪，好在道士也不计较，掏出铜钱，挑了两幅画就走了。

晚上到家，程不归跟程全说起了这事，程全也没当回事，只让他将钱收好，等攒多了可以娶媳妇。说到成家，程不归有些尴尬，父母健在时，曾给他许了门娃娃亲，只是程家如今落魄，因此对方一直不愿将女儿嫁过来。

第二天一早，程不归正要出门摆画摊，发现昨天买画的道士就站在门口。见了他，道士笑眯眯地说："年轻人，不必惊讶。昨天我买了你两幅画，一夜欣赏，甚感妙哉，忍不住打听到了你的住处，想见一见作画之人。"程不归一愣，他知道全叔画得不错，但毕竟出身卑微，没有名师指点，不至于像道士说的那么好。他正犹豫呢，道士催促道："你快领我去见画师一面，我要与他谈一笔大买卖。"

大买卖？程不归顿时想到了未过门的妻子，犹豫片刻，便将他带进了屋。程全正在作画，一抬头看到进来的道士，面色大变。道士早已迈步上前，笑盈盈地施礼道："贫道无尘，见过画师。"程不归忙将道士的来意跟程全说了一遍。程全上下打量了一番无尘，渐渐恢复了平静，随后对程不归说："我跟他聊聊，你去摆摊吧。"

听到程不归出门的声音后，程全突然向无尘跪下，哀求道："求仙人饶我一命。"

无尘饶有兴味地说："你的命早就没了，还谈什么饶你一命？"

程全连连磕头哀求："我受主人恩惠，不忍小主人孤苦无依，这才苟活于世，只等他娶妻生子，便算完成心愿，还请仙人高抬贵手。"

原来，二十年前，程不归玩火，不慎烧毁程全所住的柴房，当时程全已被烧死，但他担心幼主孤苦，一缕执念让他死而不腐。转眼二十年过去，他本以为无人知晓，哪知这无尘竟然从他的画作里看出执笔之人已无生机，追上门来。一见面，程全便知他道行颇深，故而全盘托出，以求成全。

无尘沉吟道："如今程不归已长大成人，你总在他身边，未必是好事。我倒有个主意，你听听是否合适。"无尘说自己可以给程全一笔钱，前提是程全要随自己走。

原来，无尘也是个画师，师承画圣吴道子这一脉。吴道子曾作画《地狱变相图》，堪称惊世骇俗之作，只可惜时光流逝，今人已无法窥得真容。无尘下定决心，要仿效祖师爷重画一幅《地狱恶鬼图》。只是，世间所知恶鬼画像，多是前人画谱所传，称不上创作，更别提与吴道子相提并论了。无尘曾听闻，世间有人死而执念在，似活人一般，于是便四处寻访，要寻一两个来作参照。功夫不负有心人，他终于找到了程全……

傍晚，程不归回到家，发现程全不在，屋里多了箱白花花的银子，桌上还有程全留的字条：娶妻生子，光宗耀祖。程不归猜测，他的全叔跟着无尘走了，而这笔钱就是代价。他隐隐觉得，自己再也见不到全叔了，一时悲从中来，痛哭不已。

过了段时间，程不归娶妻生子，又做起了买卖，多年后成了地方上有名的商人，也算完成了程全的临别嘱托。

这年，程不归的儿子程长喜刚满 19 岁，便乡试考得举人。消息传回家后，程不归喜不自禁，亲自去了省城。与儿子会合后，儿子便带着他去附近的名山大川游玩。

这一日，父子二人逛到了山中一处破落的大宅外。这地方虽偏僻，来往的人却不少，个个手拿香火纸钱，像是去庙中祭祀一般。但这宅子分明不是寺庙道观，应该只是过去哪位达官贵人荒弃的私宅，莫非这些人都是来祭祀原主人的？

见父亲困惑，程长喜解释道：“这里原是前朝一位退隐京官的家，后来遭了难，宅子就荒废了。大概二十年前，不知从哪儿来了个画师，他在前进院的影壁上画了一幅画，让人见之便磕头膜拜。如此一传十、十传百，便有了今日的香火旺盛。”

程不归惊讶地问：“什么样的画竟有此等魔力？”

“地狱恶鬼图！”程长喜赞叹道，“我曾见过一次，只能用栩栩如生来形容。传说那画师画完之后，受到此图反噬，疯掉了。”

二人说着话，便进了院门，来到影壁边。这里早已跪满了百姓，一个个虔诚无比。程不归暗自好笑，漫不经心地看了一眼影壁上的画，突然愣住了。半晌，他面如土色，猛地一把抓住程长喜，哆哆嗦嗦地催促道："快，不管花多少钱，都要帮我找到这位画师！"

程长喜好奇地问："父亲，找他不难，但为何……"

程不归指着画中那些恶鬼，激动不已地说："那是我的全叔，你的全爷爷！"

画中有百鬼，百鬼相貌神似，但表情不一，或悲，或喜，或痛苦，或狰狞……因为面部神情与形体刻画十分传神，让人一看之下便好像坠入无间地狱。程不归一眼就看出来，那百鬼就是程全的脸。本是一张脸，却呈现了百种表情，恐怕也只有将这一百种情绪尝遍，才能表现得如此生动鲜活。程不归毛骨悚然，耳边仿佛听到了程全的一声声凄厉惨叫。

程长喜立即托人寻找，很快就找到了画师。画师无尘已经疯了，就住在城隍庙里，早已不复当日仙人模样。庙祝说他来了十几年了，一来就说那荒宅之中的恶鬼图是他画的。还说他抓到了一个鬼，每天用各种方法折磨它，从而抓住它的脸部特征作画。大家都不信，说他这么做，岂不是比鬼还要恶？

庙祝接着说："后来有一天，他跟两个乞丐争抢一把睡觉用的稻草，那两个乞丐恼了，打了他一顿，还砸烂了他的十根手指头。"

程不归快步来到无尘面前，蹲下身来，见他十指果然扭曲萎缩，显然是画不成画了。程不归问："无尘，还认得我吗？你把我的全叔怎么了？"

无尘眯着眼睛看了他很久，突然笑了起来："我记得你，你找不到他了，他已经把自己卖给我了，我也让他名传后世了。"说着他便嘻嘻哈哈扬长而去。程不归长叹一声，无尘每折磨全叔一次，等于让自己离鬼更近一步，最终落了个人不人、鬼不鬼的下场。

程长喜失落地问："父亲，全爷爷还活着吗？"程不归摇了摇头，他不知道。

之后多天，程不归每天都会来恶鬼图前坐一坐。有人见他面带微笑，态度似不虔诚，便好言相劝他要敬畏此画。他淡然一笑，旁人见此图胆战心惊，他却觉十分亲近。世间的恶鬼若都如全叔这样，又有什么可怕的？怕的是，那些像无尘一样的人啊！

（发稿编辑：朱 虹）

（题图、插图：刘为民）

糯米宴

□吴　嫡

明朝中期，游牧民族与中原王朝之间形成了僵持状态，汉人的军队出不了长城，游牧民族打不进长城。在长城的防线上，有一座大平城，地理位置十分重要，经常成为两军攻防的主战场。但奇妙的是，大平城同时也是双方黑市最活跃的地方。张子龙就是在黑市上跟游牧人做生意的汉人之一，他聪明机警，头脑活络，跟游牧人混得颇熟。

这天，张子龙偷偷带了不少布匹，来到关外。他知道，游牧人中的贵族对布匹和绸缎十分喜爱，肯定能卖个好价钱。一个贵族忽勒见张子龙来了，热情地把他请到家里，要先挑挑货。忽勒是大汗的亲戚，掌管着大汗家里的很多事。他打开张子龙的马车，看了一眼，就说都要了！

张子龙大喜，想不到这趟生意这么顺利。随后，他还受忽勒邀请去喝酒，席间他忍不住问道："贵人要这么多布匹做什么？"

忽勒喝了杯酒说："大汗的女儿要过生日了，大汗准备给所有亲戚做绸缎衣裳，至于普通布料，就给仆人们用吧。总之到了那天，人人都得穿得漂漂亮亮的！"

张子龙暗自欢喜，这可是好机

会，他赶紧从口袋里掏出一些钱，塞给忽勒："贵人，大汗的女儿过生日，肯定还要采买好多东西，您说说，我帮您准备。"

忽勒点点头说："大部分东西，在你来之前已经都买好了，只有糯米还没有着落呢。"张子龙难掩失望之色，说："糯米倒是好运，可这东西不值多少钱啊。"

忽勒一拍大腿，说："就是因为糯米不值多少钱，平时草原人也不吃它，所以根本就没有人过来贩卖。可偏偏上次有个番僧，跑到草原来传道，道没见到传得怎么样，倒是做得一手好菜。他还说牛羊肉用糯米烹制，再配上糯米酿的酒，味道最佳。大汗和女儿都十分心动，打算在生日宴上用来招待宾客。可这需要大量的糯米，我这边还没着落呢！不光这样，其他贵族听说了，也都纷纷想要求购糯米，同样买不到啊。"

张子龙一听，来了精神："那忽勒打算多少钱收购糯米呢？"忽勒伸出五根手指："因为很着急，如果能马上弄到的话，我出十两银子一石！不过，最少要二百石！"

张子龙一下瞪大了眼睛，要知道糯米正常的价格不过一两银子一石，现在一下就翻了十倍啊！他赶紧说这事包在自己身上，但忽勒担忧地说："只有十几天时间了，你来得及吗？"

张子龙拍着胸脯说没问题。忽勒大喜，连连敬酒，两人十分尽兴。

其实，忽勒采购不到糯米是很正常的事，因为明朝时糯米产量不高，且大多在江南一带，离草原千里之遥。眼下时间紧迫，根本不可能从江南采购。可张子龙为什么敢发这笔财呢？

张子龙离开草原后，立刻赶往大平城，直接找到了他的堂兄张成。张成在大平城里掌管军需。见堂弟前来，张成十分高兴，拉着堂弟一起喝酒。

席间，张子龙对张成说了这一趟的收获，并且说了糯米之事。张成沉吟道："这糯米，库里倒是有的，至少有二百石。不过这是常备之物，私自转卖却是不敢。"

张子龙小声道："这有何难？我找人偷偷到南方去采买糯米，预计一个月也就运过来了，到时放入库中，神不知鬼不觉，不过是打个时间差而已，就能赚上十倍的利啊！"见堂兄还在犹豫，张子龙拿出怀里的银子，塞给对方："这点钱算定金，等糯米的钱收到了，咱哥俩再分！"

张成心想那些糯米在库里放了两年也没用过，只要一个月的时间差，就可以赚大把银子，何乐而不为呢？当下，他就答应了张子龙。

很快，张成帮张子龙安排了车队，张子龙拉着糯米出发了。当他来到草原上时，忽勒高兴坏了，一定要他留下参加大汗女儿的生日宴。张子龙推辞不过，也就答应了。

三天后，张子龙突然被忽勒叫起来，去参加宴会。张子龙惊讶地问："不是说还有几天吗？"忽勒笑而不语，带着他来到大汗的营帐。营帐外，乌压压的都是人，而且人人都牵着马，拿着刀，杀气腾腾。

张子龙心里直跳，心想游牧人的风俗真是古怪，生日宴都要搞得如此杀气腾腾的。只听大汗一声令下，所有人跳上马，拿着刀，呐喊着向前冲去。大汗随即也跨上马匹，拿马鞭指着张子龙道："让他跟着吧，看看我的妙计！"

张子龙糊里糊涂地被忽勒推上了马背，跟着众人一路向前。他越来越心惊，浩大的军队竟然是奔着大平城去的！他赶紧问忽勒："贵人，这到底是怎么回事，不是说办生日宴吗？"

忽勒哈哈大笑："那是我家大汗的计策，他早就调查过所有来草原上做生意的汉人，每个人的背景都很清楚，当然也包括你。"张子龙惊得说不出话来。

转眼间，游牧大军闪电般地杀到大平城下，猛攻大平城。大平城墙又高又厚，士兵居高临下，奋力抵抗，双方打得难解难分。大汗命令用投石机、攻城锤瞄准城墙最薄弱处攻击，攻击一天后，城墙开始变得有些残破了。

守将大惊，以往游牧大军虽然也时常来进攻，但一般都是在城外烧杀抢掠一番，沿着城墙防线袭扰，很少像这样携带攻城器械硬攻城墙的。不过他并不心慌，因为大平城墙很结实，即使敌人专挑薄弱处攻打，三天之内也很难攻破。

待双方交火暂时停歇，守将喊来负责工程的军官，命他立刻修补破损城墙。

想不到过了一会儿，那军官气急败坏地跑回来说："不好了，将军，城墙修补不起来了！"

守将一下跳了起来："为什么？"军官焦急地说："将军，城墙修补，除了砖石，还要有三合土。三合土由石灰、碎砖和细砂组成，堆抹后至少需要十天才能硬化结实。若是平时使用，这三样东西即可，但在战时修补城墙，一定要加入白汤，也就是糯米米汤，这样只要一夜工夫就能硬化七成，三天内就能硬化得和旧城墙一样！"

守将松了口气说："这个我知道，咱们军需库里有糯米啊，连夜熬煮修补就是了。"军官悲愤地说："刚才卑职去军需库领糯米，他们说，一粒米也没有了啊！"

守将脸色惨白，一下瘫坐在地上，半天才咬着牙说："杀了军需官，让所有弟兄上城墙，死守！"

城墙无法修补，大汗每天指挥着军队猛攻猛打，那段城墙变得越来越残破。终于在第五天，城墙轰然倒塌，杀红了眼的骑兵举着染血的刀蜂拥而入。

一个月后，一个车队满载着糯米进入大平城，却被眼前的一幕惊呆了。大平城里到处是残垣断壁，石头上满是鲜血和焦黑的痕迹，空气中弥漫着难闻的腥臭味。朝廷派来的增援军队正在修补城墙，清理被劫掠后的内城。

车队老板找到一个将领，问："将军，请问这城里怎么了？我们是来找张子龙老板的，他让我们送两百石糯米过来。"

那将军看了他一眼说："糯米留下军用，去军需处领钱。"

车队老板犹豫着说："将军，可这是张子龙老板订的货……"

将军扫了一眼城里，说："还找什么货主，这里没有活人了。啊，不对，有一个。看到城楼上的人了吗？我们来的时候，他已经疯了。"

车队老板抬头看去，只见残破的城墙上，张子龙满脸血污，仰天大笑，也不知他在笑些什么。突然他一脚踏空，摔成了肉泥。

（发稿编辑：朱　虹）

（题图、插图：刘为民）

旧时，天津有个穷秀才叫刘道原，因他身边总围着不少叫花子，得了个“花子头儿”的绰号。提起此人，津门有人说他为人刚直不阿，是个大善人；也有人恨得牙痒痒，骂他是不耍胳膊根儿的文混混儿……

花子头儿

□杨 哲

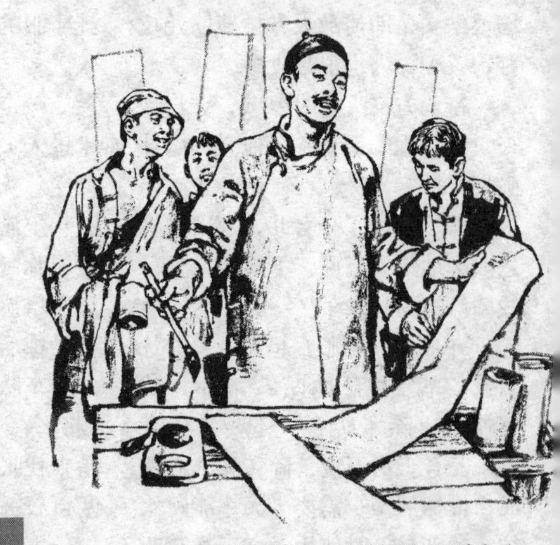

送寿联

刘道原写得一手漂亮隶书，每逢老城厢买卖字号新张，或是富户人家办喜寿，他一准打发叫花子送上贺联。但这字可不是白送的，要收回赠的喜包，一副喜联六块，寿联为九块，少半文不干，多一文不拿。

这年秋天，麦加利银行的副经理徐普安给老娘办八十大寿。徐普安是洋行大买办，专替洋人坑国人。刘道原打发个叫花子去打听了一下，得知老太太姓乌，为人和善，他心里有了个主意。

刘道原写了一副寿联，叫来身边一个机灵的叫花子，叮嘱说：“这副寿联，徐家得给九十九块的喜包，要是少半个铜子儿，你就把它贴在徐家门楼子上。”

叫花子立马来到徐家，拿出寿联，对门口迎客的管事说：“这是刘秀才让我送给老太太的贺寿联。”

管事知道刘道原的规矩，给了叫花子九块银圆的喜包。叫花子却说：“刘秀才说了，他这副寿联得回赠九十九块的喜包。要不然，我就当场挂出来，让大伙儿乐呵乐呵，看看这上面写的是嘛。”

管事一听当然不乐意，但心里却也打起了鼓儿：姓刘的爱咬文嚼字，寿联里怕是有嘛猫腻。他不敢擅自做主，麻利儿拿着寿联找到了陪客的徐普安，小声把事情讲了一遍。

徐普安一脸的愠怒："真是岂有此理！打开让我瞧瞧，看看这文混混儿写了嘛？"

管事打开寿联，只见上联是"乌龟方姓乌"，下联为"老鼠亦称老"，这不是在骂人吗？徐普安气坏了，让管事的立马把寿联退回去，不稀罕！

谁知老太太却发话了："送上门的寿礼，哪有退回去的道理，传出去不嫌丢人吗？悄没声儿地收了，给人家回赠九十九块的喜包。"

老太太发了话，徐普安只好让管事去照办。

叫花子拿到喜包后，变戏法似的又拿出了另一副寿联，笑嘻嘻地说："这副和那副接在一起，才是完整的贺寿联。我敢打包票，老寿星一准会喜欢。"

管事麻利儿把第二副寿联拿了进去。徐普安满脸疑惑地打开一瞧，脸色立马由阴转晴，开怀大笑起来："这个刘道原，还真留了一手啊。麻利儿挂在客厅，让客人们瞧一瞧！"

客人们围上前一看，纷纷连声叫好。这副完整的寿联，上联是"乌龟方姓乌，龟寿比日月"，下联为"老鼠亦称老，鼠姑映山河"。鼠姑是嘛？就是牡丹的别称。

老太太乐得合不拢嘴："再赏刘道原一个大喜包！"

刘道原把到手的银圆换成了铜元，一文不剩，分发给了西门外的难民。

砸匾额

侯家后有个人叫李德明，是个道貌岸然、钓名沽誉的主儿。他在东门里买了一处十分讲究的大宅院，为了装门面，从一个没落的王姓官宦人家买来块"进士第"匾额，堂而皇之地挂在了门楼子上。

刘道原听后，倍儿气愤："这不是欺世盗名吗？"他立马联络了一帮老学究，前去兴师问罪。

刘道原质问李德明："你家没人中过进士，有嘛资格挂这'进士第'匾额啊？麻利儿摘了！"

李德明"哼"了一声："笑话！这是我的私宅，我想挂嘛就挂嘛，凭嘛要摘啊？"说完，他转身就进了门楼子。

刘道原大声喊道："李德明，

你给我听好了，要是在三天之内不把这匾额给摘了，我立马把它给砸了！”

李德明只当刘道原是在吓唬他，不料，到第三天后晌，刘道原还真来了，身后跟着一帮起哄架秧子的叫花子。刘道原见匾额还挂在门楼子上，怒从心起，捡起半块板砖用力砸去，“咣当”一声，把匾额砸出个大窟窿，双手一拍走人了。

李德明气坏了，立马到就近的警局分驻所报了案。警察找到刘道原，问他为嘛要砸李家的匾额。

刘道原一脸惊愕：“我砸的是王进士的匾额啊。如果李德明改姓王，承认自个儿是王姓子孙，我立马摆十桌酒席，请来东门里有头有脸的人物，当面给他赔礼道歉，并给王家重新挂一块镀金的匾额。”

李德明气得暴跳如雷，却无可奈何，只好找来王进士的长孙，怂恿他去找刘道原的麻烦，趁机讹一笔银圆。

王家长孙气呼呼地来到吉家胡同，质问刘道原：“你为嘛要砸我老祖的匾额啊？”

刘道原不动声色，问：“您贵姓？”王家长孙回答说：“废话！我是王进士的第三代长孙，当然姓王了。”

刘道原皱起了眉：“不对吧。您都把祖宗匾额卖给李家了，还姓嘛王啊，干脆改姓李得了。”王家长孙臊得无言以对，恨不得当场找个地缝儿钻进去。

李德明自知理亏，在当天晚半晌儿时，悄没声儿地让下人把匾额摘了下来。

活出殡

这年春天，津门发生了轰动一时的“双烈女”案——

南皮人张氏不慎丢了胶皮车，无力给车行还债，病倒在炕。邻居戴富有以给张氏两女儿介绍婆家还债为由，将二人骗至家中囚禁，打算卖给妓院。张家告至天津地方审判厅，判戴富有即刻放人。戴富有上诉至直隶高等审判厅，伪造婚约，买通推事，声称俩姐妹已许配于其二子，二女被判给了戴家。姐妹俩服毒身亡，以死抗争。津门各界纷纷为“双烈女”申冤，戴富有畏罪逃离。天津警察厅迫于压力，为“双烈女”举办葬礼，息事宁人。

刘道原拍案而起，怒写“高等审判厅，伤天害理；张氏双烈女，杀身成仁”挽联。不料，他的死对头贾善人却挑上了理儿。

贾善人曾被刘道原撕破伪善人

的真面孔，他带着几个报馆记者找到刘道原，阴阳怪气地说："你给'双烈女'写副挽联算嘛啊？有能耐把戴富有给办了，我就服你。不然，你就是个文混混儿！"

刘道原反问："我要办了呢？"贾善人信誓旦旦："我赏你五百块银圆。"没想到，刘道原答应了："半年为限，一言为定。"

第二天，此事登上了津门各报，引起了大伙儿的议论。躲起来的戴富有看到新闻后，一声冷笑："这老小子，想钱想疯了吧！"

五个月后的一天，津门各大报纸忽然登出一则讣告："兹定于九月十七日举办'活出殡'，惩办'双烈女'始作俑者戴富有。敬请各位捧场！刘道原。"大伙儿的下巴都惊掉了，他玩的这是哪一出啊？戴富有心中也倍儿好奇，老小子怎么办自个儿啊？眼下风声已过，他决定前去瞧个稀奇。

"活出殡"这天，街上围满了瞧稀奇的人。门楼子一开，一帮吹鼓手吹吹打打地出来了，刘道原身穿暗红色寿字纹寿衣，稳坐八抬圈椅，乐呵呵地冲大伙儿作揖，八个壮汉抬着一口黑漆棺材紧随其后，还挺像回事儿。

奇怪的是，出殡队伍没去坟地，而是绕城转了一圈儿后，来到了安葬"双烈女"的费宫人墓和故物大街交口处。大伙儿正纳闷，忽听刘道原一声大喝："把人带上来！"

话音刚落，只见一群叫花子押来一人，把他摁跪在"双烈女"墓前，正是那挨千刀的戴富有。场面顿时大乱，老少爷们义愤填膺，冲过来一顿拳打脚踢，直到戴富有断了气儿才罢。刘道原一挥手："打道回府！"出殡队伍又吹吹打打返回了吉家胡同。

第二天，贾善人找上门来，好奇地问刘道原："你在哪儿逮的戴富有啊？"

刘道原呵呵一笑："怎么，当我这个'花子头儿'是白叫的吗？"贾善人愣住了，合着刘道原"活出殡"只是个幌子。以戴富有的性格，一定会来瞧稀奇，他一露脸儿，就被津门的叫花子给逮住了。

贾善人乖乖地拿出了五百块银圆，刘道原全散给了叫花子。

刘道原八十岁那年，无疾而终。一帮叫花子按他生前遗言，拿一张草席子裹起，悄没声儿地抬到西郊坟地葬了……

（发稿编辑：赵嫒佳）

（题图：谢　颖）

·情节聚焦·

云台山周边有个习俗，对那些不孝敬的子孙，当舅舅的会借丧礼之机对其惩治教育，其中一种惩治方式叫——

步步有礼

□张敬中

云台山脚下有个赵家洼村。这天，村旁的运粮河发大水，河水漫过河堤涌进了村里，上级下达了全村转移的命令。村干部们在大街上拿喇叭吆喝，又一户户进门催促，村民们才慢慢悠悠晃出了家门。村主任赵泽国忙得焦头烂额，这时，他偏偏接到了家人的电话，说其母病危，要他赶紧去医院见最后一面。

赵泽国跟同事打了招呼，发动汽车就要赶往医院。可车没有开出村，他又接到村干部打来的电话，说是五婶死活不愿意离家，僵持着呢。五婶的儿子一家在外打工，她一人在家，还腿脚不利落，现在不安全转移出来，一旦洪水来了，对她就是灭顶之灾。

赵泽国握着手机犹疑不定，这时的他心存一丝侥幸，想着或许母亲能多等自己一会儿，可洪水不会等人，若五婶不安全转移，将是人命关天的事故。于是，他狠了狠心，下了车，往五婶家跑去。

他来到五婶家，只见五婶安安稳稳坐在床上，眼看着水慢慢上涨，就要淹没小腿，她还口说手比画："我活 80 岁了，没有见过运粮河淹咱赵家洼的……"站在床前的村干部们，急得手足无措。赵泽国大怒，一言不发，上前背起五婶就往屋外跑。

五婶在赵泽国的背上又是捶又是打，嘴里还在哭骂："泽国你真不是东西，我还有几百块钱跟存折没有拿呢！"

背出五婶后，才半个小时，赵家洼村水深达到了两米半，庆幸的是全体村民都已经安全转移。

将五婶安置后，赵泽国想立马赶往医院。可这时，他的汽车已经泡在了洪水里，赵家洼村通往县城的大桥也被洪水吞没，就是插上翅膀也飞不过去了。这时，赵泽国接到了舅舅孟大宇的电话，才知道母亲已经离世。孟大宇在电话中大骂："你是多大的干部？为了村里的一点事，连老娘都不要了……"赵泽国欲哭无泪。

几天后洪水退去，赵泽国为母亲办丧事，可舅舅孟大宇把车停到了村口，就不挪地方了。

五婶听说孟大宇把车停到了村口，就知道情形不对。她在别人的搀扶下来到车前说："他舅，这儿距离泽国家还有一里地哩，你咋不往前开了？"

孟大宇黑着脸说："您老经事多了，这还看不明白？我要惩治不孝子孙，让泽国夫妻行步步有礼，一步一磕头来迎接……"

五婶知道孟大宇有意发难，可人在矮檐下，不得不低头，因此赔了笑说："他舅，泽国夫妻孝敬老人，不光您知道，三里五村人都知道，施步步有礼是惩治不孝子孙的，这哪能行？"

孟大宇干脆利落甩给五婶一句话："恁一村人说泽国孝顺，俺姐病危时，想见他一面咋就办不到？"

听孟大宇这样讲，五婶一时也无话可接。

其实，孟大宇存心难为赵泽国，并不是一时恼怒。今年春天，赵家洼村土地流转，孟大宇想承包五百亩地，他每亩出价 1200 元也没有获得承包权利，但事后，他得知签订承包合同的那一家，出的是一样的价。气急败坏的孟大宇当面质问赵泽国，赵泽国给他赔礼说："舅，把土地流转给你，我给全村人解释不清楚呀。"

孟大宇既纳闷又窝火，都说娘舅为大，咋到恁赵家洼村办事，自己连个平等待遇也享受不了？所以借着办丧事，孟大宇想要耍当娘舅的威风。

五婶说服不了孟大宇，是又悔又恨："是我耽误了泽国的家事，我给泽国讨个情，中不中？"

孟大宇差点被五婶气乐了，在丧礼上有人讨价还价，自己是第一次见到。他忍不住说："他五婶，你说说看。"

五婶说："你给我个面子，将一步一磕头改成三步一磕头，咱图个吉利，中不中？"

孟大宇想了想，这不算过分，就点了点头说："中。"

见孟大宇点头答应了，五婶又说："那我能不能替别人讨个情？"

孟大宇不相信五婶还有理由，就随口说道："你说吧。"

五婶说："我替泽国的汽车讨个情，不是它泡在水里开不动，泽国保准能与母亲见最后一面，咱改成六步一磕头，中不中？"

这也算理由？孟大宇有点发蒙，可他索性人情做到底，又问："五婶，你还有没有讨情的理由？"

五婶也不客气："那我就说了，我替俺村口那座大桥讨个情，不是它被洪水淹没了，俺村里人早把泽国送到医院了，咱改成九步一磕头，中不中？"

谁知，孟大宇又点了头："中，让泽国夫妻九步一磕头来接我。五婶，你还替谁讨情？"五婶摆了摆手说声没有了，转身回去安排赵泽国夫妻来迎接娘舅。

往日里舅家惩治不孝敬老人的子孙，那是大快人心的场景，一街两行站满乡邻，纷纷为舅家人鼓劲、叫好，对不孝子孙的谴责声不绝于耳。可今天，孟大宇看着一街两行站着的赵家洼人，个个沉默不语，射向自己的每一束目光，都如钉子一般，让他不安……

这时，孟大宇看到赵泽国夫妻行着礼过来了，但奇怪的是，夫妻俩后面还跟着一对陌生的小夫妻，陪着一起施礼，他忍不住自言自语道："这是咋回事？"

五婶不知什么时候已站在他的身边，听到他的话，一字一顿地回答："那是俺儿子、儿媳，泽国在洪水中救了我，他们陪着泽国夫妻向你施步步有礼赔礼来了。"

孟大宇愣住了，他的脸一阵红一阵白，在人们的议论声中，他醒过神来，忙张开双臂远远迎了上去，叫道："泽国啊，不敢当呀！是当舅的糊涂啊！快，都快起来！咱快点回家办事去！"

（发稿编辑：田　芳）

（题图：张恩卫）

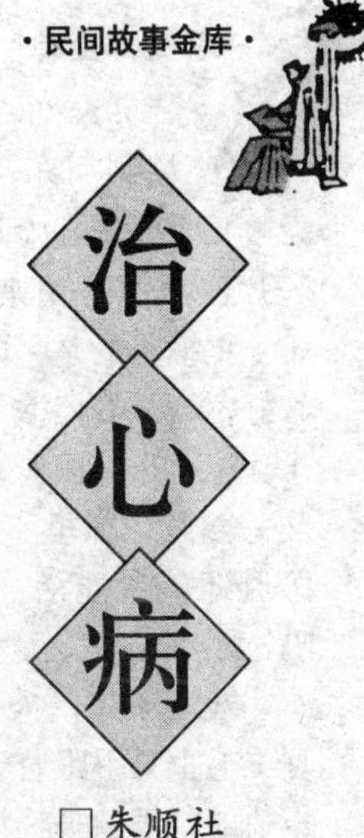

治心病

□朱顺社

从前，有个叫夏二毛的人，心眼儿小得像针尖一样，凡遇大小事儿，总爱向坏处想，经常坐卧不安，忧心忡忡。

一天傍晚，因邻居借去一把锄头没来归还，夏二毛又在家里发愣。妻子见了，便过来劝说："哎，别自寻烦恼了。听说今晚西河村庙会上唱大戏哩，我们一起去看戏吧？"

"唱的啥戏？"

"《赵匡胤下河东》。"

"不去不去。"夏二毛连连摇头。

"为啥呀？"妻子不悦道，"你成天在家呆头呆脑，会出毛病的。"

"我不去是有原因的，"夏二毛说，"那《赵匡胤下河东》肯定是武戏，是武戏一定会打仗，打仗难免要死人……"

"演戏演戏，都是假的，哪能当真？"妻子哭笑不得，央求道，"去吧去吧，看戏可热闹哩！"在妻子的再三劝说下，夏二毛才怏怏不乐地走出家门。

正是冬闲季节，来看戏的人熙熙攘攘。夏二毛和妻子找个相对安静处，在戏台右边的土梁子上坐了下来。不一会儿，锣鼓家伙一响，《赵匡胤下河东》的戏就开演了，武安平调高亢激昂，演员武打功夫了得，剧情惊心动魄，不时引来观众阵阵喝彩声。

谁知，正演到赵匡胤被困河东，内无粮草、外无救兵，处境危险时刻，突然台上一片漆黑——用来照明的汽灯坏了；更揪心的是，因汽灯一时无法修好，戏只好停演了。这下可急坏了夏二毛，他围着戏台转了一圈儿又一圈儿，嘴里不住地嘟囔：“赵匡胤还能不能活？会有人来救他吗？”

戏演不了，人们四散回家去，夏二毛也只得跟着妻子往回走。夜空晴朗，周围景物都看得真切，路旁有座木塔，一轮弯月挂在塔顶。夏二毛一路东张西望，看到木塔时，突然连呼不妙：“那木塔怎么好像倾斜了呢？木塔倾斜会随时倒掉，砸到行人咋办？要是我们来看戏时正好被木塔砸到，不就没命了？”

回家后，夏二毛既担忧赵匡胤的处境，又担心木塔倒了会砸死人，两件事儿压得他喘不过气来，连续几天茶不思饭不想，夜里睡不着觉，身体日渐消瘦。妻子又气又急，不禁骂他。

夏二毛有气无力，却还要争辩：“你……咋没有一点同情心？”

吵归吵，日子还得过下去。妻子见夏二毛的病情不见好，只好找郎中为他诊治，可先后来了俩郎中，都没诊断出他的病因，末了，只是开几副草药而已。妻子把这些草药给夏二毛喝了，却根本不管用。

夏二毛见自己的病难以治好，躺在炕上不住唉声叹气，胡思乱想，一会儿想到自己可能会死，一会儿想到自己死后妻子怎么过，她会不会再嫁人？

于是，夏二毛把妻子叫到床前，吞吞吐吐地问：“如果……我死了，你……还嫁人吗？”

妻子哭笑不得，愤愤道：“嫁，嫁，我嫁个锤子呀！”

说来也巧，西河村偏偏有个叫锤子的光棍汉，从前跟夏二毛还因一件小事儿发生过冲突。一听妻子说要嫁给锤子，夏二毛气得直翻白眼儿，从此卧床不起，病情更重了。

这天，妻子回到娘家，哭哭啼啼地把夏二毛的病说给爹妈听。爹妈听说女婿不靠谱，不住长吁短叹，只恨当初草率为女儿定下这门亲。

“你们别难过，姐夫的病我能治。”忽然，在一旁静听姐姐诉苦的弟弟玉宝插话说，“看样子，姐夫得的是心病。俗话讲，心病要用心药治，解铃还须系铃人。姐，明天我到你家去一趟，定能治好他的病。”

爹妈快五十岁时才生下玉宝这

个幺儿子，他从小聪慧过人，今年刚满十五岁，说话办事很有见地。老爹想了想，同意让他试一试。

玉宝换上一身新衣裳，跟着姐姐走在路上时，又抓了一把土故意抹在上面。两人走到家，夏二毛正躺在炕上胡思乱想呢，见玉宝来了，不禁问："你……咋来了？"

"咋，不欢迎？"玉宝笑道，"姐夫，跟你说啊，我今天是到西河村看戏，戏演完了，拐到这儿看看你。"

夏二毛忙问："看的啥戏？"

"《赵匡胤下河东》。"

夏二毛一听，坐起身又问："那……赵匡胤困在河东，后来怎么样？他得救了吗？"

"得救了。他后来还当了皇帝呢！"

"啊！对对……"夏二毛长出一口气，精神马上好了许多，又见玉宝新衣服上有一片泥渍，嗔怪道，"看看，你怎么把新衣服弄脏了？"

"嗨，别提了！"玉宝近前一步说，"我走在路上，刚经过那个木塔，只听'轰隆'一声，木塔倒了。这不，溅了我一身泥土，真是危险啊！"

"啊？真的？塔砸到人没有？"

"砸到一个。"

"是谁？"

"那人是河西村的，小名叫锤子。"

"什么？锤子……没了？"

"可不！"

"唉，锤子真够倒霉的。"夏二毛叹了一阵气，突然跳下炕来，精神焕发，像换了个人似的，病全好了。

（发稿编辑：王　琦）

（题图、插图：谢　颖）

绿版编辑部电子邮箱：
朱　虹：zhong98305@sina.com
王　琦：wangqi_8656@126.com
赵媛佳：babyfuji@126.com
田　芳：greygrass527@126.com
彭元凯：abigstudio@163.com

神回复赚了三个郡

汉景帝有十几个皇子，其中刘发是宫女所生，自然不受待见。刘发被封为长沙王，他的封地贫穷，地势低下潮湿，而且面积比其他藩王的都小。

十三年后，刘发回京为汉景帝祝寿。宴席上，有皇子提议跳舞给汉景帝助兴。轮到刘发了，刘发没有舞蹈特长，用手举着袖子似伸非伸、似缩非缩，看着很是别扭。

宴会上响起了哄笑，不少人在看笑话。汉景帝也被逗笑了，问道："你跳的什么舞啊？伸不开胳膊伸不开腿的。"谁知刘发却是这么回答的："父皇，您给我的地方太小了，我平时都没地方练习，跳不开。"

刘发在窘迫中竟然来了个神回复，汉景帝不禁暗自佩服刘发的机智和幽默，同时也感觉到了自己对这个孩子的不公，当即增加三个郡为长沙国属地。

在当时的氛围中，诸位皇子需要展示的不仅仅是才艺，还有心意。刘发的"舞蹈"调节了现场气氛，让汉景帝起了兴致；而他一句机智幽默的回答，也让汉景帝看到了他的智慧，同时还动了恻隐之心，从而给他追加了封地。刘发无依无傍仍然自强，他的五世孙刘秀还成了东汉的开国皇帝。在刘秀的治理下，汉朝出现了"光武中兴"。

（**作者**：桂　阳；**推荐者**：小　莫）

吃过才知道

他看到路边有一位摆摊卖李子的老人。老人说，这些李子是自家园子里种的，吃不完，烂了怪可惜的，所以才拿出来卖。

他买了一袋李子，随口问了一句："这李子好不好吃呀？"

老人回答："不知道哇！"

这回答大大出乎他的意料。卖东

西的人都喜欢自卖自夸，以图把东西推销出去，老人的这种说法，却是闻所未闻呢。

见他感到不解，老人解释说："李子这种水果，有人喜欢吃脆的，有人喜欢吃熟一些的，每人口味不一，喜好不同，只有吃过了才知道。"

他细细一想，觉得老人的话很有道理，不同的人有不同的喜好，只有吃过了，才能得出好吃还是不好吃的结论来。卖李子的人，不能越俎代庖，替客人下结论。

"吃过才知道"，这位卖李子的老人实在是高明的智者。

（**作者**：赵元波；**推荐者**：天天天蓝）

花香有多大

苏格拉底在雅典以学问闻名，经常在一些公开场合讲课。柏拉图那时候只有20岁，有一天他去听苏格拉底的演说，就被苏格拉底渊博的知识所吸引，听完演说以后，柏拉图便立即下了决心，要拜苏格拉底为师。

柏拉图来到苏格拉底的住处，敲开了门，说道："尊敬的苏格拉底先生，我是柏拉图，我想成为您的学生。"两个人交谈后，苏格拉底很满意，收了柏拉图为徒。

柏拉图很聪明，但有一个缺点，那就是太注重外表。有一次，苏格拉底让柏拉图去贫民那里演讲，柏拉图很快就回来了，苏格拉底问他为何回来得这么快，柏拉图说那里太脏了。苏格拉底看着柏拉图一尘不染的衣服，叹了一口气，问："一朵花有多大？"

柏拉图不知道老师什么意思，就答："不好说，有的如手指头，有的如巴掌大，再大也大不过锅盖。"

苏格拉底又问："那花香有多大？"

柏拉图说："那可就大了，要看把花放在哪里，花香充满一个房间或者一个院子，甚至一个广场也有可能。"

苏格拉底说："这就是说外在的东西再大，也是有限的；而内在的东西，才会扩散开来。花和花香是这样，人也不例外。"柏拉图这才明白过来，羞愧地低下了头。从此他改掉缺点，专注地研究思想和哲学，最终和老师一起成为伟大的思想家和哲学家，被后世铭记。

（**作者**：任万杰；**推荐者**：青 炎）

（**本栏插图**：陆小弟）

本文改编自理查德·麦克的同名小说《活生生的武器》。

活生生的凶器

罗杰曾是一家公司的总裁，前不久却被一名下属赶到了副总裁的位置上，成了二把手，形同傀儡。这名下属名叫格里姆，罗杰非常憎恨他，但他从未将这种恨意外露，而是静静地等待一个机会，能够不留痕迹地把格里姆铲除。

这天，罗杰去公司总经理贾格家里参加派对。派对上有个叫南希的女人，已经喝醉了，正肆无忌惮地尖声叫嚷着，纠缠派对上的男人。

贾格是公司的三把手，他正和罗杰一起喝酒，见罗杰盯着那个南希，尴尬地解释道："其实我没有邀请南希，是她自己来的，我不忍心赶她走，毕竟她曾是格里姆的妻子……不管怎么说，我认为她是个非常有直觉的女人，也许以后会派上用场。"

原来，格里姆当上总裁后不久，就将妻子南希扫地出门了，理由是南希没有看管好他们的孩子，害他误服杀虫剂而亡。

杀虫剂到底是谁让孩子服用的，罗杰不知道，但南希的悲惨遭遇却让他意识到机会来了：他要用人做凶器，策划一次完美的谋杀。南希一沾酒精就变得歇斯底里，会攻击别人，但第二天醒来时，她却什么也想不起来，罗杰要利用的就是这一点……

凌晨一点钟，一个秃顶的中年

男人挣脱南希的纠缠匆匆告辞后，贾格家就只剩南希和罗杰两个客人了。南希径直走向贾格和罗杰，咄咄逼人道：“这世上有这么多男人，为什么就没有一个肯珍惜我？”

“这个……”贾格抓了抓头发，对罗杰低声恳求，“帮帮我，把她弄走。”

贾格说完逃走了。罗杰很满意，他终于可以和南希独处，给“武器”装火药了。

南希盯着罗杰：“你能回答我的问题吗？你和你妻子那么幸福，真是让人嫉妒。她不在家，你才到这儿来打发时间的，对吧？”

罗杰回答道：“对，她去拜访好友了，明天晚上才回来。”他开始引导话题：“你真的想让我说实话？你能接受现实吗？”

见南希点头，罗杰缓慢而坚定地说：“你应该离开这里，在这个镇上你找不到幸福。你真的不知道大家的传言吗？他们说你是个精神病患者，一个……杀人凶手。”

南希的眼睛瞪得老大，愤怒地问：“谁说的？”她抓住罗杰的胳膊，嚷道：“是格里姆，一定是他说的。真是个魔鬼！那是个意外，是格里姆的毒药……是他把杀虫剂放在调味品架上的……”她将头埋进双手里，猛地站起身来：“我要走了。谢谢你告诉我这些，你不知道这对我意味着什么。”

南希走后，罗杰给自己又倒了杯酒，和自己干了一下杯。一切如他所愿，南希肯定去找格里姆了，她会杀了他。

回到家后，罗杰一觉睡到早上八点半才起床，慢悠悠地做着早饭。

这时候，电话铃响了，对方是一个阴郁生硬的声音：“是罗杰先生吧？我是奥拉侦探。你认识格里姆吗？”

罗杰回答：“当然，我们在同一家公司任职。”

奥拉侦探说：“他在今天凌晨死了，似乎是前妻南希杀了他。我们正在死者家里审讯她。她说自己喝断片了，只记得参加了贾格家的派对，还说你也是客人之一，对吗？”

罗杰说：“是的，她喝得醉醺醺的。”

奥拉侦探又说：“我们现在还没能联系上贾格，你能来一趟吗？我们想问你几个问题。”

罗杰答应了，激动得手都有些发抖，喝了一杯酒才镇定下来。

来到格里姆的公寓，罗杰见厚

重的橡木门虚掩着，便推开门走了进去。到了客厅，只见格里姆扭曲着身体躺在地毯上，罗杰愣住了，他以为警察已经把尸体运走了。虽然等这天很久了，不过亲眼见到这一幕，他还是有些受不了。

“奥拉侦探！”罗杰连叫好几声，却没人回应，他这才意识到自己没看见奥拉侦探，感到有点不对劲。罗杰跌跌撞撞地摸到大门口，抓住门把手扭了一下，但是门没有开，有人从外面把它锁死了！

罗杰的双手抖得更厉害了，头晕眼花。他回到客厅，喝了一杯白兰地后，头脑也开始运转了：没法逃走，也没必要逃。他没有杀人，心底的杀意也隐藏得很好。

于是，罗杰拨通了警察局的电话：“我叫罗杰，这里发生了一起谋杀案，死者叫格里姆，是我们公司的总裁。大约一小时前，我接到一个自称奥拉侦探打来的电话，让我过来协助调查。我到这儿的时候，门开着，就走了进来，发现尸体躺在客厅里。当我再想出来找奥拉侦探时，大门却被人反锁了。”

警察审慎地说：“奥拉侦探？我们这儿没有这个侦探。我们会尽快赶到，你保持冷静，不要触摸任何东西。”罗杰挂断电话，长长地出了口气，又倒了杯白兰地。

十分钟后，一个矮胖男人带着几名便衣警官走了进来。男人对罗杰说：“我是麦恩侦探。你说门从外面反锁了，所以我们带了锁匠来，但是门开着，钥匙就在里面，你自己看看。”罗杰来到大门口看了一下，侦探的话没错，他刚才居然没有留意到锁眼上插着钥匙。

“但是……”罗杰又开始慌张起来，“但是我发誓……”

麦恩动了一下死者的头，说：“勒死的。你知道是谁干的吗？”

罗杰谨慎地说：“不知道。哦，奥拉侦探说是他的前妻南希。”麦恩打量着罗杰：“需要我提醒你根本没有奥拉侦探这个人吗？”

罗杰更慌了：“不，哦，是的。但是……”白兰地让他头脑不清，言辞也有些错乱了。这时候，验尸官检查完了，说：“他是被一个男人勒死的，女人的手没这么大。”

罗杰蒙了。如果不是南希，那会是谁呢？那个自称奥拉侦探的人吗？他的真实身份又是谁？

麦恩见罗杰气色很差，就对他说：“你坐下来休息，我们去房间里再查查。”

很快，麦恩黑着脸回来了：“跟

我来，有些东西给你看。”

罗杰跟着他走进主卧室，惊得差点站不住：床上躺着一个女人，居然是罗杰的妻子！她怎么会在这里？罗杰无助地靠在墙上，快要崩溃了，这到底是怎么回事！麦恩冷冷地说：“我看了她钱包里的照片，她是你的妻子。恐怕我们要唤醒她，告诉她一些不幸的消息。”

在一片混乱中，罗杰被拘留了，他杀人的证据、动机都有。辩护律师告诉他：“你提供的信息远远不够，再好好想想。要不然在间接证据成立的前提下，你会被判有罪的。”但是罗杰实在没有更多的信息提供，最终他被关进了看守所。

过了几天，贾格来到看守所，同情地对罗杰说：“格里姆简直禽兽不如，如果我是你，我也会这么做。我相信法官也会这么想，顶多判你四五年。希望在你被关押期间，我能把公司打理得井井有条。”

但罗杰已经管不了公司了，他感到绝望又孤寂。妻子已经不再搭理他，她说那天自己在朋友家睡得好好的，一觉醒来却出现在了格里姆的床上。她认为这是罗杰杀了人后，为了找借口减刑而把她迷晕，偷偷送到了格里姆家。镇上的人最近都对她指指点点，所以她很生气，离开小镇回娘家了。

两个月后，罗杰因谋杀罪被判处七年监禁。他的心态早已放平，甚至还有些自豪，因为很多人对他深表同情，认为玩弄女性的人就该是格里姆那样的下场。

一年后，当罗杰正在监狱工厂缝制工装裤时，贾格忽然打来了电话，他已经是公司总裁了：“老朋友，我要结婚了。”

“结婚？”罗杰有些吃惊，“你可是单身汉的偶像，谁是这位幸运的新娘？”

贾格舒心地笑了：“是南希。我还是认为，她的直觉很准，在抓住机遇方面的确很有天赋。我们是完美的一对。”

南希？在抓住机遇方面很有天赋？直觉？罗杰挂了电话，拿起两块布，开始把它们缝在一起。难道说，那个奥拉侦探就是贾格？是他和南希合谋杀了格里姆，还把自己的妻子带到了格里姆家，给自己设下了圈套？

到底谁才是活生生的凶器，罗杰需要好好想一想。然而，他麻木的脑子里却什么都没有……

（改编者：白云红叶）

（发稿编辑：赵嫒佳）

（题图：佐　夫）

深山老林里，有家店招牌上写着“死老婆换活妻”，这奇怪的店是什么来头？

护食儿

□查老三

从前，白山屯有个叫王二的人，心术不正、不务正业，与同村一个叫芍药的小媳妇勾搭成奸。芍药被自己的男人齐大根休了后，就嫁给了王二。

成亲后，王二发现，芍药有个心口疼的老毛病，犯起病来，要死要活，只有吃一味偏方才管用，可偏方在齐大根手里。这天，芍药又犯病了，疼得实在受不了，只好让王二硬着头皮去找齐大根。齐大根在田里干活，王二凑上前去，把芍药犯病的事儿说了。

齐大根虽然恨这对狗男女，但一日夫妻百日恩，他不可能对芍药见死不救。所以，他还是回家取了弹弓和磨圆的石子。之前，他从一个郎中那儿求到个偏方，把剥皮的山鼠放在瓦片上，用炉火烘焙至焦煳，拿擀面杖擀成粉末，用温开水冲服，对治疗芍药的病症很有效果。齐大根害怕芍药知道吃的是山鼠会犯恶心，所以一直瞒着她。为了芍药发病时能及时弄到山鼠，齐大根用胶皮做了个弹弓，还练了一手打弹弓的绝活。

王二想知道偏方是什么东西，提出要跟齐大根一起去弄。但齐大根却害怕王二知道真相后，把实情告知芍药，说啥也不同意。王二无奈，只好偷偷摸摸远远跟在后面看。

王二见齐大根一直走到密林深处，寻了好半天才拉开弹弓射出一枚石子，击中目标后，他迅速跑过去，从地上捡起一只和松鼠长得极像的山鼠，然后从兜里掏出一根小麻绳，拴住山鼠的一只后腿，挂在树杈上，用小刀麻利地剥了鼠皮。

王二弄明白齐大根给芍药吃的是山鼠后，心想芍药现在犯病越来越频繁，需要吃的药量也越来越大，如果自己学会打山鼠，以后也不用一直低声下气地来求齐大根了。想到这儿，他便做了弹弓，开始练习打弹弓。

这天，芍药又犯病了，王二觉得自己打弹弓的水平也练得差不多了，便抄着家伙进了山。

山鼠不同于老鼠，数量特别少。王二在山上找寻了好半天，好不容易才发现了一只，但他一连射出几枚石子，都没有打中。最后山鼠跑到一棵大树后面，消失不见了。王二转到树后，没有找到山鼠，却发现这被参天大树遮蔽的密林深处，竟有一家店铺，门口的幌子上写着“死老婆换活妻”。王二知道这深山里怪事多，但又架不住好奇心，就进了店。

店里的光线有点暗，还没等王二看清楚，就听有个尖细的声音问他：“客官空手进店，难道想空手套白狼吗？”王二揉了揉双眼，才看清问话的是个平下巴的中年男人，他忙解释道：“我是想先弄清楚你们这里是怎么个换法呀！”

平下巴捋着几根稀疏的胡须说：“很简单，你若死了老婆，把尸体扛来，我就换给你一个水灵灵的娇妻！”王二看不懂了：“你这样开店，有得赚吗？岂不亏大了？”

平下巴说：“小鸡不撒尿，各有各的道。我们这儿不缺美女，却缺少能吃苦干活的仆役。我店里有起死回生的药，能让死人复生。这被我们复活的女人，会忘记前世的一切，复活后只会一心一意给我们干活。你要是弄个活人来，她记得家住在哪里，累了还不往家跑呀！”

平下巴正说话间，只见一个驼背男人扛着一具女尸走进店来。平下巴上前帮忙接下女尸后，冲屋里喊道：“来生意了，你们都出来吧！”话音刚落，从里屋呼啦啦走出一群貌若天仙的妙龄女子。平下巴让驼背男人任意挑选了一位领走了。

王二看得眼珠子都要掉出来了，心说：这世上事真是无奇不有，自己活到四十岁，今天算是长见识了！王二从店里出来后，想起在家心口疼的芍药，突然冒出一个恶毒的想法：自己干吗费事费力地打山鼠给她治病？如果她疼死了，自己不正好可以到这里换个比她年轻貌美的娇妻吗？想到这儿，他转身回了家。

路上，王二不停地琢磨：既然山鼠这么不好打，我回村后，干脆弄只老鼠，滥竽充数算了。只是现如今村民都用砒霜毒老鼠，恐怕这老鼠也不容易搞到。想到砒霜，王二眼睛一亮，我何不找只被毒死的老鼠给芍药吃？如果有人怀疑芍药的死因，就说自己因为打不到山鼠，情急之下，便打了只老鼠，以为既然山鼠能治病，老鼠也应该差不多，没想到，自己打到的竟然是只吃了砒霜的老鼠……到时候只要这样一说，就完全可以把害死芍药的罪名推脱干净。想到这儿，王二就去搞到一只死老鼠，加工后给芍药吃了，芍药果然被毒死了。村民都知道芍药有心口疼的毛病，所以她突然病死，人们也没多心，还帮王二埋葬了芍药。

再说齐大根，毕竟和芍药夫妻一场，芍药死后，他心里不好受，白天怕别人看到笑话，没好意思去祭奠，夜里便去芍药的坟头想烧些纸钱。走到离坟茔不远时，他看到好像有人在挖坟，悄声走近一看，这人竟然是王二。

只见王二挖开坟后，从棺材里面抱出芍药放到一边，然后把空棺材照原样埋好了。齐大根不知王二要干什么，便躲在暗处紧紧盯着，直等到天蒙蒙亮了，只见王二扛起芍药的尸体，往密林深处走去，齐大根一肚子疑惑，决定跟在后面一探究竟。

王二扛着芍药的尸体，齐大根跟着王二，没费多大劲儿就找到了那家店铺。平下巴看过芍药的尸体，对王二说："对不起，我忘了告诉你，这死老婆换活妻，只能用病死的人来换，被毒死、害死、横死的，是不能用来交换的。"

王二听后反问平下巴，怎么认定他老婆是被毒死的。平下巴说："我连让死人复活的本事都有，难道还看不出人是怎么死的吗？"

王二听后有点蒙了，质问平下巴，为啥不早告诉他这些。平下巴说："这还用说吗？你也不想想，若是被毒死、害死的老婆都能换美娇妻，你说这世上得有多少妇人被害呀！"

这时，躲在门口偷听的齐大根已经听明白了，他气坏了，冲上前一把揪住王二的衣领，说："原来芍药是被你害死的呀！看我不打死你！"

平下巴见齐大根和王二打起来了，乐得拍着巴掌说齐大根："你以为别人都像你一样，能经得住我的诱惑！"

原来，齐大根以前在山林里打山鼠时，也看到过这家店，只是他从没有动过杀妻的邪念。听了平下巴的话，齐大根气愤地指着平下巴说："我们打山鼠，又没招惹你，你引诱我不成，为啥又引诱王二害死芍药？"

平下巴指着芍药的尸体，恶狠狠地说："山鼠是我们最喜欢的美食，本来就很少，而这个女人越吃越多，不是从我们口中抢食吗？所以，只有让她死了，你们才不会继续打山鼠。"

齐大根明白过来，说："敢情你们是群黄大仙啊！你们费尽心机，引诱多少人上了当！"

平下巴冷笑一声："哼！这个店只为你们俩而开，要不然怎么会被你们这么轻易就找到呢？现在，我们的目的达到了，也该收摊了，你俩就慢慢掐吧！"

平下巴说完，身子一抖，和店里的其他人眨眼间都变成了黄鼠狼，吱吱叫着一溜烟跑走了，店铺也消失不见了。

王二看呆了，好半天才回过神来，说："早就听说，很多小动物都爱护食儿，没想到黄鼠狼护起食儿来，连这么恶毒的招数都能使出来，真是坏透了！咱俩干脆找到它们的老巢，给一窝端了！"

齐大根白了王二一眼，冷冷地说："这打黄鼠狼的事儿就不劳烦你了，你还是去县衙说清楚是怎么杀人的吧！"

（发稿编辑：田　芳）

（题图、插图：佐　夫）

老牛与小牛

□戚旭旻

黄龙大学毕业后，在父亲的支持下，回到家乡海湾镇油港村支农。一听这事儿，村里的毒头牛伯伯特别高兴。啥叫毒头？当地方言里就是傻子的意思。

牛伯伯正好六十岁，无儿无女，是村里的五保户。黄龙上任后，牛伯伯总是隔三岔五地来到他的办公室，轻轻地叫一声黄龙的小名“小牛”，也不管他高不高兴，就一路跟着他，还老是抢着干活。

这一来二去的，大伙都开黄龙的玩笑：“小牛呀，你又带着老牛来上班啦！”这话仿佛在骂黄龙也是毒头，黄龙听得心里很不是滋味。

这天，黄龙向村党总支杨书记汇报了村里困难户的情况后，杨书记叮嘱他：“陈阿木的老母亲病重，有困难你要及时救助。”

这话被跟着黄龙的牛伯伯听了进去，从此，他每天去问一遍陈阿木：“你老娘死了吗？”陈阿木知道他是个毒头，不和他计较，但次数多了总觉得火大。有次在他的追问之下，牛伯伯说：“我是帮小牛来问的！”

于是陈阿木便来找黄龙要说法，黄龙连忙解释并道歉，好说歹说，才让陈阿木消了气。

晚上回家，黄龙跟父亲诉苦，谁知父亲却说：“可拉倒吧！你不记得啦？你小时候成天跟在人家牛

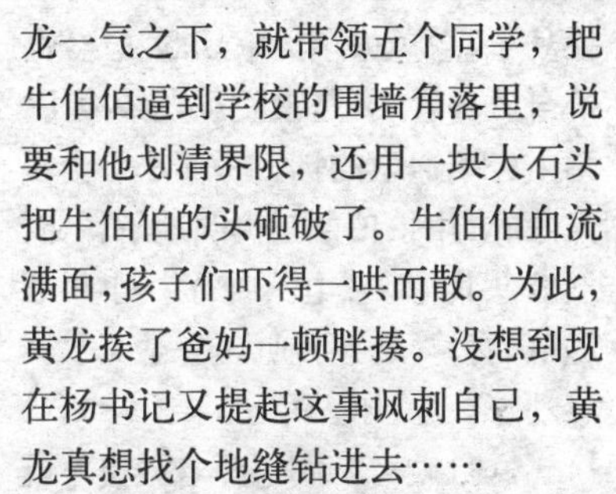

伯伯屁股后头。他是老牛，所以人家才叫你小牛。现在你是支农干部了，反倒嫌弃他了？”

黄龙惊呆了，仔细一回忆，虽然印象已经很模糊了，但自己小时候的确和牛伯伯挺亲的！他还一直以为小牛是家里人给他起的小名呢，没想到……话虽如此，但小时候归小时候，现在归现在，牛伯伯还是影响到自己工作了呀！

过了几天，黄龙走进办公室，一股酸溜溜的味道扑面而来，黄龙实在忍不住了，抱怨道：“牛伯伯，你身上好臭呀！天这么冷，你就在家里待着吧，天天来多影响我工作啊！”

牛伯伯听完，还是呵呵笑着，点着头往外走，口齿含糊地答应道：“嗯——嗯嗯——”事后，牛伯伯竟真的再也没有来过，黄龙才意识到自己话说得太重，有些愧疚，却又不由得内心窃喜。

杨书记知道这事后，笑着对黄龙说：“还是小黄同志有办法，赶走了一个大麻烦！他就是个老毒头，无儿无女的，打也打得，骂也骂得，无所谓！”

黄龙听出了杨书记话中的意思，脸一下子青一块紫一块的。原来，黄龙上小学之后，同学们发现他一直和牛伯伯在一起，就嘲笑他是小毒头。黄龙一气之下，就带领五个同学，把牛伯伯逼到学校的围墙角落里，说要和他划清界限，还用一块大石头把牛伯伯的头砸破了。牛伯伯血流满面，孩子们吓得一哄而散。为此，黄龙挨了爸妈一顿胖揍。没想到现在杨书记又提起这事讽刺自己，黄龙真想找个地缝钻进去……

转眼间，夏天到了。一个强台风正在东海里打转，直扑油港村而来。人员该撤离的撤离，电闸该拉闸的拉闸，防台准备工作已经全部到位，所有人都严阵以待。

很快台风逼近，黄龙在巡查撤离人员时，发现牛伯伯不见了。他连忙找遍了每一个角落，都没有牛伯伯的身影；也问了所有人，都说没有看见牛伯伯。

黄龙急得满头大汗，心里暗暗埋怨牛伯伯，什么时候犯傻不好，偏要这个时候来添乱：如果牛伯伯真出了事，那他这两年支农算是白忙活了，推优考公肯定没他的份儿。

忽然，黄龙想到前不久曾见过牛伯伯在油港河边上的农用机房边打转。抱着最后试一试的心态，他立马冲了过去，果然见牛伯伯在机房外的廊檐下躲雨。

原来，牛伯伯以前是电工，他发现农用机房的电线松动了。台风来前大家切断了电源，等台风一过，要是没发现电线掉了，马上合闸通电的话，一不小心会出人命的。牛伯伯颠三倒四地解释完，低着头说道：“电线掉了，小牛要触电的！”黄龙一听，真是又气又感动。

这时候，杨书记开着救援车赶来了，黄龙摘下头盔给牛伯伯戴上，脱下雨衣给他穿上，搀扶着他顶着风雨一步步往救援车走去……

突然杨书记大喊道：“当心呀！”黄龙转头一看，一块半人高的木板被风刮了过来。风大雨急，黄龙眼睛都睁不开，一时之间愣在了原地。紧急关头，一双大手抱住了黄龙，将他扑倒在稻田里，是牛伯伯！木板从牛伯伯的后背上擦过，就像一把刀一样，不仅把雨衣切碎了，还在头盔上划出了一个深深的口子。

杨书记冲过来检查两人的伤势，牛伯伯的后背一片血肉模糊，黄龙立即脱下衣服捂住他。幸亏牛伯伯反应快，也幸亏刚才黄龙把头盔和雨衣给了他，两人才死里逃生。

很快几人来到医院，经检查，牛伯伯只是皮外伤，伤口消完毒，血也止住了。黄龙越看越心疼，轻轻地问：“疼吗？”牛伯伯呵呵傻笑着说：“不疼！”

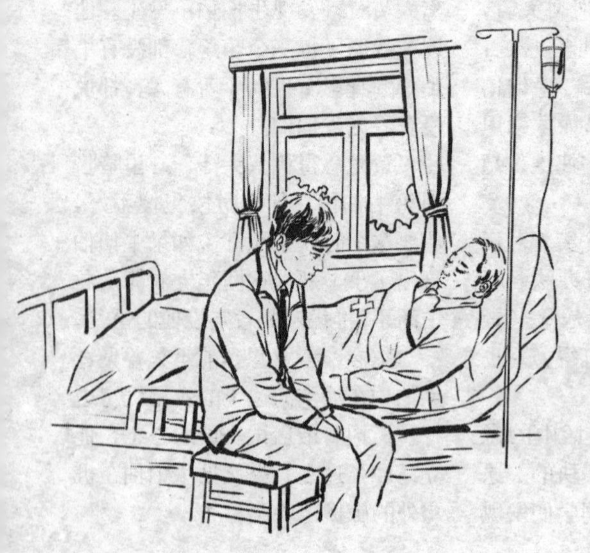

黄龙长出一口气，谁知医生却对杨书记说：“还是让他住院吧，我看时间不多了。”杨书记点点头说：“好，我知道了。”

杨书记看出黄龙满肚子都是疑问，说道：“今天我就把所有的事情都告诉你。”

原来，牛伯伯和一个叫老黄的人是隔壁邻居，两人同岁，一起长大，都是村里的帅小伙。二十五年前，两人的媳妇都怀了孕。一天，两个身怀六甲的好姐妹一起到油港河边洗衣服，牛伯伯的媳妇不小心滑进了河里，老黄的媳妇伸手去救，却一起滑了下去。此时正好牛伯伯赶到，他跳下河，先救起了离自己近的老黄媳妇，他自己的媳妇却被河水冲远了，救起来的时候已经闭了气，最终一尸两命。牛伯伯把妻儿的死全都归结在自己身上，无法释怀，没过多久就变得疯疯癫癫了。

黄龙越听越糊涂，问道："那个老黄媳妇和肚子里的孩子呢？没事吧？"

杨书记叹了一口气，说道："老黄媳妇就是你老妈！那个孩子就是你！"

解铃还须系铃人，牛伯伯是失去了老婆孩子才发疯的，那时没办法给他再找个老婆，就只能给他找个孩子。于是，黄龙一出生，老黄就把他放在了牛伯伯的怀里。说来也奇怪，牛伯伯只要一抱黄龙，立马就安静下来。后来，他的疯病慢慢好了，可惜人再也变不回原来的样子，成了只会"呵呵"傻笑的毒头牛伯伯。

两年前体检时，牛伯伯被确诊患了肺癌，已经时日不多了，而他最想见的人，就是被他当成儿子的黄龙。老黄和杨书记商量之后，一个鼓励黄龙去支农，一个想办法让他顺利回油港村工作。

知道了前因后果，黄龙心里像是打翻了五味瓶。他摸了摸牛伯伯的胸膛，哽咽道："疼吗？疼吗？"牛伯伯没有回答，还是"呵呵"地傻笑……

一眨眼三个多月过去了，牛伯伯的状态每况愈下，这几天，黄龙都寸步不离地守在他的病床边。这天凌晨，黄龙迷迷糊糊地靠在床尾打瞌睡，突然，牛伯伯坐了起来，清清楚楚地叫了一声："小牛！"

黄龙猛地抬起头，两人四目相对。这时，牛伯伯露出了慈祥的微笑，轻声恳求道："小牛，快点找个对象结婚，给我生个小小牛，好吗？"

黄龙的眼泪夺眶而出，他看着牛伯伯的脸，轻轻地说道："好的，我马上结婚，给你生个小小牛，到时候你做老牛爷爷！"

牛伯伯一听，笑了起来："好的，好的。"说着，人却慢慢地躺了下去，安详地闭上了眼睛……

（发稿编辑：赵嬡佳）

（题图、插图：豆　薇）

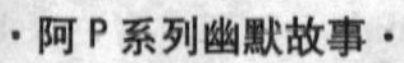

阿P『报仇』

□刘振涛

阿P的儿子小P高考刚结束，可父子俩在填志愿的问题上有了分歧。阿P正生闷气呢，电话响了：“阿P啊，最近忙啥呢？没事过来喝酒啊，还有俩哥们一会儿也来。”

阿P一听是哥们马六打来的，心想跟这家伙可好久没联系了，必须得叙叙旧，立马消气了，精神抖擞地说：“OK，马上到！”

阿P来到马六家，只见酒菜已摆好，那俩哥们也都到了。几人刚动筷子，一个女孩推门进来：“爸，我回来了。叔叔们好！”

阿P一愣，这不是马六家的丫头小颖吗？好几年没见了，竟出落得如花似玉啊。一阵寒暄后，马六看向三位，说：“小颖不是在医学院学医嘛，还有一年就毕业了，这不，让哥仨过来帮个忙……”

另外两人同时撸胳膊挽袖子，说：“来吧，丫头。”阿P却蒙了，啥意思？他只好犹豫着也抬起胳膊。

小颖瞄了一眼三人的手，一把捉住阿P的，眼睛直放光：“三位叔叔上次已经帮过我了，这次就辛苦阿P叔了，看阿P叔的手这么胖乎，血管一定不好找，我要挑战一下！”阿P吓得一哆嗦，急忙抽回手，啥？血管？挑战？

小颖一见，噘起嘴：“爸，你没跟阿P叔说呀？看把他给吓的！”

马六讪讪笑了：“忘了忘了。阿P啊，小颖她打针还欠火候，我这不是想让她练练手嘛，用真人实践总比在她学校用假人进步快吧。我和你嫂子都让她扎遍了，这不，就寻思今天让哥几个再帮助帮助小颖……”

阿P直冒冷汗，心底骂了一句：你马六这是忘了吗？根本是故意不说！可不让扎吧，让马六下不来台，更让孩子尴尬……阿P一伸胳膊，豁出去了！谁知，小颖扎了五六针下去，都没找准血管的位置，阿P疼得龇牙咧嘴，也得咬牙忍着。终于，第九针扎下去，小颖高兴地叫了一声，这下找准了！

阿P松了口气，对小颖说：“大侄女，要不再来一针吧？凑个整。”小颖一愣：“为啥呀？”阿P白了马六一眼：“李时珍（十针）嘛，姓马白瞎了！”

马六当然知道阿P心里不舒服，大手一挥，开了瓶茅台，招呼阿P喝酒。

虽然阿P酒喝得爽了，但回到家，看着自己布满针眼的手背，越想越不是味儿。接下来的几天，他都琢磨着怎么去找马六“报仇”，忽然，他眼睛一亮，把儿子喊来：“小P，你说的那个什么口腔学科，我同意了！但你要跟我去一趟马叔家。”说完，他又如此这般地对小P交代了一番。

这天，阿P带小P来到了马六家，马六赶紧吩咐老婆备酒菜，谁让女儿在人家手上扎了那么多针呢。

阿P对儿子说：“小P啊，我给你介绍个漂亮学姐，关键你们都是学医的，以后是同行，可以交流交流。”小颖一听小P也要学医，顿时来了兴趣，两人很快聊开了。

饭桌上，马六给阿P倒酒，阿P喝了一口，给马六下套：“哥们之间相互帮衬是应该的，对吧老马？”马六忙不迭点头：“那是，那是。”阿P话锋一转：“小P准备学的是口腔科，也就是牙医，等需要练手的时候，老马你可别掉链子哦。”

马六接着点头：“那是那……等会儿，你说小P学啥？牙医？那……咋练手？”马六想了想，顿时脸都白了，他前几天确实牙疼来着，还想着去拔牙呢，可让小P动手，他可信不过！

阿P看马六脸色都变了，心里暗笑，嘴上说：“别怕，现在小P还没有行医资格，等到学有所成，一定拿把大号钳子来找你。所以嘛，你那几颗坏牙可不许给别人，必须留给小P，不然你可不够意思！好

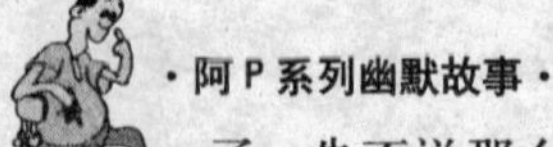

了，先不说那么远的事儿，来，咱喝酒！”

马六可不干了：“阿P，算我欠你个人情，这忙，我没法帮啊……”他又转身对小颖说：“小颖啊，咱不能欠你阿P叔太多人情啊，不然你爸就……咳咳……”

阿P看马六紧张的样子，心里十分舒坦，可他继续火上浇油：“老马，你还记得年轻时，咱俩在电影院跟别人打架的事吗？”

马六点点头：“记得，那次要不是你帮我，我就得在医院里躺着了，到现在我还欠你两颗牙……”马六说到一半，顿时打住了，坏了，他心里一沉，呆呆地看着阿P。

阿P见火候差不多了，憋着笑拍了一下马六：“算了，不让你当小白鼠了，就这么欠着吧。不对，咱哥俩谈啥欠不欠的？没准咱关系还更近呢，哈哈。”说完，他瞟了一眼聊得热火朝天的小P和小颖。

马六似乎没品出味儿来，还陷在刚才的话题中：“我说阿P，你得让小P改改专业，整天在人家嘴里鼓捣，不卫生的……”

阿P直接打断他：“孩子自己的意愿，我得支持！”马六无语了。阿P占了上风，酒自然喝得十分尽兴。

和儿子在回家的路上，阿P开心地说：“开学后，我亲自送你去学校。”

小P白了他一眼：“爸，你就别凑热闹了。我和小颖姐说好了，开学我俩一起走，你给多拿点钱就行了。”阿P一愣，这么快就有眉目了？看来儿子传承了我阿P的衣钵啊！

到了家，阿P把今天的场面跟老婆小兰绘声绘色描述了一番，还说，他早就相中了小颖那孩子，虽然扎针笨拙了点，但人漂亮，眉清目秀的，主要是知根知底；今天看俩人在客厅聊天的热乎劲，绝对有戏！有了孩子这层关系，以后马六很难推脱，等小P把老虎钳一亮出来，老马还不吓得自己把牙抠掉？

小兰白了他一眼：“你还想着要报仇哪？就算以后俩孩子看对眼了，有姑爷跟老丈人动武的吗？虎口拔牙，媳妇还不扒了小P的皮？”

阿P一听，是这个理儿，顿时蔫了。不过转念一想，小颖是马六的贴心小棉袄，要是成了他P家的儿媳妇，还报啥仇呀？想到这儿，阿P又得意地吹起了口哨。

（发稿编辑：王　琦）

（题图：顾子易）

接二连三的儿童失踪案，一桩比一桩离奇，一桩比一桩诡异，一桩比一桩不可思议。峰回路转之际才发现，真正需要破解的，不是迷局，而是人心……

失踪的孩子

□杜 辉

1.第一起失踪案

周陵是一位经验丰富的警官，破获过不少疑难案件，按说再离奇的案件，他也应该见怪不怪了，但最近接手的这桩案子，却让他不由得拍案惊奇。

这件事说出去几乎没人敢信，却真真切切地发生了：一个名叫童童的小女孩，在一个深夜，竟在自己家里神秘消失了！最让人匪夷所思的是，当时父母和她就睡在同一张床上，对她的失踪竟然毫无察觉。

童童的家在康园小区三单元二十层，周陵带着助手赶到后，见到了她的父母。女主人的情绪已经快崩溃了，手里捧着女儿的照片，嘴里喊着女儿的名字，眼神里除了悲恸，分明还有一丝恐惧。

男主人的状态也好不到哪儿去，他脸色苍白，声音颤抖地说："警察同志，我到现在都想不明白，我女儿是怎么丢的，简直活见鬼了！"

周陵沉着地问："你是什么时候发现女儿失踪的？"

男主人说："就在今天早上六点半，闹铃响了，我和老婆都醒了。这时我老婆突然坐起来，喊了一声'童童呢'，我这才发现，女儿的被

子是空的。我以为她上卫生间了，看了一下里面根本没人，又喊了几声童童，也没有任何回应。就这样，我女儿莫名其妙地失踪了，我们找了一上午，也没找到她，这才不得已报了警。”

周陵又问：“你确定女儿昨晚是跟你们一起睡的吗？”

男主人点点头说：“确定，孩子只有五岁，还没有单独睡过，而且孩子睡得也比我们早。我记得很清楚，我准备上床时，孩子睡得正熟呢，被子有点蹬开了，我还给她盖了一下。”

周陵眉头微微皱起来，这起神秘的失踪事件，怎么看都蒙着一层诡异的色彩，难怪女主人会流露出恐惧的情绪，也难怪男主人会有活见鬼的感叹。作为一名久经沙场的警界老将，周陵敏锐地意识到，自己遇见了一个不好对付的对手。

在勘察现场时，周陵才发现，现场痕迹已被破坏了。在童童父母寻找孩子的过程中，这件事传遍了整个小区，有不少邻居帮忙寻找，也有一些邻居上门探问，房间里留下了很多脚印，已经很难靠足迹提取有价值的线索。

周陵环顾整个房间，窗户和阳台外面虽然没有安装防盗网，但二十层的高度不可能有盗贼攀缘而上。要趁着这对夫妇熟睡之际抱走孩子，唯一的办法就是通过房门进入，但周陵仔细检查过后发现，门锁并没有被撬过的痕迹；询问后得知，夫妻俩的钥匙也从来没有丢失过。这就奇怪了。

除此之外，周陵又想到了一种可能性，他对童童父母说：“我不了解童童的性格，但有些女孩儿也挺淘气的，会不会是童童晚上醒了睡不着，自己开门下楼去玩了，中途遭遇了什么意外？”

“不可能！”夫妻俩同时摇头。女主人说：“童童胆子很小，晚上都不敢一个人睡，她哪敢深更半夜的自己下楼？”

男主人补充道：“再说电梯里是有摄像头的，我去物业那里查过电梯监控，童童根本没进过电梯，她总不可能黑咕隆咚的走二十层的步梯下去吧？”

周陵微微点头，看来和绝大多数小区一样，楼道内的步梯没有安装监控，要不然问题就很容易解决了。他问男主人：“其他地方的监控你查看过了吗？”

男主人苦着脸说：“能看的都看过了，连童童的影子都没见到，所以我才怎么也想不通！”

也难怪他会想不通，连周陵这种刑侦高手，查看完小区内所有监控后，也不由得眉头紧锁，那个神秘消失的女孩完全没有在监控里出现过，他也没发现提着皮箱或背着麻袋的可疑人物。旁边的助手问道：“周队，这个女孩的失踪完全不合常理，会不会是这对夫妻出于某种不可告人的目的，自导自演了这一出戏？”

“这种可能基本可以排除。”周陵否定了助手的想法，“你想过没有，如果是父母谋害自己的孩子，以他们所拥有的便利条件，什么样的机会找不到？何必设计这么一出半夜失踪的离奇事件？越解释不通的情况越不利于他们，没有人会蠢到这种地步。”

周陵重新回到二十层，顺着步梯一路往下走，走到最后一个台阶时，发现这里是可以直通地下车库的，而且门口并没有安装摄像头。他信步往前走着，脚下曲曲折折，如同进入了一个迷宫。车位上方虽然都有摄像头，但大量的死角却无可避免地存在着。

车库里灯光昏暗微弱，但周陵心头的迷雾却消散了一些，因为他已经判断出这个人得手后带离童童的方式了。他先通过步梯把童童藏匿在某个楼层的房间里，到了白天再从步梯进入车库，把童童放在监控死角，然后开车过来，拉上童童驶离小区。白天进出小区的车辆很多，那时就很难通过门口的监控锁定目标了。

如果真是这样，那就意味着一件事：盗走童童的人，很可能就是这个单元的住户，而且势必是跟童童父母有仇怨的人，这个范围已经被压缩得很小了。

周陵仔细询问童童父母，问他

们有没有得罪过这个单元的住户。夫妻俩搜肠刮肚，好不容易想出三个：一个是楼下的住户，那个老光棍因为神经衰弱，把楼上的所有动静都当成了噪声，来闹过好几次，还扬言要让童童父母走着瞧；另一个是五层的住户，是女主人的前同事，两人曾经是竞争关系，这位前同事性格偏执，被炒鱿鱼后一直怀疑是女主人下绊子，堵过她家锁眼，扎过她家车胎；还有一位是隔壁的工程师，是一个远近闻名的醋坛子，由于童童的父亲性格有些轻佻，曾经和工程师的老婆调情，被他当场撞见，打翻了醋坛子，揪住对方脖领子，差点打一架。

接下来，周陵调查了这三个嫌疑对象，却发现他们每个人都缺了一样作案的必备条件：老光棍缺驾驶技能，他压根不会开车；前同事没作案时间，她当晚根本不在家；那位工程师则不具备作案动机，他的妻子一年前因病去世了，他现在独自带着儿子生活，目前也有了新的交往对象。

在周陵看来，目前唯一能排除嫌疑的，就是那位工程师了，其他两个人所缺少的条件，都不足以说明问题，找一个会开车的人当帮手并不难，伪造不在场证明也不是什么新鲜事。在一起案件中，唯一不可或缺的就是动机。

就在周陵打算继续深挖下去时，他接到了一个电话，听完后表情变得异常凝重，声音低沉地说了一句："看来这个案子，远远没有我想象的那么简单！"

周陵大步向着警车走过去，紧随其后的助手问道："周队，发生什么事了？"

周陵头也不回地说："又有孩子失踪了！"

2. 第二起失踪案

童童的神秘失踪案已经够匪夷所思了，但刚发生的这起失踪案似乎有过之而无不及。童童失踪时父母好歹是在熟睡状态，这个男孩直接是在父亲眼皮子底下消失的。

失踪的男孩名叫元宝，周陵赶过去时，元宝的父母正吵得不可开交。妻子披头散发、满脸是泪，冲着丈夫嘶声大喊："有你这么当爹的吗？不把元宝找回来，我也不活了！"

元宝父亲哭丧着脸说："你逼死我也没用啊，我去哪儿找儿子？我连他怎么丢的都搞不明白！"看到身着警服的周陵等人过来，元宝父亲像是捞到了救命稻草，连声说道："警察同志，你们一定要帮我找回儿子啊，要不然这个家就毁了！"

周陵沉声说道："我们会尽力而为。先带我们去现场看一看。"

周陵跟着元宝父亲来到事发地点，这是一片方圆几亩的空地，据说按规划要在这里建一座公园，因为资金问题一直处于搁浅状态。周陵环顾四周，有些不解地问："孩子是在这儿丢的？当时没有大人看着吗？"

元宝父亲苦着脸说："孩子才六岁，哪敢让他一个人待着？我全程看着呢！这里离我家近，我经常陪孩子来这儿玩。"

听他这么一说，周陵越发不解了："这里视野开阔，没有任何障碍物，不可能有人当着你的面掳走孩子呀！"

元宝父亲唉声叹气道："所以我才想不通啊！"

周陵问："孩子失踪的时候，你在干什么？"

元宝父亲脸红了一下，说："我……坐着玩手机。不过我可以保证，孩子一直在我的视线范围内，顶多有时候跑到了我身后，但肯定不会离得远，我听着他的动静呢！"

回忆起当时的情景，元宝父亲仍然是一副不可思议的表情："我突然感觉周围安静下来，喊了一声元宝，没有任何回应，我赶紧站起来，前后左右一看，四周空荡荡的，元宝就这么消失了。到现在我脑子都是蒙的，简直跟做噩梦一样！"

周陵沉吟道："你再好好想一下，从确定孩子在你身边，到突然发现他不见了，中间隔了大概多长时间？"

元宝父亲很肯定地说："最多几十秒，我感觉一分钟都不到！"

周陵微微点头，心却渐渐往下

沉，又一起离奇的失踪案！从这块空地的面积来看，不管是孩子自行离开，还是有人将他掳走，想脱离父亲的视线，都需要至少三分钟。不到一分钟的时间，孩子怎么会凭空消失呢？

周陵绕着空地转了一圈，不出他所料，这种地方是找不到监控的。他又在空地上走了两遍，也没有发现什么疑点。暮色渐渐降临，附近有稀疏的灯火亮起，但周陵眼前却一片混沌，看不到一丝光亮。

短短三天时间，发生了两起儿童失踪案，而且同样的诡异和离奇。这两起案件之间，到底有着什么样的联系？作案者会是同一个人吗？这个人的动机又是什么？以周陵平时接触的案例来看，儿童失踪大都涉及拐卖，但这个作案者的目的显然不是这么简单，单纯的拐卖完全用不着采用这种挑战警方的手段。那么这个人的目的到底是什么呢？如果是出于报复的目的，为什么不找大人寻仇，偏偏盯上了无辜的孩子？

周陵陷入了深深的思索，显然这个人的作案手法并不随机，而是有针对性的。如果是这样，那童童一家和元宝一家，会不会有某种关联呢？也许查清了这一点，就能找到这个案子的突破口。

周陵向这两家人提供了对方的信息，甚至让他们见了一面，可惜结果让他大失所望。这两家人在现实中完全不认识，他们的生活也没有任何交集，两家人唯一的关联之处，就是都在近期内丢了孩子。

周陵只好按常规的办案思路去推进，他问元宝父母生活中有没有什么仇家，还没等元宝父亲说话，元宝母亲已经一下站了起来，连声嚷道："警察同志，你这么问我就明白了，肯定是赵小妮那个狐狸精干的好事，她早就把我家元宝当成眼中钉了！"

元宝父亲有些尴尬："别瞎说，她哪有那胆子、那本事？"

元宝母亲咬牙切齿道："你到现在还在袒护那个狐狸精！"

元宝父亲辩解道："哪有的事儿，我们早就断了！"

周陵叹了口气说："我们能谈点正事了吗？"

元宝父亲低着头不说话，看上去有几分理亏。元宝母亲恨恨地说："我这男人没多大本事，还喜欢勾三搭四，赵小妮是他的情人，那狐狸精早就想把我踢掉，自己登堂入室了。他没同意，不是因为舍不下

我这个黄脸婆，是舍不下他那宝贝儿子！”

听到这儿，周陵的表情不由得严肃起来，显然这个赵小妮是具有充分作案动机的。但当周陵带助手找到赵小妮家时，遇到的却是一幕接亲场面，原来这位曾经的第三者早就成功上岸，找到了自己的如意郎君。

不知道这种结果是不是刺激了元宝父亲，他没好气地瞪了妻子一眼说：“我说你是胡扯，你还不信，这下还有什么话说？”

元宝母亲针锋相对，“呸”了一声道：“这能怪我吗？你前些年和李小颖不清不楚，这两年又跟赵小妮勾搭成奸，狗改不了吃屎，还怪别人嫌你臭？”

周陵插话道：“李小颖又是谁？这种情况要反映全，不能有遗漏！”

元宝父亲说：“警察同志，你们别理这疯婆子，李小颖是我以前的同事，人家已经去世了，她还在这儿咬着不放！”

离开元宝家后，周陵对旁边的助手说：“这两口子真让人受不了，我脑袋都大了三圈！”

助手叹了口气说：“估计还能再大点儿，我刚接到一个消息！”

周陵怔了一下，苦笑一声道：“第三起失踪案发生了，对吗？”

3. 第三起失踪案

周陵从警多年，什么样的奇案没破过？什么样的高手没斗过？但他不得不承认，这次他遇到了前所未有的考验。最新一起失踪案的离奇程度，再一次刷新了他的想象。

这起失踪案发生在一栋戒备森严的私人别墅里，别墅的主人是一位姓林的总裁，他结过两次婚，有三个孩子，现在处于单身状态，平时忙于事业，雇了一位远房亲戚照顾孩子。

那天是周末，三个孩子闲得无聊，在华丽的别墅里玩起了捉迷藏。几轮过后，轮到姐姐找两个弟弟了。两个弟弟藏好后，姐姐开始找，很快找出了大弟弟，但找来找去，怎么也找不到小弟弟小豪了。一开始两个孩子还觉得好玩，姐姐笑嘻嘻地说：“这个死小豪，藏到哪儿去了？我就不信找不出他来！”

半小时过去了，姐姐把整个别墅都找遍了，连大弟弟也跟着一起找，却还是找不到小豪。姐姐有点不耐烦了，扯着嗓子喊道：“快出来吧，算你赢了，我的玩具你可以随便挑一件！”

姐姐喊了半天，一点回应也没有，倒是把保姆余婶喊过来了。一开始余婶也没当回事，谁会想到在一座绝对安全的私人别墅里，玩捉迷藏能把一个孩子弄丢？但几个人一直找到天黑，后来还把别墅里的雇工叫来一起找，却始终一无所获。小豪就这样不可思议地消失了，仿佛隐入了传说中的平行空间。

这下余婶彻底慌了，赶紧给林总打去电话。林总震惊不已，第一时间报了警，他对最近这两起儿童神秘失踪案早有耳闻，也吩咐过别墅的安保人员加强防范，但他还是没想到，这种事竟然会发生在自己身上。

周陵赶到别墅后，先是扫视了一下别墅周围的环境。别墅的围墙高达三米，门口有多名保安守卫，想大白天从这里强行掳走一个孩子，根本是不可能的事。接下来，周陵又查看了别墅内外的监控，看到了三个孩子捉迷藏的部分画面，但他并没有找到自己想要的线索，小豪在躲藏的过程中，消失在一处监控死角后，就再没有在镜头里出现过。

周陵和林总交谈几句后发现，这种商界精英果然有过人之处，他比前两个丢失了孩子的父亲要从容镇定很多，说话也更有条理，但谈起孩子的神秘失踪时，他也是一脸的困惑。

周陵把那两家人的具体信息都打印了出来，上面有他们的照片、职业、籍贯等，然后递给林总说道："你好好回忆一下，和这两个失踪孩子的家庭有过交集吗？这一点很重要。"

林总仔细看过之后，很肯定地说："没有任何交集。"

周陵微微摇了摇头，他有一种强烈的直觉，这三个失踪孩子家长身上的某处交集，很可能就是这个案子最大的突破口，但他始终找不到这处交集，只能无奈地在外围打转。

周陵又问："保姆余婶是和孩子接触最多的人，以你的眼光去判断，她会不会有什么问题？"

林总说道："不会！她是我的一个远房堂姐，这些年我的孩子一直是由她照顾的。当然，我说她不会有问题，并不只是出于亲戚关系，即便从利益的角度考虑，她也不会做那种事。"

周陵问："怎么讲？"

林总解释道："我给她开的薪水很高，我想象不出她拐带孩子的理由，卖给人贩子吗？就算能收一笔钱，还没有她几个月的薪水高，谁会干杀鸡取卵的蠢事？除非她绑架孩子，勒索我的钱财，但这种事并没有发生。何况这不是一起连环失踪案吗？她只是一个普通中年妇女，哪有那本事？"

周陵点点头说："我还没有找到这起连环失踪案的共通点，现在只能就事论事地单个分析，所以我还有一个问题要问，可能有点冒昧，但出于办案需要，希望你能理解。"

林总脑子反应很快："你是要问孩子妈妈的事？"

"没错！"周陵说，"如果是妈妈想夺回自己的孩子，那么动机就有了；如果她曾经在这里居住过，条件也具备了。她完全有可能买通别墅里的雇工，上演一场瞒天过海的好戏！"

林总摆摆手说："周警官，你想多了，没有这个可能。我们跳过这个话题吧。"

周陵说道："林总，我希望你能明白，我们是在查案，不是挖你的隐私！"

林总似乎有点尴尬，干笑一声说："你可能也知道，我离过两次婚，但这三个孩子，都不是一个妈妈生的。小豪是我婚外情人生的，我们的账早就结清了，不会有任何牵扯，所以我说没有那种可能。"

周陵懒得再跟这种人多说什么，起身告辞出了别墅。回去的路上，他对助手说："我们不能听一面之词，你一会儿去两个失踪儿童的家里一趟，让那两家人看看林总的信息，问一下他们和对方到底有没有交集。"

助手很快回来了，对周陵说："我问过了，他们确实和林总没有任何交集。"

周陵"嗯"了一声说："但我总感觉交集是有的，只是我们还没

有摸到脉，我甚至觉得这个交集里，就藏着那个神秘凶手作案的原因……或者我们可以放开思路，想象他们身上有什么共通之处？”

助手皱眉思索片刻，摇了摇头说道：“想不出来呀，他们身份地位不一样，性格习惯不一样，交际圈子也不一样，除了男人都有点不检点，好像没有什么共通之处啊……”

像是被点到了某处穴位，周陵突然浑身一震，眼神也慢慢亮了起来，仿佛一个在迷雾中摸索良久的人，终于找到了前行的方向。

4. 第四起失踪案

在这座不算大的城市里，在不算长的时间内，接连发生了三起儿童神秘失踪案，造成的轰动效应、对人们的心理冲击，都可想而知。由于三个儿童失踪的方式过于离奇，警方又束手无策，于是各种荒诞的传说不胫而走，神神鬼鬼的别提多吓人了。

作为专案负责人，周陵当然难辞其咎，市局领导把他叫到办公室，拍着桌子一顿训斥，还让他立下军令状，限期破案。但周陵的信心似乎也被这个神秘的对手击垮了，摆出一副死猪不怕开水烫的架势，耷拉着脑袋一声不吭，把市局领导气得够呛。

就在警方一筹莫展时，第四起儿童失踪案发生了，这起失踪案像一场真正的压轴大戏，让前三起已经足够离奇的失踪案相形失色。

这次失踪的是一个十岁男孩，名叫高聪，上五年级，他是在教室里突然失踪的。问题是当时教室里坐满了学生，老师在讲课，学生在听课，他就这样在众目睽睽之下失踪了，这不是活见鬼了吗？

第一个发现高聪失踪的是班主任，他在黑板上写了几道公式之后，转过身时不由得愣住了，最后一排角落里的座位怎么空了？他记得很清楚，刚才高聪明明坐在座位上，现在人呢？

班主任看了一下教室的门，门紧紧关闭着，他突然想到了连环失踪案，心一下沉了下去，伸手往前一指，问下面的同学：“你们谁看到高聪了？他什么时候出去的？”

教室里顿时炸开了锅，喊喊喳喳吵成一片，在很多同学的印象中，高聪原本确实是在教室里的，但竟然没有一个人注意到他是怎么消失的。虽然高聪是一名差生，常年坐在最后一排的角落里，在老师和同学眼里都是最没有存在感的人，可就这样凭空消失了，谁能担得起这责任？

老师赶紧向校长进行了汇报，校长立刻召集老师，在校园里寻找。上课期间，校园大门是关闭状态，门口的保卫室有人值守，围墙的高度也难以翻越，按理说学生是不可能离开校园的，但老师们找遍了整个校园，却连高聪的影子都没有见到。

校长拨打了报警电话，周陵很快率队赶到，他查看了监控，询问了师生，检查了失踪现场，和前三次一样，最终无功而返。随后，从高聪家长那边传来反馈信息，孩子中午和晚上都没有回家，一个活蹦乱跳的男孩，就这样凭空蒸发了。

市局领导又把周陵叫去谈话，这次他没有训斥周陵，而是一脸沉重的表情，说道："这次我真的保不住你了，这起连环失踪案的负面影响太大了，你迟迟破不了案，而且连思路都没有，我压力也很大，只能临阵换将了，这也是不得已而为之。至少在我的视线范围内，我想不出有谁比你的侦破能力更强，你也可以帮我推荐一位……"

周陵笑了笑说："你让我推荐的话，我还是觉得自己最合适。"

市局领导沉着脸说："我没心情跟你开玩笑！"

"你很快就会有心情了。"周陵胸有成竹地说，"我现在就要去把真凶抓捕归案，你等着我的好消息吧！"

半小时后，周陵带着几名警察从警车上下来，走向一个农家小院。他盯着紧闭的院门，缓缓说了一句："孩子们，你们受苦了，我来了！"

5. 唯一相似之处

警察们破门而入，即便他们早已见多识广，但房间里的场景还是

让他们惊骇不已。三个男孩被反绑双手，倒卧在房间的三个角落，嘴里都塞着破布，眼神中全是惊恐和绝望。

在另一个角落里，还坐着一个蓬头垢面的小女孩，正狼吞虎咽地吃着东西。一个高大的男人站在她面前，正虎视眈眈地监视着她。听到破门之声，他迅速回过头来，正是住在童童家隔壁的那个工程师。

警察们迅速控制住了他，救下了四个孩子。孩子们顿时哭成一片。

周陵盯着工程师说："我不得不承认，你是我生平遇到的最可怕的对手！"

工程师胡子拉碴的脸上，竟然有几分如释重负的轻松，他惨然一笑，说："这样也好，对我何尝不是一种解脱？不过我很想知道，我到底输在哪儿？"

周陵冷冷地说："你几次作案显然是有针对性的，我一直试图找出那几个失踪儿童家长身上的交集，却始终找不到。直到有一天，我助手的一句话，突然提醒了我！这三家的男主人，唯一的相似之处，就是都有些不检点：童童父亲和女邻居调笑，元宝父亲多次出轨，那位林总就更不用说了，有点钱就把女人当作玩物……"

工程师咬着牙，恶狠狠地说："没错，这些人都该死！"

周陵继续说道："调整了思路之后，我自然而然把目光落到了你身上，毕竟和童童家有过冲突的人屈指可数，可惜我一开始先排除了你的嫌疑，我只是按常理去分析这件事。你妻子已经过世一年多了，那点余醋哪至于成为你报复的动机？可是我忽略了一点，这世上有一种人，叫作偏执狂！"

工程师冷笑道："我就是你眼里的偏执狂，对吗？"

周陵没理他，继续往下说："当我查看你妻子的信息资料时，一个意外的发现，终于让我彻底锁定了你。你妻子叫李小颖对吗？她就是元宝父亲曾经的出轨对象！"

工程师脸上露出哀痛之色，颤声说道："我用一次又一次的原谅，换来了一次又一次的背叛！"

周陵说："我拿着你妻子的照片，向林总进行了求证。林总记忆力很好，他虽然有过数不清的女人，但对你妻子也还有印象。林总是你妻子公司的大客户，她为了拿下一个单子，曾经和林总发生过关系！"

工程师喃喃说道："她以为我不知道，可我什么都知道，若要人不知，除非己莫为！"

周陵继续分析："这么一来，李小颖就成为一条清晰的线索，把失踪案中这三个看似毫无关联的男主人串联了起来。她是和童童父亲暧昧不清的女邻居，是和元宝父亲有过婚外情的女同事，是和林总发生过关系的女业务员……"

"别再说了！"工程师打断了周陵，脸上露出羞愤之色，"这是对一个男人最大的侮辱！"

周陵叹道："你原本是受害者，现在却成了施害者！你妻子过世已经一年多了，听说你也有了新的交往对象，你又何必放不下呢？"

工程师突然仰面大笑，笑声凄厉无比，如同刀划玻璃，渐渐地又变成哭腔："我早就想放下了，可老天爷不让我放下！"

周陵不解地问："你这话什么意思？"

工程师挥拳砸墙，拳头变得鲜血淋漓，连指甲都碎裂了，但他似乎根本感觉不到疼，竟然还在狠狠地握着拳头，嘶声说道："你想知道答案吗？我现在就告诉你！"

6.答案异常沉重

工程师开始了讲述，声音微微颤抖："妻子去世之后，我一个人带着儿子过，把全部的感情都投注到了他身上。他是我的心头肉，是我的命根子，为了他，我可以去做任何事，甚至不惜去死！可惜不久前我才知道，他才是我生命中最大的一个笑话！"

工程师缓缓闭上眼，深吸了几口气，竭力控制住情绪，继续往下讲："那次他住院，我需要给他输血，才发现血型根本不合。我去做了亲子鉴定，原来我们根本不是父子，他是一个野种！是我妻子和奸夫留下的野种！你们能想象我当时

的感受吗？不，你们谁也想象不出来！”

周陵惊得说不出话来，良久才叹息一声：“原来这才是促使你报复的真正动机，怪不得你的作案方式是盗走他们的孩子！”

工程师表情扭曲，声音嘶哑：“我能怎么办？我该怎么办？我自己都不知道。我不知道是该继续爱那个孩子，还是应该去恨他。这种感觉都快把我撕裂了，把我逼疯了，凭什么让我承受这种炼狱般的折磨，那些造孽的人却活得好好的？我要夺去他们的孩子，让他们承受同样的折磨！”

周陵默然片刻后说道：“你没法锁定谁是孩子的父亲，所以只能一个都不放过，甚至包括只是和你妻子有暧昧表现的邻居，对吗？”

“没错！”工程师表情阴郁地说，“不用替他们叫屈，他们谁也不冤枉！”

周陵点点头说：“推断出你是真凶后，你的作案手法，我也就能猜到十之八九了。作为童童家的隔壁邻居，你想办法搞到他们家的钥匙，应该不是什么难事。”

工程师点头说道：“只要寻找机会就可以了。有一次童童父亲从外面回来，把钥匙忘在了门上，我借机用印泥把钥匙复制了下来。那天晚上，我开门进去，蹲守了大半夜，一直等到童童从卧室出来，去上卫生间时，才用沾着乙醚的毛巾迷倒了她……”

周陵接着说：“元宝失踪的现场，我也重新勘查过了，发现有一处地方的土略显松软潮湿，由此也猜出了你的作案手法。你先藏身在元宝家附近，通过望远镜窥视的方式，锁定父子俩经常活动的场所，然后在那片空地掘下深坑，自己蹲伏其中，再用一块蒙着泥土灰尘的木板盖住坑口，这样就能完美隐藏自己的形迹了。那天下午，趁元宝父亲不注意，你把元宝拖入坑里，用同样的方式迷倒他，再盖上那块木板，于是一个生龙活虎的孩子，就这样在他父亲的眼皮子底下消失了。等他父亲跑回家后，你再迅速填平土坑，带着元宝离开。我分析得对吗？”

“大致不差。”工程师语带讥讽地说道，“小豪是怎么被我掳走的，你要不要再猜一猜？”

周陵淡淡一笑：“这个难度要更高一些，肯定有内应配合你，我猜是那位余婶，但我想不通她为什么会受你驱使？”

“其实很简单！”工程师冷冷

地说，“是她内心的贪欲，把她自己绑住了。我用望远镜长期窥探那座别墅，拍到了她监守自盗的证据。她经常偷出一些贵重物品，私底下交给在外面接应的人。我用报警相威胁，逼她做了一次交易。其实小豪失踪当天，并没有被带离别墅，是被她迷晕了，藏到了天花板隔层里。直到第二天深夜，她才按照原定计划，把软梯系上绳子扔过墙头，由我进来把小豪带走……”

“现在你明白了吧，”工程师接着说，“这几起连环失踪案，虽然发生在很短的时间内，但我策划安排了很久。不过最让我得意的，还是高聪失踪一案。我本来想把这次众目睽睽之下的失踪案当作压轴戏的，没想到却成了我的谢幕戏，也许一切都是天意吧！”

“这场戏确实很高明！”周陵说，“有前面三起失踪案打底，谁能想到，这次的失踪者，竟然是自己配合演出的？我只是有点好奇，你到底用了什么魔法，让一个十岁的孩子甘心做你的傀儡？”

工程师叹道：“在失踪的四个孩子里，他其实是最不幸的一个。父母离婚了，重组了家庭，谁也不想管他，老师看不上他，同学排挤他，他只有在虚拟的世界里，才能找到精神的慰藉。我加上了他的QQ，帮他出主意，让他在学校制造一起失踪事件，让他的父母、老师、同学都体会一下，他并不是可有可无的。他果然傻乎乎地上当了，为了寻找卑微的存在感，不惜从二楼的窗户偷偷爬出了教室，从污秽不堪的下水道钻出了学校……”

周陵冷冷地说：“我早就应该怀疑到你的，这几个孩子失踪的方式如此离奇，作案者势必最大程度地利用了空间，而这正是一名建筑工程师最擅长的。从你巧妙避开监控带走童童，到你精心挖下陷坑掳

走元宝，从你授意余婶把小豪藏进天花板隔层避开搜查，到你教唆高聪通过下水道制造迷局，无不体现了这一点……”周陵的表情越来越冷峻：“也许在技术的层面，你做得无懈可击；但从人性的角度，你错得一塌糊涂。孩子们是无辜的，你怎么能对他们下手？”

工程师冷笑着说道：“这也算是一种父债子偿吧！何况你们警方不是同样利用了高聪吗？明知道他会遇到危险，却并没有直接保护他，反倒把他当作诱饵。如果我猜得不错，你们是在他身上藏了定位追踪装置，对吗？”

“没错！”周陵说道，“但我们这么做，不是为了利用这个孩子，而是为了救出所有孩子，而且我们取得了监护人的同意，才把定位器放入了他的校服内。”

工程师冷哼一声：“你们也真有本事，居然能猜到我下一个目标，是我妻子的初恋情人！”

周陵说：“我们接触了李小颖的多位闺密，了解了很多她的前情往事，她的初恋情人在她婚后仍然和她纠缠不清，可想而知你怎么会放过他？而且不瞒你说，为了万无一失，我们还更深入调查了你妻子，定位器放了不止这一枚！”

工程师惨然一笑：“你们这些人，天天把法律挂嘴边，可那些给我戴绿帽子的男人，为什么一个个都能逍遥法外？”

周陵默然片刻道：“我不知道该怎么回答。总之你的报复手段是不可取的。我想知道，如果我没有找到你，你会怎样处置这些孩子？”

工程师表情变得茫然起来，苦笑一声说：“这才是困扰我的难题，我要知道该怎么做就好了。杀了他们吧，我实在下不去手；放了他们吧，等于把自己送进监狱；把他们交给人贩子吧，我偏偏最恨的就是人贩子。我真是骑虎难下，只能囚禁着他们，每天来给他们送饭。所以你相信吗？当你们破门而入时，我真的有种石头落地的感觉……”

工程师被押上了警车，孩子们被送回了各自的家。但周陵心头却异常沉重，漫无目的地走着。助手一直陪在他身边。

周陵拍了拍助手的肩膀，这是个年轻的小伙子，很快就要结婚了。周陵语重心长地说道：“记住，要对自己的婚姻负责，对自己的感情负责，做一个真正的男人！”

（发稿编辑：朱 虹）

（题图、插图：杨宏富）

·神探夏洛克·

被识破的乔装

杀手去滑雪胜地暗杀某富豪，杀手脸上贴着假络腮胡，装扮成一个滑雪客，借滑雪观察地形、等待时机，几天之后，他最终找到机会，杀掉了那个富豪。

杀人后，杀手从容地卸掉脸上的假胡子伪装，换掉全身的衣服，准备离开。可谁知他还没出滑雪酒店，就已经被警方控制。在接受警方讯问的时候，杀手问："我的伪装天衣无缝，你们是怎么认出我的呢？"

旁听讯问的夏洛克笑道："那太简单了，我只说了一个特征，他们就很快找到你了。"

超级视觉

眼见为实，图中这个圆到底是不是正圆呢？

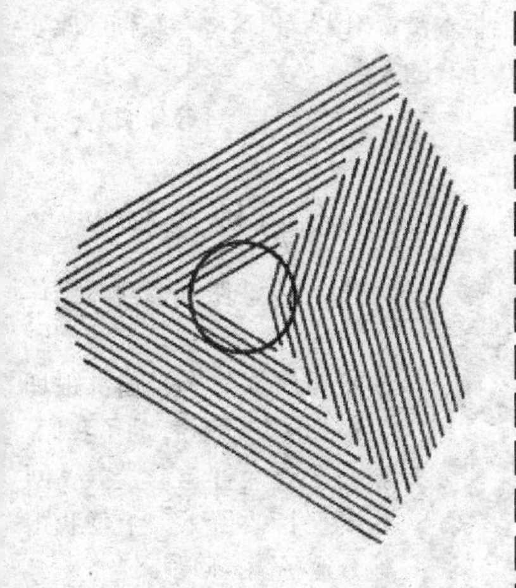

思维风暴

下水道的盖子为什么是圆的？

想知道答案吗？

1. 您可直接扫描下面二维码。

2. 购买2023年2月上《故事会》。

动感地带，与您不见不散！上期答案见本期P19。

·细节·

本期话题：哪件事是你人生中的转折点？

回头

一个大雨天，抓我的那个胖警察在前面驾车，我坐在警车的后排。

外面的雨越下越大，警车行至一个桥洞下的低洼处时忽然熄火了。眼瞅着周边的水位猛涨，胖警察转过身果断地把我的手铐打开，然后用最快的速度把车窗摇下，水猛然灌入。我们先后逃出了警车。

我不通水性，眨眼间水已经没过头顶，无法呼救。在即将沉下去的一刻，我模模糊糊地看见，已经向前游去的胖警察又折了回来……

从那天开始，我就暗下决心——我的小偷生涯该结束了。

（张连春）

春联改变人生

读初二那年，我曾因成绩差而产生了辍学的念头。正值寒假，父亲知情后，没有骂我，只是说我的字写得好，买来红纸让我写春联，并全都拿到街上去卖。那天，他一回来就笑眯眯地对我说：“看不出来，你小子真行！春联全部卖完了。”说着，他掏出糖果表示庆贺。我有了信心，再也没提辍学的事了。

多年后，父亲去世。在整理遗物时，我打开他那口从不让人动的箱子，发现一叠折得非常规整、褪了色的红纸，竟是我写的春联。原来那天父亲根本没卖出去，但这些春联彻底改变了我的人生。

（舒仕明）

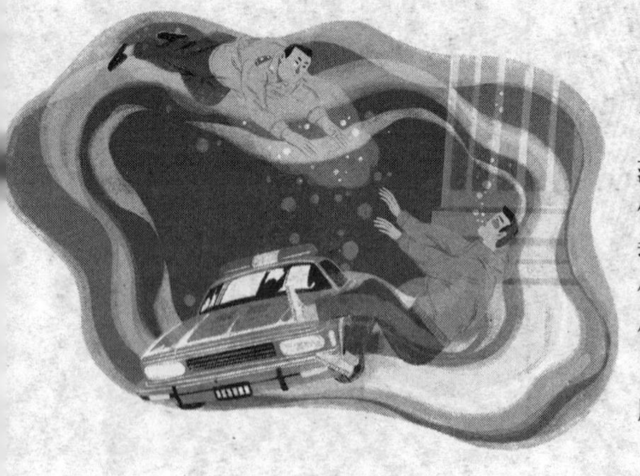

两种选择

那年，我跟同乡阿伟结伴去某市创业。可我们刚落脚就遭遇黑车，司机跟埋伏在郊区的同伙打劫了我们。我心灰意冷打起退堂鼓，阿伟却坚持要留下，于是我跟他分道扬镳，回了家乡。

几年后，我去某市出差，顺便找阿伟叙旧。阿伟带我

去参观他经营的车行。我既羡慕又好奇地问：“当初咱们也没打算开车行啊，你怎么想到干这行的？”

阿伟笑着说：“自从那次被黑车坑了以后，我就决心要诚信地做出租车生意。”

（鹰翔狼啸）

诱　捕

父亲生日那天，我提着两瓶好酒回老家看望他。第二天凌晨四点，父亲把我叫醒，要我陪他去取笼，原来前一天父亲已下好了鳝鱼笼子。

父子协作，收获颇丰。早饭时，父亲边喝粥边自语道：“鳝笼有口，喇叭状，看似无碍，实则易进难出。那黄鳝贪吃一口却赔上一生啊！”父亲说罢，拿出我带来的那两瓶酒：“你的酒是别人送的吧？我可不想儿子被人当鳝给捕喽……”

回去后我便将酒退还了某位老板，还有一张银行卡。

（司仙庆）

认错了

那年，爷爷扛着一捆竹子去镇上卖，却被人拿走了。爷爷的小儿子幺叔年轻气盛，天天和爷爷到集市上寻找偷竹人。

终于有一天，爷爷认出了那人。就在幺叔准备上前时，爷爷却拉住他，摇头道：“认错了，有点像而已。”

一年后，有人给幺叔介绍对象。爷爷第一次去女方家，紧盯着墙上的遗像。媒人说那是姑娘的父亲，编得一手好篾活，可惜去世了。

幺叔与姑娘结婚时，姑娘的陪嫁是父亲生前编的竹器。此时，爷爷才告诉幺叔，拿走他竹子的正是姑娘的父亲。那天他认了出来，但看到血气方刚的幺叔正在掏刀，怕出大事，赶紧说认错了人。

（日　月）

送来的希望

因为失业，我把自己灌醉了，醒来才记起已经两顿没吃饭了。我租的是七层楼房的顶楼，没有电梯，我懒得下楼，于是叫了个外卖。不一会儿，我听到“哒哒”的上楼声，有点像女人高跟鞋的声音。

我打开门，送外卖的果然是一位大姐，只是那“哒哒”声竟出自架在她腋下的拐杖。

我看了看外卖大姐那只空洞洞的裤管，沉思片刻后，真诚地给她鞠了一躬，因为她送来的不仅有食物，还有希望。

（阿　吉）

（**本栏插图**：孙小片）

冬日暖阳

□上海市省吾中学　吴秉霖

多年之后，我或许还会想起那一隅狭小的图书馆。

我第一次来到那两扇灰绿的毛玻璃门前，是个冬日。阳光洒在身上，亮堂堂的，却没有一丝热量。巷子里的高高墙头上，零星探出几条腊梅枝。那是南方再普通不过的一个冬日，无风而清冷。

这个寒假于我而言意义重大，到图书馆学习能让我提高效率。

我背包立在门前，门上陈旧的塑料泡沫上印着发黄的字：社区图书馆。

推门，里面如外面一样冷清，正对门的服务台后，坐着个头发花白的大爷，肤色黝黑，戴着一副老花镜，看到我来还推了推眼镜。

“您好，我住隔壁小区，家里小，有点吵，可以来这里复习吗？”我试探性地问了一句。大爷打量了我一番，没再说话，微微点头表示默许。我便缩到角落里的一张桌子旁。

之后每天吃过午饭，我就来到图书馆，多数时候就我和大爷两个人，整个场馆里就听见旧空调发出的嗡嗡声。有时我还是觉得太冷，或看书乏了，便起来活动一下。时间长了，大爷会问我保温杯里是不是要加些热水，有时也会拿几本我需要的学科类书给我。慢慢地，我们俩会有些三言两语的短暂交谈。大爷是农村长大的，文化水平不高，年轻时在工厂里当工人，退休了便来社区图书馆坐坐班。

就这样，每天我一直复习到夕阳西下，估摸着大爷下班时间已到，就准备打道回府。每次他看见我收拾东西，便也站起来，收拾收拾。待我离开，他便在我身后锁上大门，结束一日的工作。

考完最后一门学科的那天下午，我来到图书馆还书。

大爷那天很高兴，递给我一本书，说："我终于找到了，在角落书架的最右边。"

我点点头，接过书看了看，是刚考完的一门学科，此刻已经用不到了。但我还是不好意思当面拒绝，接过书，道了声谢，揣摩着下次来图书馆再归还。

一周后的下午，我来图书馆还书，却发现一个老婆婆正在给大门上锁。我抬表一看，并没有到下班时间，于是疑惑地上前询问，婆婆没说话，指了指墙上塑料泡沫板的告示。板上写着图书馆的下班时间：下午两点。

我不解，忙问她什么时候改的时间，她却说没改过，下班时间一直是下午两点。

"那为何我前两周来都是四点多关门？"我着急地问。

她笑了："原来你就是那娃——前几周图书馆确实关门挺晚，因为大爷说过有娃子要复习……"

那一刻我愣住了，鼻翼不知怎的有点发酸，仰头憋回泪水，一缕斜阳洒到脸上。

阳光是暖的。

那是南方再普通不过的一个冬日，无风而清冷，阳光却洒满大地。

（指导老师：邢　越）

（发稿编辑：彭元凯）

（题图：孙小片）

·法律知识故事·

指挥倒车出了事故要担责吗

□李金闪

郑某是某小区物业公司的保安，人很热心。这天，业主王某急急忙忙地跑到郑某的值班室，说自己的车子倒不进车位里去，要郑某帮帮忙。

王某刚买了车，是个新手。郑某一听，二话没说，安排一下共同值班的张某，就要跟王某走。张某拉了他一把，劝他不要去，以免自惹麻烦。郑某助人心切，没有听从张某的劝告。

郑某指挥王某倒车，刚开始还不错，可到了紧要关头，郑某说了一句“打死”后，只听“嘭”的一声，车子的右侧面撞到了墙上。王某下了车，看到车子损坏严重，怒气冲冲地抱怨郑某瞎指挥，质问他是不是故意让自己的车子撞墙。

虽说是好心，却帮了个倒忙，郑某看着车子撞得不轻，心里也不好过，可听到王某这样冤枉自己，也不乐意，分辩说自己只是想帮忙，怎么会故意让车子撞墙？王某却不依不饶，说车子撞了，都是郑某的责任，让郑某赔偿。

郑某据理力争：“虽说是我指挥，但车子是你开的，责任不应该由我来承担！”两个人你一言我一语地吵开了，引来

不少围观的业主。

业主们了解情况后，有了两种不同意见，一部分人认为郑某指挥倒车，王某按郑某的指挥倒车，车子撞了，郑某有不可推卸的责任；也有人认为车子是王某开的，方向盘在王某手中，虽然郑某是指挥者，王某自己应有判断力，责任应该由王某来承担。

既然意见不统一，就有人出来调和：这事不能怪一方，双方都有责任，修车大概需要花费5000元，双方二一添作五，一人2500元。虽说双方都不同意，但一时也争不出一个结果来。

郑某回到值班室，见到张某，就向他吐苦水，后悔没有听从他的劝告，就算是赔2500元，也几乎是自己一个月的工资了，自己是好心，竟然落得如此下场！

王某那边也没有继续纠缠郑某，而是直接把郑某所在的物业公司告上了法庭，让物业公司来赔偿自己的损失。

法院审理后认为，郑某协助王某倒车，并非被告物业公司的安全保障义务范畴，属于“好意施惠”行为，除故意或重大过失外，不应承担侵权责任。而原告王某作为驾驶车辆的操作人员，应对事故负全部责任。

律师点评：

本故事涉及的一个法律问题，即“好意施惠”的法律责任承担。

根据法律规定，如果施惠人不是故意或没有重大过失的，则不需要承担责任。

本故事中，保安郑某的行为属于“好意施惠”，并符合“不是故意或没有重大过失”法定条件，这就无须承担赔偿责任。

（发稿编辑：王　琦）

（题图：孙小片）

只要有炸鸡排

□赵功强

约翰是个酒鬼。这天晚上，他在外面喝得醉醺醺的，想到回家后又要遭受妻子玛丽的唠叨，便在街边买了一份刚出锅的炸鸡排带回家。进屋后，约翰赶紧拿出炸鸡排，谄笑着递给玛丽。耐不住炸鸡排的诱惑，玛丽没有唠叨，到一边享受美味去了。

打这以后，约翰只要晚上出去喝酒，都会给玛丽带一份炸鸡排，玛丽也不再唠叨了。一个月后的一天晚上，约翰喝完酒后像往常一样带回了炸鸡排，可玛丽看都不看一眼，直接丢进了垃圾桶，怒道："你天天给我吃炸鸡排，让我这个月足足胖了20斤！"炸鸡排失效了，约翰很沮丧。

第二天晚上，约翰喝完酒回家，习惯性地又买了份炸鸡排，到了家门口发现玛丽竟把门反锁了。望着手里的炸鸡排，约翰苦笑着正准备塞进自己嘴里，却听到邻居马修的阻止声："约翰，不如把这份炸鸡排留给我吧！"马修是个赌鬼，经常在牌桌上赌得废寝忘食，这会儿回家，才意识到一整天没吃东西了。

就这样，约翰把炸鸡排给了马修，马修让约翰到他家睡沙发，两人还约定，以后每晚都如此。玛丽知道后，狠狠训斥了马修一番，马修再也不敢收留约翰了。

眼看天气越来越冷了，这天晚上，约翰又出去喝酒。到了半夜，玛丽听见门外有动静，开门一看，只见约翰跟一条胖狗相拥而眠，旁边还有一个炸鸡排包装袋。

见玛丽出来，约翰醉醺醺地说："天冷不……不是问题，只要有一份炸鸡排，我每晚都能跟一只流浪狗取暖……"

（发稿编辑：朱　虹）

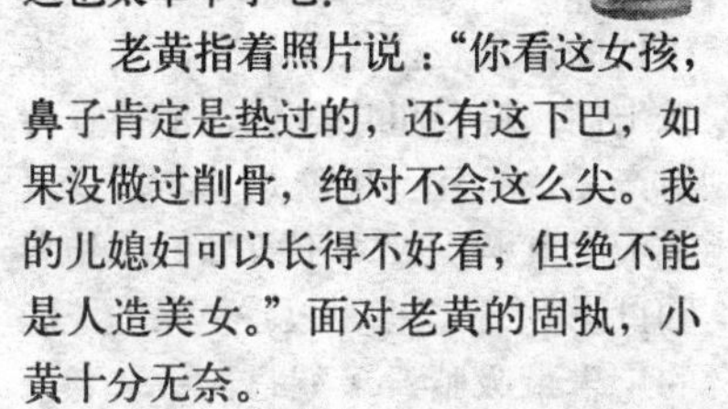

不要人工的

□吴　捷

老黄一向注重健康，他认为凡是人工添加的东西都不好，只有纯天然的才是最好的。

这天，老伴从超市买回来一箱牛奶。老黄一见那牌子，便冲着老伴嚷道：“报纸上登了，这牌子的牛奶里面有添加剂，你想害死我吗？赶紧给我退了。”

老伴嘟囔道：“之前不也是喝这个牌子吗？”

老黄一脸的怒气：“之前是不知道，现在知道了，我还能喝吗？我只喝纯天然的！”老伴只好悻悻地把这箱牛奶退回了超市。

打这以后，老黄对“纯天然”的追求愈演愈烈，不仅对食物如此要求，对别的东西也是这样。这天，有人给老黄的儿子小黄介绍了一个对象，还发来了对方的照片。小黄看过照片之后很是喜欢，可老黄瞄了一眼，就立马表示了反对。小黄急了，说：“爸，你看一眼照片就否定人家，这也太草率了吧？”

老黄指着照片说：“你看这女孩，鼻子肯定是垫过的，还有这下巴，如果没做过削骨，绝对不会这么尖。我的儿媳妇可以长得不好看，但绝不能是人造美女。”面对老黄的固执，小黄十分无奈。

又过了十来天，老黄正在家看着电视，突然站了起来，开始将家里的花草一盆盆往露台上搬。老伴不解地问道：“你这是干啥呀？”

老黄指了指电视：“刚才天气预报说了，下午会有雨。这段时间太热了，得让这些花草好好淋一场雨。”

谁知老伴听了这话，赶紧起身要将这些花草搬回屋内。老黄正要上前阻止，却见老伴举着手机，理直气壮地说：“新闻上说了，下午这场雨是人工降雨，你不是只要纯天然的吗？”

（发稿编辑：赵嫒佳）

吸睛的广告牌

□冯　凯

大刘开了家广告公司，在公路口有个位置极佳的广告位。这天，有位王老板找上门，说要租广告位，用来宣传新产品，而且一租就是一年。这可是大生意啊！大刘不敢怠慢，拍着胸口说：“王老板，放心，保证让您的广告最吸睛、最醒目！”王老板点点头：“行，那靠你啦。”

很快，双方谈好了价格，大刘原本想自己负责，无奈临时要出远门，只好把活儿交给小舅子。活儿挺简单，就是监督工人安装广告牌，小舅子满口答应。

几天后，大刘突然接到王老板电话，听上去很生气：“我发个短视频给你，你看看！”大刘很愕然，连忙点开，视频上传者是个司机，开车时，发现路边有个倒过来的广告牌，就拍下来传到了网上。而这个广告牌，正是王老板委托大刘公司安装的！

王老板愤怒地说：“到底咋回事？广告牌怎么能倒过来安装？”大刘又仔细看了一遍视频，说：“王老板，这么做我用心良苦啊。”王老板一怔：“啥意思？”

大刘笑着说：“你看看那个短视频，点赞快十万，评论也过万，这么一来，你的产品已经全国皆知。其实，我是故意的。如果广告牌不倒过来，那么多广告，谁会留意你？”王老板一刷新，果然，点赞和评论还在不断增加。大刘又说：“您放心，这吸睛的效果达到了，接下来我们会把广告牌正过来。”王老板这才转怒为喜。

结束通话后，大刘赶紧打电话给小舅子，生气地说：“你怎么搞的，广告牌装倒了？！你知不知道？这是违法的，我们要吃不了兜着走！你还不赶紧带人去装装好！”

（发稿编辑：田　芳）

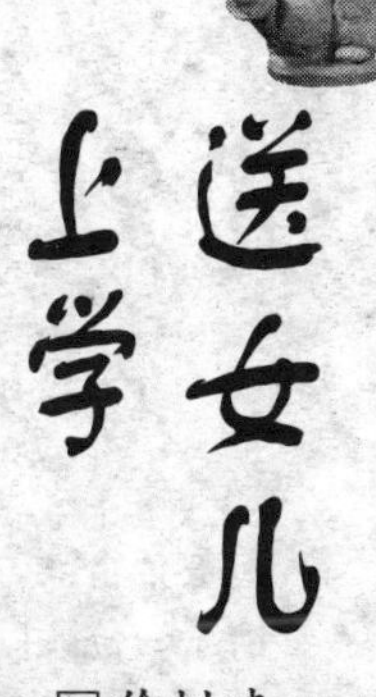

送女儿上学

□徐树建

华子性格大大咧咧，是个马大哈。他经常出差，因此送女儿上幼儿园的任务，都落在了老婆身上。

这天华子出差回来，一大早就对老婆说："你继续睡，今天我来送女儿。"老婆睡意蒙眬地说："行，不过你别落下女儿的书包哦。"

华子答应一声，待吃完早饭，就拿起女儿的书包，骑上电动车直奔幼儿园。到了幼儿园门口，保安拦住他问："请问你找谁？"华子忙说："我送我女儿上幼儿园。"保安上下打量华子一番，说："你很少送孩子吧？你女儿呢？"

华子回头一看，天哪！他只记得带书包，竟忘记"带"女儿了。

过了一阵子，华子又出差回来。为了弥补上次的过错，他趁着老婆酣睡之际，一大早就悄悄起了床。一通忙乱之后，华子带上书包，当然更牢牢记得把女儿抱上电动车，然后直奔幼儿园。

幼儿园门口很安静，只有那位保安在踱来踱去。华子忙上前客气地说："你好！我们来早了吧？"保安看了看华子，笑着说："我记得你，你是那位很少送孩子的家长。你来得不是一般的早，都早了两天。周六快乐！"

华子惊呼一声，我的天！今天是周六，女儿不上幼儿园。

眨眼过了个暑假，华子再次出差回来。这天他又早早起床，打算送女儿，他牢牢记得带书包带女儿，并看了下日历，今天是周一。可到了幼儿园门口，他还是被保安拦下了。

华子纳闷地问为什么，保安笑容满面地说："这位家长，我记得你，也想告诉你，你女儿不用来这里了，她上小学一年级了。"

（发稿编辑：朱　虹）

沉默是金

□一味凉

约翰是个富豪，这年，他高薪聘请了一位顾问，帮助他参加市长竞选。在金钱的作用下，他的支持率仅次于谋求连任的市长马约尔。

选举进入最后冲刺阶段后，约翰花重金买通马约尔身边的人，得知他已拟定改革方案，并在当地最大的广播电台买了20分钟时间，进行投票前最后一次演讲。

顾问看了方案后，连连点头："不错，看来他的确花了心思。不过没有完美的方案，给我点时间，我一定能挑出毛病来。"

次日，顾问递给约翰一份文稿："就按照这份稿子来攻击马约尔吧，你也在电台买20分钟就行了。"约翰乐了："好，他刚说完，我就攻击，让他连解释的机会都没有。"

为了杀他个措手不及，约翰还买通电台的人，将此事瞒得严严实实，除了内部工作人员，没有人知道约翰也要在电台做演讲。

果然，演讲当天，当马约尔在电台门口遇见约翰时，他惊讶极了。约翰微笑着说："我要在你后面演讲，你不会介意吧？"说完，他就去休息室准备了。因为准备充分，约翰的演讲很成功，他心里得意极了，满心期待着投票结果。不料结果却是约翰惨败。这是怎么回事？难道马约尔已经发现了自己方案中的不足，提前修正了？约翰正百思不得其解，顾问匆匆赶来，告诉他："我刚看了收听率，你的演讲没几个人听。"

约翰蒙了，顾问苦着脸继续说："马约尔只讲了18分钟，最后两分钟却一言不发，还放'滋啦滋啦'的噪音给大家听。很多听众以为电台出了问题，节目结束了还不放别的内容，就都换台了……"

（发稿编辑：赵嫒佳）

肚皮有数

□姜泽强

柳老爷子年逾八旬，总爱坐在村头和村民们上聊天文，下谈地理，大家都觉得他肚里学问最多。

这天早上，几个村民正要下地去干活，转眼间却见头顶乌云翻滚，雷声大作，眼看一场大雨就要来了。他们纷纷要躲回家去避雨。柳老爷子见了，咧嘴一笑："慌啥呢？只是干打雷，不会下雨的，该干啥干啥去！"几个村民犹犹豫豫地看看天，不肯信柳老爷子的话。

没过多久，天气果然转晴，一滴雨星都没下。村民都说，柳老爷子神了！

柳老爷子笑呵呵地摸摸肚子，说："不是我神了，是肚皮告诉我，天不会下雨。"大家都觉得不可思议："你的肚皮还能预测天气？"柳老爷子眯眼笑笑，也不说话。

隔天一大早，那几个村民又要下地干活，走到柳老爷子跟前时，柳老爷子说："快回家拿上雨具吧，天很快要下雨了。"一个村民听后，疑惑地望望天空，说："不是逗俺开心吧？这晴空万里的，你说下雨就下雨了？"其他人纷纷附和，都扛着家什朝地里走去。

柳老爷子捋了捋胡子，轻哼一声："不听老人言，吃亏在眼前。"没过俩钟头，天上就下起了瓢泼大雨，几个村民都被淋成了落汤鸡，急匆匆跑回村里。这下，大家算是服了。

有村民问柳老爷子："又是肚皮告诉你，天要下雨了？你这肚皮也太厉害了，莫非有啥特异功能？"

"其实，我的肚皮和你们一样，只不过……"柳老爷子呵呵一笑，把上衣襟一撩，露出腹部一道半尺长的刀疤，"每回天快下雨时，这疤瘌就怪痒痒的。"

（发稿编辑：朱　虹）

挽救婚姻

□胡 英 编译

鲍勃与妻子结婚七年了。鲍勃赚钱养家，妻子包揽家务、照顾五岁的儿子比利，但两人的共同语言越来越少，感情越来越淡。鲍勃为此很苦恼。

这天是周五，鲍勃下班后，去同事吉姆家帮忙修理露台。两人路过一家花店时，吉姆买了一束花，一回到家，就把这束花送给了妻子，还含情脉脉地对她说："亲爱的，知道吗？我在公司的时候总是想着你，盼着能早点回来。"修理完露台，鲍勃留在吉姆家吃饭。席间，吉姆不仅对妻子的厨艺赞不绝口，还连连说"我爱你"。看到吉姆夫妇如此相爱，鲍勃羡慕不已，一想到自己，他不禁有些郁闷，就多喝了一些酒。

吉姆送鲍勃出来时，鲍勃忍不住问道："你们夫妇结婚也有四五年了吧？怎么还这么恩爱？"吉姆笑道："有一阵子，我俩快过不下去了。后来，我参加了一个挽救婚姻的课程。按照课上教的做了大半年，现在果然开始倒吃甘蔗了。""哇，课程里是怎么教的？"鲍勃更加好奇了。"就像你看到的这样啊。女人耳根子软，多夸她，多说你爱她，总错不了。"

鲍勃很受鼓舞，路过那家花店时，他也买了一束花。一到家，他就上前搂住妻子，热烈地吻了她，然后从身后掏出花束，塞进她手里，说："亲爱的，知道我有多爱你吗？你真是越来越美了。"

谁想到妻子一愣，然后喋喋不休地抱怨道："今天真是倒霉透了。上午比利骑自行车时不小心摔了，扭伤了脚踝。我带他去医院回来，正要洗衣服，洗衣机又坏了，地下室水流成河。现在，你可算回来了，却喝成这副德性，还跟我耍酒疯……"

（发稿编辑：田 芳）

（本栏插图：小黑孩 顾子易）

你能吃辣吗？会不会脸红、心跳、喉咙烧？说来奇怪，有人不过是听了个故事，就跟吃了重辣似的，脸红到脖子根，心虚到说不出话……来“故事云”扫码听故事，故事“辛辣菜”上桌喽，快看，是谁的脸红了……

今日主题

故事下酒，“辣”味管够！

有个朋友约了阿俑小酌，小菜配老酒，气氛刚刚好。许久没见面，兄弟俩有聊不完的话，酒过三巡，意犹未尽，朋友就招呼餐馆服务员，要添菜。

阿俑连忙拦下：“菜够啦，再点就浪费了。”

朋友嘟囔着：“没喝尽兴呢，那你说，接下来要拿什么下酒？”

阿俑笑着说：“小瞧我，有我在，下酒的故事可管够！”

《太小看人了》 《致富之路》 《为啥不进门》

《太小看人了》

《致富之路》

《为啥不进门》

阿俑的故事刚讲完，朋友就像被戳中了心事一般，叹了口气。

他抿嘴咽下一口酒，仿佛是打开了肚里的话匣子："呵，你的故事真够'辛辣'的！话说这样的事啊，我也遇过！"

阿俑来劲了："说来听听！"

朋友苦笑一下："从哪儿说起呢？嗯……从那张让人费劲的表格开始吧……"

《填表惊魂》 《单位的车子》 《一条流产的新闻》

《填表惊魂》

《单位的车子》

《一条流产的新闻》

几杯酒下肚，朋友越讲越兴奋，故事也越来越精彩，不知不觉间，邻桌好几位食客都放下筷子，把凳子挪到阿俑他们的桌边了。

阿俑凑近朋友耳朵，试探地问："你刚才说的，都是真事？"

"那可不好说！"朋友看了一圈周围的"听众"，带着微醺的口吻说道，"生活里五花八门的事多着呢，有时候当成故事说说，发发牢骚呗！要是不巧被我说中了……哈哈，你就看这会儿谁的脸最红！"

《送温暖》

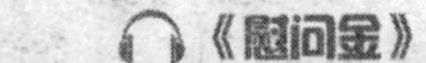

《送温暖》

《慰问金》

冬季增刊 故事会® 2022
SEMIMONTHLY

CONTENTS —STORIES—

欢迎登录故事会官方网站：www.storychina.cn

2022增刊·冬
社 长、主 编 夏一鸣
副社长 张 凯
副主编 朱 虹 吕 佳
本期责任编辑 王 琦
电子邮箱 wangqi_8656@126.com
发稿编辑
朱 虹 赵媛佳 田 芳
美术编辑 王怡斐 郭瑾玮
红版编辑部电话 021-5320 4059
绿版编辑部电话 021-5320 4050
地址 上海市闵行区号景路159弄A座3楼
邮编 201101
主管、主办 上海文艺出版总社
出版单位 《故事会》编辑部
发行范围 公开
出版发行部
发行业务 021-5320 4165
发行经理 钮 颖
媒介合作 021-5320 4090
广告业务 021-5320 4161
新媒体广告 021-5320 4191
融媒体中心
《故事会》微博 @故事会
《故事会》微信 story63
故事中国网 www.storychina.cn
《故事会》网店
shop36332989.taobao.com
故事会公众号 故事会小程序
国外发行 中国图书贸易总公司
印刷 上海四维数字图文有限公司
发行：中国邮政集团公司报刊发行局总发行
国内代号 4—225 定价 6.00元

·绝对笑话·

东方笑场

@泡泡羽绒　一只啄木鸟趴在一棵树上，啄个没完。

树："我没病，你别啄了。"

啄木鸟："没病走两步。"

树："那你啄吧！"

@樱桃子　小张开车下高速路时，发现岗亭里的收费员居然是他的前女友。

前女友小声对小张说："我不收你费，快走。"小张心里感动极了，一脚踩下油门。

第二天，小张收到了一条短信："因未缴高速费，您已被列入高速黑名单。"

@蒂奥　爸爸带儿子在游乐场玩，儿子想玩碰碰车，爸爸要玩过山车。两人争执不下，儿子坐在地上哇哇大哭。

（本栏插图：小黑孩）

爸爸两手一摊，无奈地说："说好了出来陪我过父亲节，你是爹，还是我是爹？到底听谁的？"

@凹凸曼　小李准备去某地旅游，他打电话给当地的一家民宿咨询："请问屋里有电视吗？"

民宿老板说："有呀，不过好像有点问题，搜不到台。"

小李又问："那有空调吗？"

老板说："最近太忙，还真没空！"

@蓝天　妈妈送女儿上学，在路上催促道："要上课了，走快点儿！"

女儿问："还有几分钟上课？"

妈妈看了看时间，还有十多分钟，但她告诉女儿："还有五分钟！"

女儿一听急了，开始小跑。想到对女儿说了谎，妈妈有点内疚，这时，她听到旁边一个孩子妈妈在嚷："快点儿啊，还有两分钟就上课了！"

雷人囧事

@窝窝堂 大刘给一个很久没联系的朋友打电话，问他跟老婆现在做什么工作。朋友说："我负责维护世界和平，她负责守护人类的未来与希望。"

大刘说："说人话。"

朋友说道："我是小区保安，她是月嫂。"

@雷利锋邢 晓华是个大学生，这天他不想去上课，就给室友发了一条消息："老师要是点名，你就说我拉屎去了。"

室友："你说话能不能文明一点？"

晓华回复道："行，那你就说我'去所里办点事'。"

@雅静 一个姑娘对闺密说："要是手机的刷脸功能再强大一点，就好了。"

闺密问："你怎么关心起手机功能来了？"

姑娘说："你想啊，如果我看中了一件衣服，问男朋友好不好看，他一抬头，我拿手机对准他的脸——滴，支付成功！"

闺密说："用你的手机，想让他付钱，这不是做梦吗？"

@福富田 参加同学聚会时，小李说："毕业时，我定下了两个人生目标，现在完成了一个。"

同学们问道："哪两个目标？"

小李答："30岁生日，赚到一个亿。"

有人不解："这不就是一个目标吗？"

小李说："不，我完成的那个目标，是过完30岁生日。"

@苗小喵 小丽有话不爱直说，总是用各种方式兜圈子，让别人猜她的意思。

这天，她递给办公室主管一支温度计，主管一脸茫然，问她："你是要我留意气温变化，注意身体？"

小丽摇摇头，神秘地说："听说隔壁科室姓温的主管妒忌我们……"

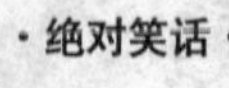

妙语如珠

@扭扭麻花 首饰店里，三个小偷盯上了一枚钻戒。第一个小偷问同伴：“你们说，这钻戒价值多少啊？”

第二个小偷说：“我猜值三十万。”

第三个小偷说：“不，我觉得最少值十年。”

@蜡笔小心 小胡准备买仓鼠回家养，他问店主：“一只仓鼠会不会孤单？我需要再买一只吗？”

店主说：“两只在一起会打架的。”小胡心想，这个店主挺实诚的，没有忽悠自己多买。

谁知店主又补了一句：“要不你买三只吧，这样还有个劝架的。”

@不会飞的小怪兽 甲：“明天是我的生日，你会送我什么礼物？”

乙：“和去年一样。”

甲：“去年你送了我什么？”

乙：“和前年一样。”

甲：“可我不记得前年你送了什么……”

乙：“前年我还不认识你，所以什么也没送。”

@笑熬浆糊 从前，有家冥纸店的老板贴出一条上联求对：“竹制纸糊，经不得风，见不得雨，鬼要。”

过往的文人绞尽脑汁竟无人能对。后来，一个卖夜壶的老者路过，轻松对出了下联：“泥捏火烧，热不了茶，温不了酒，鸟用。”

@发迹线突出 司机开车接了老板和老板娘，坐在后排的老板娘一直喋喋不休地数落老板。坐在副驾驶座的老板一直沉默不语，只是把一瓶矿泉水紧紧捏在手里……司机心想，以老板在公司的暴脾气，他随时会动手！

老板娘还在说个不停，司机瞥见老板把矿泉水瓶扬向后边，赶紧刹车，谁知老板扭过头温柔地说：“老婆，口干了吧？累了喝口水，我知道你今天不能喝凉的，给你焐热了！”

天下趣闻

@吃葡萄要吐葡萄皮 一个老头躺在床上，对养了十年的黑猫说："要是我死了，就没人喂你吃小鱼干了。"

黑猫很通人性，朝他叫了一声，钻出家门，来到了社区诊所。

老中医看了看黑猫，拿起急诊箱，苦笑道："又是你主人叫你来的吧？他就不能老老实实自己打电话叫我去吗？"

@妙豆豆 一个内科医生和另一个外科医生一起去打野鸭。看到一只野鸭飞过，内科医生只是举枪瞄准，但迟迟没有开枪。外科医生觉得奇怪，就问他为什么不开枪。内科医生回答："因为我不确定那是野鸭啊！也许是另一种鸟！"

外科医生举枪瞄准，扣动了扳机。内科医生问道："你能肯定那是野鸭吗？"外科医生说："我要回去解剖一下才知道！"

@流浪地球 阿明想带着狗狗回老家，到了客运站，工作人员不让他带宠物上车。这时阿明看到旁边一个人牵着导盲犬上车了，于是他回去也给狗狗买了导盲犬的服装，又买了根拐棍和一副墨镜。

这天，阿明伪装成盲人再去客运站，工作人员仍然不让他和狗狗上车，阿明生气地问："凭什么？"客运人员说："我只见过拉布拉多当导盲犬，还没见过藏獒也能当导盲犬……"

@超级玛丽奥 一天早晨，比尔照旧乘电车到旧金山去上班，坐下没多久，一个男人拍拍他的肩，说："你太刻板了，每天早晨你在同样的时间、同样的地点乘这班车，坐的是同样的座位，看的又是同样的报纸，你不厌烦啊？"

比尔气愤地问："你怎么知道这些？"

那个男人答道："因为我每天总是坐在你后面。"

本栏欢迎来稿，读者、作者可将有新鲜感、有精彩细节的笑话佳作投寄给我们。来稿一经采用，最高稿费为一则100元。本期责任编辑电子信箱：wangqi_8656@126.com。

·大城小事·

上错礼

□杜　辉

老马这个人有点粗心，经常干出些有头没尾的事儿。这天，他接到妻子电话，说老姐妹翠芬的儿子结婚，她在外地出差，只能让老马替她去上份子钱了。

老马妻子知道丈夫的德性，千叮咛万嘱咐，就怕出漏子。老马有点不耐烦，自己五十多岁的人了，就这么让人不放心吗？

到了中午，老马来到举办婚礼的酒店，找到迎宾台，递上两千元的红包后，找张桌子坐下来。不一会儿酒宴开始，老马肚里早就空了，同桌的人都不认识，也用不着顾及形象，他甩开腮帮子大吃起来。舞台上的婚礼仪式，他没有抬头多看一眼，反正千篇一律，没啥看头。

第二天，老马正等着妻子回来夸他呢，没想到妻子一进门就气冲冲地向他兴师问罪："昨天翠芬给我打电话，说我人不来，礼金也不上，到底是什么意思，懂不懂礼尚往来！"

老马愣住了，连声喊冤："我明明去上了礼，还亲眼看着记账那人一笔一画写下你的名字！"

妻子知道老马不会说谎，她冷静下来，问："是不是粗心的老毛病又犯了，压根没找对地方？"

"不可能！"老马拍着胸脯说，"博悦酒店三层，错了你拿我是问！"

两口子立刻去了趟博悦酒店，一打听才知道问题出在哪儿，原来那天在酒店三层举办婚礼的有两家，一家在南厅，一家在北厅，老马也没问清楚，稀里糊涂就走错了。

这下老马蔫了，妻子瞪了他一眼说道："那笔礼钱我已经给翠芬补上了，白白损失了两千块钱，这钱得从你的零用钱里扣出来！"好端端地损失两千块钱，老马心疼得倒抽一口凉气，决定去把这笔钱追回来！

老马通过酒店找到了办事主家，男主人姓牛，当天结婚的是他儿子。他打量着老马问道："我不认识你啊，你找我有啥事儿？"

老马赶紧解释："是这样的，您办喜事那天，我上错了礼金，给您家上了两千块钱，您看能不能把钱退给我？"老牛冷冷地说："你上完礼没吃席？"

老马点头道："吃了、吃了！"

老牛拍了拍手说："这不就结了？错是你自己犯的，菜你也吃进肚子里了，还找我干吗？"

老马耐着性子说："那桌子坐了十个人，一桌酒席多少钱，你扣掉十分之一，把其余的钱退我不就行了？"

老牛"哼"了一声："我凭什么退你钱？"

老马的火气再也压不住了："那本来就是我的钱，你以为到你手里就是你的？知道什么是不当得利吗？你需要补一补法律常识了！"

没想到老牛不吃这一套，嗓门比他还高："你愿意去哪儿告随你，这钱我一分都不会退！"

老马气坏了："活这么大了，人格都不值两千块钱，你就不嫌丢人吗？"

老牛一把揪住他的脖领子，嚷嚷道："这是钱的问题吗？在我们老家有个说法，办婚事退礼钱是不吉利的，预示着小两口会离婚，我招你惹你了？你来触我的霉头？"

老马愣了一下，还有这规矩？自己怎么没听说过？十有八九是对方为了昧下那笔钱，编造出的借口。他用力推开老牛，说："这笔钱你退也得退，不退也得退！不信咱走着瞧！"老牛跳着脚喊："走着瞧就走着瞧！"

可是当老马咨询了律师，顿时就泄了一半气。打官司耗钱耗力耗时，关键是还得向法庭提供证据，老牛要是耍赖，矢口否认收过这笔钱，把账本重写一份，这场官司还不见得能赢。

老马想到的第二个办法，就是把这事公布到网上，能不能要回钱

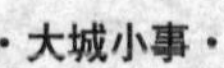

先不说，至少能借助舆论的力量，丢丢老牛那张脸，出出自己这口气。但还没等老马付诸实施，他就看到了一起网暴事件，这下老马又犹豫了，网络是一把双刃剑，他可不想把小事搞成大事。

这也不行，那也不行，难道只能扔了这笔钱，咽下这口气？凭什么？话说回来了，想要钱不容易，想出气还不简单？老马连歪招都想出来了，砸他家玻璃，堵他家锁眼，扎他家车胎……但老马也只是想想而已，他不是那种没底线的人。

这口气在老马肚里一闷就是两年，虽然算不上很大的气，但就像一根小小的鱼刺鲠在那儿，也怪让人不舒服的。

转眼间老马的儿子也要结婚了。当天，老马正在宴会大厅忙着招呼客人，突然看见老牛混在人群中，心里“咯噔”了一下，自己跟他非亲非故，只有一笔旧账，他来干什么？难道嫌自己当初给他添了堵，在大喜的日子来报复？

老马走到他跟前，表情中全是戒备，但老牛却满面春风的样子，拱了拱手说道：“恭喜恭喜，我今天是特意来上礼的！”

老马这才看清楚，老牛手里夹着一个红包。他脑子一下没转过弯来，不解地问：“你这是什么意思？”

老牛乐呵呵地说：“礼尚往来嘛，你给我上了两千，我也给你上两千！”老马这才明白是怎么回事，人家不是来找碴的，是来还账的，鲠在老马心头的那根鱼刺一下化掉了。

老牛感慨地说：“那天跟你吵完，回去就后悔了，我这人脾气倔说话冲，但一辈子不贪不占，那笔钱论理是该退你，可是又没法退，老规矩也是规矩，穷讲究也得讲究，还不都是为了孩子吗？我也想换个方式把钱还你，可咱俩又没啥交集，我也想不出啥好办法，只能拜托一位认识你的朋友，等你这边有喜事的时候通知我。这下好了，我心中那块石头，总算落地了……”

老牛上完礼，转身就要走，老马一把拉住他：“这就是你的不对了，咱们这笔账还没清完呢。”

“啊？”这下轮到老牛蒙了，“还有什么账没清？”

老马热情满满地说：“我那天肚子饿了，至少吃了两份，你今天一定要吃回来，吃少了我可不答应！”

（**发稿编辑**：朱　虹）

（**题图**：陆小弟）

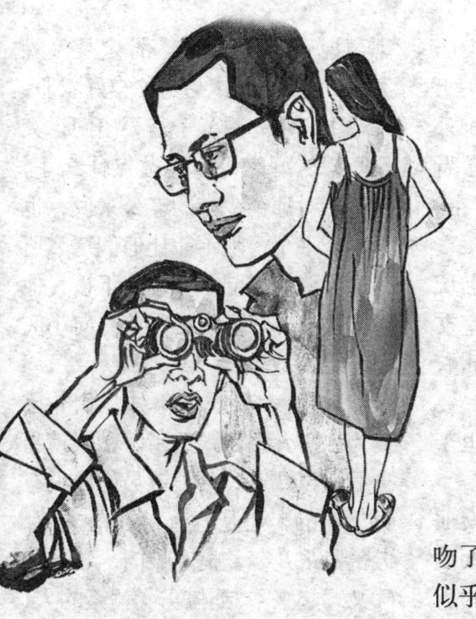

衣柜里的男人

□ 曹景建

大鹏从农村来城里打工，在一家搬家公司干活。一次搬完家后，他把主人家不要的望远镜捡回了出租屋。

这天公司没有活儿，大鹏就拿出望远镜，站在窗边看着玩儿，这一看不要紧，却似乎看到了不该看的场景。斜对面四楼的一户人家，卧室没有拉窗帘，里面有个穿红色睡裙的少妇，一头秀发，皮肤白皙。大鹏的心跳突然加速了，挪不开目光。

没想到这时候，从卧室门外走进来一个戴眼镜的男人，看上去斯斯文文，他在少妇的脸上轻轻地亲吻了一下。大鹏还想接着看好戏呢，似乎有人给少妇打了个电话，只见她把床上的手机抓起来，说了些什么，便急忙披上了外衣。出乎大鹏意料的是，这时，男人却走向床边的一个大衣柜，打开门侧身进去，又把衣柜门关上了，然后那个少妇也走出了卧室，顺手把门带上了。

衣柜里藏男人？呵呵，肯定有鬼！大鹏把望远镜向下一移，就看见一个光头男人提着一个黑色的公文包，行色匆匆地走进了少妇所住楼栋的楼道。

少妇家客厅的窗户有白纱窗帘的遮挡，大鹏看不清楚少妇和这个光头男人在客厅里的举动，同时，他也在观察卧室里的动静，那个藏

在衣柜里的男人一直没出来。不到半小时，光头男人离开了，少妇又走进卧室，把外衣脱掉。就在大鹏屏气凝神等着看好戏时，少妇拉上了卧室的窗帘。这下子，大鹏啥也看不到了。

他转身回屋，对躺在床上玩手机的室友说了刚才的事情，室友来了劲头："哇，女人红杏出墙啊，那个光头男就是少妇的老公呗，要不那女人急着把情人藏在衣柜里干啥！"

大鹏原本在老家谈了一个女朋友，没想到自己出来打工后，女朋友竟和村里一个家里有点小钱的男人好上了。从此以后，大鹏便打心眼里痛恨那些三心二意的女人。

他越想越气，心里恨恨地想：有机会我得好好敲打一下这对狗男女！

不过，接下来大鹏和室友每天都要出去干活，晚上回来再拿望远镜观察时，人家都拉上了窗帘。周末上午，一连阴雨了几日的天空终于放晴，室友出门了，大鹏又拿起望远镜对准了斜对面那间卧室。嘿，大概因为阳光明媚，那少妇把窗帘拉开了。

不一会儿，眼镜男又出现了，穿着短裤衩刚从衣柜里出来。大鹏小声说："臭不要脸，肯定是又躲人呢！"只见眼镜男匆忙穿好衣服，又戴上口罩，看样子是要出门。大鹏心想，好时机，要做点什么了，要不然对那个少妇的老公来说，也太不公平了，绝不能让他们这么逍遥。大鹏换了鞋子，飞速下楼，他刚出楼道，正好看见眼镜男向小区门口走去。

"哎呀，要想人不知，除非己莫为！"大鹏紧跟几步，在眼镜男身后大声喊道。可眼镜男好像没有听见似的，还是直直地往前走着。大鹏紧跟几步，提高嗓门，喘着粗气又骂起来："乱搞男女关系的人，早晚遭雷劈！"

这时，眼镜男终于转过头来，用犀利的眼神上下扫了一下大鹏，皱起了眉头。大鹏有点心虚，把眼神转开，斜望着天空。他心想，哼，要是你敢走过来向我发难，我就借机把事搞大，看到时候谁难堪。

不过，眼镜男只是匆匆盯了他一眼，就快速走出小区大门，钻进了一辆出租车。

第二天上午，大鹏公司的搬家车开到了小区，老板让大鹏和室友赶紧下来，说他们小区有人要搬家。等大鹏下来后，却发现要搬家的不是别家，正是那个红杏出墙的少妇家。

大鹏怀着复杂的心情，走进了自己经常拿望远镜窥探的这户人家，没想到那少妇从近处看更加妩媚，只是脸上似乎带着淡淡的哀伤。此时她正坐在沙发上，光头男人坐在旁边，正和她说着什么。突然，眼镜男竟从卧室里走出来，对大鹏说："请稍等一下，送走杨医生我们再搬家。"

杨医生，谁是杨医生？你个西门庆，怎么搞得竟像这个家的男主人似的？大鹏正迷糊呢，那少妇却抬起头对眼镜男说："老公，给几位师傅倒几杯水。杨医生刚给我检查过了，比以前有所好转了。"

啥？这眼镜男是少妇的老公，那、那这光头男人就是所谓的杨医生喽？很快，那杨医生便收拾完毕，拎着黑包离开了。

少妇抱歉地对大鹏说："不好意思，让你们等了这么大一会儿。我身体不好，下楼行走啥的不方便，杨医生便经常上门给我诊断。"说完，她把大鹏他们领进卧室，指着床旁边的柜子说："先搬这个柜子吧，挺沉的，辛苦你们了。"

大鹏上去打开柜门，突然发现这个横着有两米的柜子里没有隔断，里面还铺着被褥，像一个小型床铺。

少妇脸色羞红，一边埋怨老公怎么还不快把里面的东西收拾出来，一边小声解释起来："我有严重的类风湿关节炎，身边离不开人。你们看，这老房子的卧室只放得下一张双人床。为防止晚上睡觉翻身碰到我，引起我的疼痛，老公便把床搭进了墙边的衣柜里。好在，我们新家的卧室能放下两张床了。"

大鹏此时真想扇自己一巴掌，差点冤枉一个好男人啊！

眼镜男收拾完柜子后，突然看向大鹏，扶了扶眼镜问道："昨天上午我出去找搬家公司时，好像在小区里碰到你了。当时你嘴上骂骂咧咧的，还以为你和谁吵架呢，可我看旁边也没有别人啊……"

大鹏此时脑子转得倒挺快，马上笑着说："哦，我是和人吵架呢，不过是在手机里，当时我戴着蓝牙耳机呢，所以看上去像自言自语，神经病似的，没有吓到您吧？"

回到出租屋，大鹏就把那个望远镜扔到了垃圾桶里，一边扔一边说："破玩意儿，差点害我惹出祸来，以后还是别乱看乱猜了……"

（**发稿编辑**：王　琦）

（**题图**：陆小弟）

琴痴

□ 刘怀远

民国时，慈惠墩唯一的女裁缝叫肖爱枝，膝下三个女儿，大女儿叫春花，二女儿叫秋月，唯独三女儿没有大名，人称三丫头。不知道是肖爱枝每天忙着剪布裁衣，还是女儿多得违背了她的理想，所以她不再愿意给三女儿起一个好听的名字。

三丫头虽然被妈妈忽略，但她心灵手巧，八九岁时就能用碎布头做一些巴掌大的小衣服，特别是一套小旗袍，线条凸凹的拿捏，让做了半辈子衣服的肖爱枝暗暗称奇：这孩子生来就是一个上乘的裁缝！如果不是跟着母亲去了一次张百万家，可能她真就一心一意长成了一个好裁缝。

这天，肖爱枝要把做好的几套衣服送去张百万家，三丫头尾巴似的跟在她后面。到了张家，三丫头听见了“叮叮咚咚”的流水声，那水声淙淙跳跃，悦耳动听，一下牵住了三丫头的耳朵。

肖爱枝敲开一扇门，眼前的场景让三丫头一下眼睛亮了：一个洋学生模样的大姐姐坐在暗红宽大的桌案前，微低着头，左额前垂下一细绺黑发，她正拨弄一块乌亮长条木头上的几根弦，见有人进来，纤巧的手指停下来，那水声立刻消失了。这人正是张家大小姐，她把额前的头发掖到耳后，凑过来看新衣。

这时，三丫头不知哪来的勇气，问：“你拨的是什么？”

张家大小姐笑盈盈地说：“我在弹琴啊。”

“那我怎么听到水声呢？”

“我弹的就是《高山流水》呀！你也会弹琴吗？”

三丫头摇摇头。

肖爱枝说：“大小姐，您别理她，她什么都不懂。”

“能听懂我弹的曲子，这孩子真是不得了！我教你弹琴好吗？”

肖爱枝忙拦下：“小孩子没轻没重的，那么贵重的物件，别给您拨弄坏了。”

“坏不了的，来！”说着，张家大小姐拿着三丫头的小手在琴弦上拨弄。

三丫头的手指一动，立刻听到一颗水珠叮咚滴落。三丫头学着大小姐的样子乱动起来，惊得肖爱枝忙把她推到一边，说：“拨坏了，卖了你也赔不起！”

回到家，三丫头的额前精心垂下了一绺头发，不过她的头发是黄黄的。她问母亲：“明天还去张大小姐家好吗？”

肖爱枝说：“人家不做衣服了，还去干什么？”

三丫头说：“我要去跟她学琴。”

肖爱枝把嘴撇一下：“别想些没用的，你不能弹。”

“那她怎么能弹呢？给我也买个琴吧。”

肖爱枝搪塞道：“有了富裕钱就买。”

三丫头满心欢喜，帮母亲做事更勤快了。

肖爱枝的手艺好，生意就很好，每当她面带微笑数钱的时候，三丫头就凑过来问：“快够给我买琴了吧？”

“快了，快了。”

三丫头问：“还差多少钱？”

肖爱枝说：“再过几年就差不多了。”

一晃，三丫头额前的一绺头发又黑又亮了，胸脯也高耸了起来，真的成了母亲的好帮手。她对母亲说：“我也能做衣服了，我自己攒钱买琴可以吗？”

肖爱枝一听就生气了，大声地说：“你多大了，还尽做些小孩子的痴心梦，你会弹吗？弹琴可以弹饱肚子吗？”

三丫头说：“没有琴，我怎么会啊？”肖爱枝说：“有那个钱，不如给你做几件新衣服，再买个银镯子戴上。”

三丫头说：“我不穿新衣服，不戴银镯子，只买琴。”

肖爱枝说：“天生受苦受累的命，弄些没用的干什么？饿上几天看你还想不想弹！你要敢买，我就先砸琴，再砸断你的腿！”

三丫头像变了一个人，整天和母亲说不了一句话，额前垂着的一绺头发倒越来越长了，遮了眼睛，她也不往后撩一下。她多想听到那淙淙流水的声音，多想再看到张家大小姐那弹琴时优雅的身姿，但人家去东洋留学了，再没有回来过。

有户人家上门提亲，肖爱枝满意，三丫头悄悄拉住媒人提了个条件，要求彩礼中有架琴。媒人把话带过去，不想男方一口回绝，说买牛买马可以，没用的东西不置。三丫头成了街上茶余饭后的话题，说这孩子模样挺俊的，脑子却有问题。还有人说，这孩子闲下来时，两把手指就不自觉地弹动，别真有痴病。

渐渐地，三丫头成了大姑娘，后来又成了老姑娘。突然有一天，街上传来一阵悠扬的声音，三丫头一激灵，以为是张家大小姐的琴声，再听，又感觉比琴声悠长。她奔出去看，是一个挑担游乡的货郎在吹一根长长的竹管。三丫头问："这是什么乐器？"

中年货郎说："这是箫，好听吧？"

"琴更好听，有琴卖吗？"

货郎转着眼珠看三丫头的窈窕身材，说："你想买琴？我会弹琴，我知道哪里有卖，我带你去挑。"

就这样，村里不见了三丫头。

三丫头再出现时，已不是一个人，怀里抱一个小的，身后跟个大的，两个俊闺女。肖爱枝看到女儿，蒙了一下，立刻明白了，劈头盖脸地大骂一顿。但三丫头平静得像立在暴风骤雨中的一截儿木头，额前垂着一绺粗黑的头发。

骂累了，肖爱枝还是接过三丫头怀里的孩子，这一刻，她碰到了女儿的手，感觉不对劲，忙抓过女儿的手，竟不见食指和中指。肖爱枝俯下身，双手捧住这只残手问："怎么搞的？"

三丫头摇着头不说话。

三丫头的大孩子说："不许弹琴，被刀剁下了。"肖爱枝好像明白了什么，喉咙里滚动了几下，眼泪滴落到断指处。好久，她抚摸着大孩子的头问："你叫啥？"

"我叫大琴，妹妹叫小琴。"

肖爱枝耳朵有些背，追问："小晴？大晴？"

"是弹琴的琴。"

肖爱枝抱住三丫头，哭声从喉咙里逃了出来……

（推荐者：小　檐）

（发稿编辑：田　芳）

（题图：陆小弟）

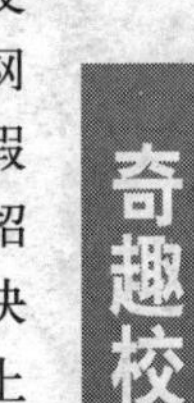

奇趣校园

◆ 舍友准备泡面，他拿出一块袋装方便面，准备和桶装面一起泡，袋装面饼有点大，放不进泡面桶，当我认为他会掰开放进去的时候，舍友很淡定地把面饼啃掉一圈，然后放进去了！

◆ 我们那边有个中学，学生比较爱上网，后来学校来了个新的教导主任，他为了去网吧抓包夜的学生，一大早在网吧门口停了辆车，假装黑车，站在车前招呼学生："上车啊，快迟到了啊！"等车上坐满学生，他直接把车开到了校长办公室楼下……

◆ 室友养了条金鱼。快期末考试了，我们就都把它当考神来拜，结果期末过去了，我们真的全都考过了，但金鱼却不知怎的翻着白肚子死了。室友哭丧着脸说："它功力用尽了。"

（**推荐者**：安　安）

机智过人

◆ 闺密刚考出驾照，那些"新手上路"的车贴，比如"女新手请多关照""我是新手我怕谁"，她一个也看不上，她决定贴上："我上路了，你也想上路吗？"

◆ 正确的追女孩方式：穷追不舍，得花钱；错误的追女孩方式：穷追，不舍得花钱。

◆ 看到有人说：热美式和中药的唯一区别是中药可以刷医保。以此类推，冰箱里拿出来的中药岂不就是可以刷医保的冰美式？

◆ 珍惜高温天吧，天冷下来就要供暖了，那可是要收费的！

（**推荐者**：二　柱）

张贴广告逗笑你

◆ 银行推销房屋贷款："改巢换贷。"

◆ 卖花广告："抽烟和忘记太太生日对健康都有害。"

◆ 古董店广告："请进来买你祖母不要的玩意儿。"

◆ 一家美国书店门上贴着："在好莱坞把片子拍得乱七八糟之前，先买一本好小说读读。"

◆ 热水器厂家广告："买便宜热水器，会陷你于水深火热之中。"

◆ 推销孕妇营养品的广告："一人吃，两人补。"

◆ 防盗器广告："我们的产品是经过大盗检验的，一般警察检验的没用。"

◆ 咖啡广告："苦苦的追求，甜甜的享受。"

◆ 夜市地摊卖衣服的大姐喊着："名牌倒店货，穿了之后，阿婆变阿姨，阿姨变大姐，大姐变小妹，小妹变辣妹。"

◆ 汽车后保险杠上贴着："如果你能看清这行字，你就是离我太近了。""别老是跟着我，我也迷路了。""撞上来，我需要钱。""车技差脾气大，擅长刹车，随时熄火。"

◆ 有人家门口贴着："内有恶犬，主人更凶。"　　（阿　典）

神回复

◆ 今天我倒放了自己的婚礼视频，简直太感人了，我差点就哭出来了！只见我脱掉老婆的戒指，把她还给她爹，再踩着迈克尔·杰克逊的月球舞步离开婚礼现场……

神回复：我就想问孩子能退不？

◆ 某地考生小明和小红是青梅竹马，高考时约好报考同一所大学。高考结束了，两人的成绩都还不错，结果他们一个去了兰大，一个去了南大。

神回复：我们班也有同样的，一个坐上上海南的火车，一个坐上海南的火车。

◆ 二胡曲子为啥都那么悲伤？

神回复：因为二胡只有两根弦，它们相依为命，日夜相对，可是不能相拥。　　（小苹果）

（**本栏插图**：陆小弟）

卤水点豆腐

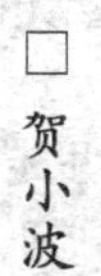

贺小波

早年间沂蒙山区有个风俗，每逢过年，要好的几家邻居都会从家里挖几斤大豆凑在一起做豆腐，然后根据各家出的大豆斤数，按每斤大豆点出豆腐的比例进行分配。

这天是腊月二十四，又到了做豆腐的时候。和往年一样，天刚放亮，豆根就爬起床，挖了两瓢大豆放在簸箕里，再一颗颗拣出来。老婆菊花嘟囔道："死脑壳，拣这么干净，到时候分豆腐不是吃亏了吗？"

豆根说："邻里邻居的，占谁的便宜都不好，何况大伙都来找咱做豆腐，不能让人小瞧了。"

菊花撇撇嘴："就你心眼实，年年就咱家拣得最干净。"

豆根笑了笑，不置可否。其实他心里清楚，大伙的日子过得都不富裕，能凑碗大豆做块豆腐过个年，不知在心里掂量了多久，能不计较就不计较了。而且，他还有一个得意的小心思：大伙年年凑大豆找他做豆腐，不仅是对他人品的认可，更是对他手艺的认可。他做的豆腐口感细腻，质量上乘，每斤大豆点出的豆腐绝对不会缩水一两，就凭这一点，大伙找他做豆腐就两个字：放心！

这时候，院子里传来脚步声，有人喊道："豆根叔，俺爹让俺来送大豆做豆腐呢！"

豆根从屋里走出来，看见老栓家的大小子幸福正领着妹妹，端着一瓢大豆站在院里。"放假了？你爹咋让你来了？"说着，他接过瓢子，下意识地伸手抓了抓大豆，接着瞥向幸福。

这一眼，顿时让幸福浑身打战，他怯生生地说："豆、豆根叔，大豆可以放下了吗？"

豆根收回目光，说："行，你回吧，等会儿别忘记来取豆腐。"

待幸福急匆匆离去后，菊花忍不住插嘴了："你眼神不好咋的？这大豆明显用水洒过，你啥屁不放就收下了！"

豆根假装不知似的，捏起一颗大豆送进嘴里："咦，还真有点潮呢。"他往屋外瞅了一眼："进入年关以来，就没一天好天气，大豆要是没封存好，返潮也正常。"

"哪里正常？这是冬天，滴水成冰呐。"菊花还要絮叨，豆根却不听了，自顾自端起两份大豆去了厨房。

在厨房的一角，早摆了几十份大豆，每份袋子里都装了个小纸片，上面写着大豆的主人和斤数，都是来凑份子做豆腐的。

豆根把幸福送来的大豆称了，然后跟那几十份大豆一同倒入水盆，淘洗干净后，再用事先烧好的温水浸泡起来。等到下午时分，大豆泡发了，他就套上自己那头小毛驴，一圈一圈地拉起磨来。太阳快偏西的时候，一大包散发着浓郁清香的豆腐便做成了。

按照一斤大豆出四斤豆腐的比例，豆根开始给凑份子的人家分起了豆腐。分到幸福家时，菊花又不情愿地嘟囔起来，说不能按幸福送来的大豆斤数分，还试探着拿刀要把分好的豆腐割下一片。

豆根埋怨道："你咋没完没了？咱少吃一口又不会掉块肉！"

菊花说："没这么办事的，现在谁家的日子好过？"

正说着，幸福和他妹子来取豆腐了。豆根见状，息事宁人地说："别对着孩子乱说啊！"菊花"哼"了一声："就你会做好人！"说着，她扭头走出了厨房。

再说幸福，他看着被码得方方正正的豆腐，不相信地问："叔，这些都我家的？"

豆根笑了："怎么，嫌多？你豆根叔手艺好，用卤水点都能出这些，要是黑心点，换作石膏点，出的豆腐比这还多呢！”

幸福眼巴巴地瞅着他，说：“叔，我想跟您学做豆腐，您收我当徒弟吧！”豆根愣了愣说：“多大的毛孩子，等你长大了再说吧！”

拜师的事儿谁也没有再提。后来，豆根听说幸福到大城市去发展了，他自嘲地笑了笑，这事儿也就不了了之了。

一晃十几年过去，农村发生了翻天覆地的变化，每天能吃上可口的豆腐已不再是奢侈的梦，所以过年的时候也就没人凑份子了。豆根还是做豆腐，只是磨豆的工具换成了机器。

这天，豆根正在家呢，忽然听到院里有人喊他：“豆根叔，豆根叔在吗？”

豆根边应着边走了出去，发现一个白白胖胖的年轻男子站在院里东张西望。看见豆根，男子快步向前，双膝弯曲就要下跪。

豆根大吃一惊，一把搀住他道：“孩子，你这是干什么？”

男子蒙了：“豆根叔，您不认识我啦？我是幸福呀，来拜师学艺的。”

豆根仔细一瞧，尴尬不已：“真是幸福呢，这些年没见都认不出来了！听你爹说，你去南方发展了。”

“辞职了，回家自己创业……这不来找您拜师了嘛！”说着他还要跪下。豆根硬把幸福扯住，说：“跟叔不兴这个，起来。说说为啥要拜师，现在谁还愿意干这小本营生呀？”

原来，幸福回到家乡后，投资开了家“一盆豆腐一盆鸡”特色饭店，专营豆腐和本地小土鸡。起初生意挺红火，但一段时间后，食客们普遍反映豆腐不够细嫩，生意逐渐走上下坡路。于是幸福便想到了豆根叔，也想起了小时候拜师的事，他想知道，到底怎样才能点出更多、更细嫩的豆腐。

豆根点点头说：“先不说

我怎么点豆腐的事。那些做豆腐的商家，为了保证豆腐出斤率，一般采用石膏凝固，在口感上肯定比卤水点的差些，但不至于影响你的经营。”说着，他的目光如射线一样扫向幸福：“说说吧，到底什么原因，不然我咋敢收你这个徒弟呢？”

幸福像被窥破了心事，脸一下红到耳根，犹豫着说：“咳，实话跟您说吧，刚开始，我确实很注重豆腐的质量，不是卤水点的豆腐我不用。谁料前段时间供货商患了脑栓，瘫痪在床，豆腐做不成了，也影响了我招牌菜的质量……”

“就算换了石膏点的，也不至于让你关门歇业吧？”豆根插话道，“你肯定干了不该干的事！”

“豆根叔，您老厉害，什么也骗不了您。”幸福神情尴尬地说，“顾客反映多了，我心里急啊……为了让豆腐更鲜美，我就去杀鸡店买了老母鸡身上的油膘，加工后添加到豆腐里，后来被一个食客发现了，举报到市场监管部门……”他臊眉耷脸地说：“这不，我就想来跟您学点豆腐了，知道了其中的原理，才能更好地做生意嘛……”

豆根意味深长地说：“孩子，做人做生意就得跟凑份子做豆腐一样，必须清清白白。如果说小时候耍点小聪明还能被原谅，现在你要是还不知悔改，想靠歪点子赚钱，就得付出代价喽！”

幸福一愣，忍不住问道：“豆根叔，您还记得我小时候那件事啊，您当时咋看出来的？”

“我做了几十年豆腐，瞄一眼就知道你喷没喷水。再说你给你妹妹吃了豆子，咋能再给喝凉水，她放的屁臭死了！”

幸福的脸更红了：“怪不得您不肯收我做徒弟呢……妹妹想吃炒大豆，我就抓了一小把炒着给她吃了；吃了大豆她又渴，我就从水缸里捞了块冰给她啃。后来我担心大豆斤数不够，就往大豆里喷了口凉水。您那时咋没戳破呢？”

“那时日子穷，你又不为自己，为何要戳破？”

幸福愣了，半晌才说：“豆根叔，您放心，我保证打今儿个起做好良心豆腐。回去后，我在后厨安上监控，让顾客监督！”说完，他弯腰鞠了个躬便想走，豆根笑了：“你不打算做我徒弟了？”

“您……”幸福眼睛顿时一涩，扑通跪了下去，这回豆根没有拒绝。

（发稿编辑：赵嫒佳）

（题图、插图：陶　健）

热点追踪

□王　燕

邵雄是市报的记者。最近，社长要求记者下乡采风，邵雄决定深入偏远山区，于是来到一个叫瓮村的山村，经过几天观察，他还真找到一个热点话题。

瓮村只有一个小学，学校很破败，而且西面紧挨一条河流，这成了家住西面的学生必经之地。小河有四五米宽，只有一座简易木桥，仅仅用两根方木搭成，用一些铁丝缠绕固定，成年人走在上面尚要多加小心，更别说老人、孩童了。

幸好，每天早晨都会有位年轻的女老师，将桥西侧的几个学生背到对岸，放学时又会把他们背回来。邵雄想采访那位女老师，便主动献个殷勤，抢在她之前背起一个小胖墩，迈开步子就上了桥。谁知他急于表现，身子没有站稳，要不是身后的女老师及时扶住他，他就要一个趔趄，连同小胖墩一起掉进河里了。

“谁要你多管闲事？这多危险！”女老师很生气，没有再理会邵雄，拉着小胖墩走了。邵雄闹了个大红脸，可他不由得想道：背学生过这么危险的桥，他一个大男人尚且吃力，这位女教师却每天都要来回十几次，真是难为她了。

这天放学时，邵雄拦下那个小胖墩，向他打听女老师的情况。小胖墩还挺警觉，于是邵雄用了激将法：“看来你对你老师不太了解嘛，

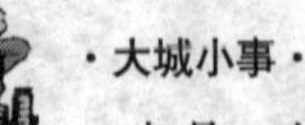

也是，你比别人都胖，她每天背你累得够呛，肯定懒得搭理你。”

小胖墩气鼓鼓地说：“才不是呢！秦老师可细心啦，每次给我讲题都不嫌烦，还经常从家里带好吃的菜给我吃！”

邵雄赶紧把话题转移到秦老师背学生过桥的事情上：“怎么都是秦老师在忙？你们的家长呢？”

小胖墩断断续续地说起来，邵雄听了不由得大摇其头，真是各家有各家的不同：有的是父母不在身边；有的是大人实在太忙抽不出接送的时间；有的是家里人本就不想让孩子上学；更有家长见秦老师揽下了接送学生的活，索性把自己的孩子也推给她，“反正一只羊是赶，再多两只也是放”。

秦老师却不嫌学生们麻烦，不管风吹雨打、日晒沙尘，背着他们在这座木桥上往返了无数次……

邵雄深受感动，他悄悄拍了几张秦老师背学生过桥的照片，可惜因为拍摄的距离过远，根本没拍清楚她的脸。邵雄只好先回报社，准备先把整个事件写出来，等舆论发酵后再做后续采访报道也不迟。

果然，邵雄的报道刊出后，尽管没有配上照片，还是掀起了轩然大波，报社决定做后期追踪采访，甚至连市电视台也派来了记者一起跟进。

这次的采访任务，报社方面由社长、主编亲自挂帅，邵雄因为要负责别的采写而遗憾缺席。但出乎意料的是，当采访团队回来时，每个人似乎都憋着一肚子气。社长把邵雄叫进办公室，阴着脸问：“你是怎么搞的？你说的那个小学根本没什么姓秦的老师，我们新闻人要的是实事求是，不能为了制造噱头就编造假新闻！”

邵雄大吃一惊：“不可能，你们不会找错地方了吧？”

社长更生气了：“不就是瓮村吗？那里只有一所小学，怎么会找错地方？而且你说的那座简易木桥我们也找到了。那所小学，在编的教师只有六个，根本没有姓秦的，甚至没有一个女老师。”

邵雄还是难以置信：“真是奇怪了……那背学生们过桥的事迹，你们也核实过了？”

社长点点头说：“这个核心事件倒是属实，我们找学生核实过，背他们过桥的人是校长。小邵，你们年轻人的心思我明白，把光辉事迹安排给一个年轻女老师，自然会更加博人眼球，但事实就是事实，容不得粉饰，你要好好反思。”

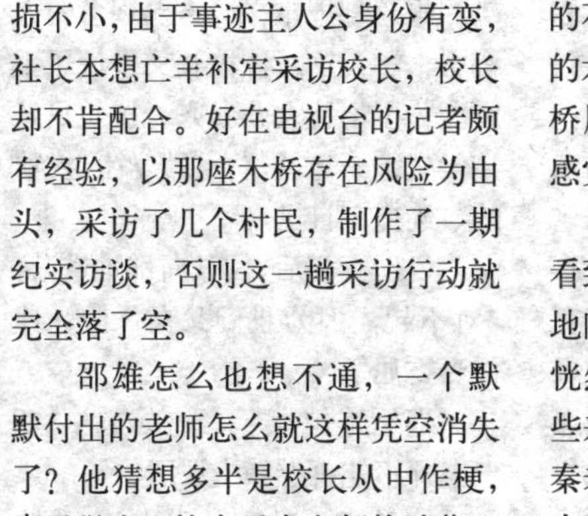

邵雄还没理清头绪，就被社长赶出了办公室。这次报社的名誉受损不小，由于事迹主人公身份有变，社长本想亡羊补牢采访校长，校长却不肯配合。好在电视台的记者颇有经验，以那座木桥存在风险为由头，采访了几个村民，制作了一期纪实访谈，否则这一趟采访行动就完全落了空。

邵雄怎么也想不通，一个默默付出的老师怎么就这样凭空消失了？他猜想多半是校长从中作梗，串通学生，抢走了秦老师的功劳。

这可不行！过了几周，邵雄忙完手头的工作后，再次跑去瓮村一

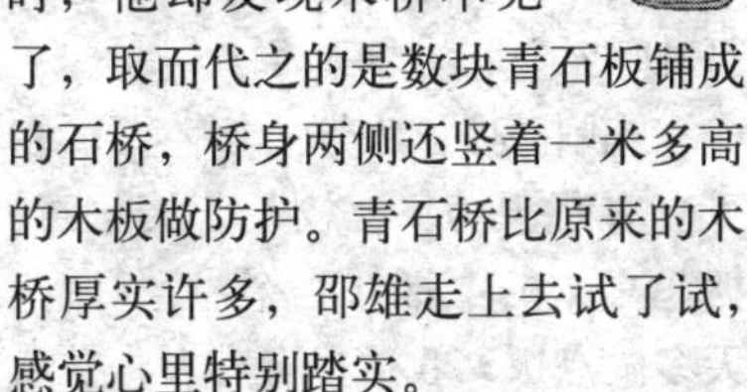

探究竟。路过那条河流时，他却发现木桥不见了，取而代之的是数块青石板铺成的石桥，桥身两侧还竖着一米多高的木板做防护。青石桥比原来的木桥厚实许多，邵雄走上去试了试，感觉心里特别踏实。

这时正是放学时分，邵雄一眼看到小胖墩，忙拦住他，迫不及待地问秦老师在哪里。小胖墩顿了顿，恍然大悟道：“我知道了，你跟那些来采访的记者是一伙的！你们把秦老师逼走了，现在还不肯放过她，太坏了！”

小胖墩拎起书包打过来，邵雄措手不及挨了两下，无奈地离开了。

既然跟孩子掰扯不清，那只好去学校找答案了。第二天一早，邵雄便去了小学，他找到校长室，却发现那里铁将军把门。后来他遇到一位老师，才知道校长还兼管体育课，现在正给三个班上课，要到中午才能得闲。

到了中午，校长终于回到了办公室。邵雄亮明身份，直截了当地对他说：“你能骗过别人，却骗不了我。秦老师的事是我亲眼

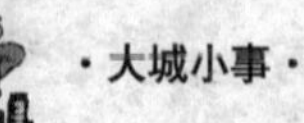

目睹，你为了出名不惜抢别人的功劳，不觉得可耻吗？”

“我抢别人功劳？年轻人，你可真有想象力！”校长苦笑一声，抓起桌上的电话拨了个号，“你今天多做点饭，我这里有客人，早点送过来。”

校长招呼邵雄坐下，由衷地说：“说起来，你也办了件好事，没有你的报道，就不会引来那么多人采访，自然也不会有好心人出资造那座新石桥。对于这里的村民来说，一座结实的桥实在太重要了。”

邵雄没心情听这些，正想把话题转回秦老师身上，门外忽然响起一个银铃般的声音：“爸，是来什么客人了吗？”

一个年轻姑娘推门而入，手里还提着一个大食盒，邵雄顿时愣住了：是秦老师！她竟然是校长的女儿？

校长叹了口气，这才道出其中苦衷：一年多前，学校有位老师嫌弃学校的条件差，托关系调走了。校长多次申请调派新老师，上头却总是回复没有师源。可学校的老师本来就是一个萝卜一个坑，学生们等不起啊！恰好校长的女儿在家待业，她上过大学，教小学课程绰绰有余，于是校长就让她先来顶替一阵。

这本来也不算什么大事，但邵雄的报道却把市报、市电视台的人都引来了，这可让校长父女慌了手脚。为了不让女儿暴露，校长只好让学生统一口径，将“背学生过桥”的事迹揽在自己名下……

说明真相后，校长向邵雄道歉：“对不起，因为我们父女作假，让你受委屈了。”

邵雄连忙摆手，追问道：“那秦老师不能再继续上课了？”

校长满面愁容地点点头：“毕竟这是违规的嘛……如果发现任用无教师资格证的人，说不定学校都要被查封，所以还是算啦……”

邵雄简直无地自容，他居然亲手断送了一名优秀老师的执教资格……见他一脸自责，秦老师笑了：“啊呀，这事儿不怪你！我已经在准备考教师资格证了，等通过之后，我就能名正言顺地在这儿做老师了！”

邵雄闻言点点头，他必须振作起来，通过他的笔让所有人明白，秦老师才是这所小学最好的老师，没有人比她更有资格来任教！

（**发稿编辑**：赵嫒佳）

（**题图、插图**：陆小弟）

公道在人心

□ 吴宏庆

程阳是个厨师，自己开了个小饭店，他当厨师，妻子孙玉当服务员，一年挣得虽然不太多，但也心满意足了。

这天中午，忙过了饭点，程阳坐在电风扇下休息，孙玉则收拾着桌上的碗筷。这时，门口来了个衣衫褴褛的流浪汉，眼巴巴地盯着孙玉手中的剩菜，看样子是饿了。孙玉心善，用打包盒盛了满满一盒饭，还把大半盘红烧肉扣在上面，递给了流浪汉。

流浪汉坐在门口的台阶上，大口大口地吃了起来。程阳在电风扇的“嗡嗡”声中昏昏欲睡，突然，耳边传来孙玉的一声尖叫：“你怎么了？”他一激灵抬起头，也吓了一大跳，只见那流浪汉蜷在地上抽搐着，嘴角还不停地流着白沫。

事后，120给出了解释，是流浪汉的羊癫疯发作了，跟程阳没半点关系。但这事不知被什么人拍成视频，掐头去尾地发在了网上，程阳的店一下子就“出名”了。

有人说他店里不干净，信誓旦旦地说每次去吃都会拉肚子；还有人说他用的是地沟油，闻着就有一股子怪味；甚至还有人说是因为他觉得流浪汉挡了生意，所以故意在饭菜里下了毒……

很快，工商、卫生等部门都来了。一番折腾后，没发现店里有任何问题，可网上的负面影响消除不了，生意一落千丈。夫妻俩长吁短叹，好端端惹了这场大麻烦，看来以后坚决不能做好人了。

这天中午，程阳的朋友张小可来店里吃饭，一看，正是饭点，怎么门可罗雀呀？张小可就问："程阳，你这店是咋了？"程阳满腹辛酸正想找个人诉说，于是炒了几个菜，跟他喝起酒来。

边喝边聊，张小可很快就明白了事情的缘由，安慰说："事情既然已经发生了，说别的没用，最重要的是尽快恢复生意，毕竟，店门一开，就要产生开支的。"程阳苦笑道，他当然想早点恢复生意，可不知道该怎么办啊。

张小可想了想，说："我倒是有个办法，就是不知道你们同不同意。"

张小可的办法很简单，饭店不是因为那个流浪汉发病才会被人误会不干净的吗？那就找几个流浪汉，每天一到饭点就给他们吃，时间一长，谣言自然不攻自破了。

程阳觉得这确实是个好主意，但问题是上哪儿找几个流浪汉呢？张小可拍拍胸脯，说："放心吧，有我呢。吃完抹嘴走人的事还怕找不着人吗？"一旁的孙玉却提出了自己的担忧，说就算能找到，万一长期赖着吃白饭不走，可咋办？

张小可胸有成竹地说："横店的群演一天才一百块钱，等咱把生意带起来，给他们一点好处不就完事了？"

第二天一早，张小可就领着三个人来了。这三人一个是捡废品的，一个是村里的二流子，一个是工地上的小工。三人一听这里可以免费吃饭，哪会不答应。之后，张小可本着为程阳负责的态度，要他们来时把自己打扮得邋遢一些，时间也要错开，一个人吃好了，另一个人才可以来，要不然门口杵着这三位，别人想进来也不敢呀。

打那以后，每到饭点上，这三位就挨着个儿过来。程阳特地在门口支了张小桌，给他们炒两个新鲜菜，而张小可则录下视频发在网上。因为这事本身就是一个误会，再加上张小可的操作，生意有所回暖，程阳夫妻看在眼里，喜在心上。

这天，张小可过来，程阳照例炒了几个好菜款待他。酒过三巡，张小可说："兄弟，咱们的前期合作也就结束了。"

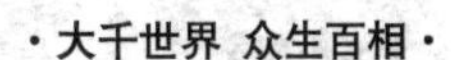

程阳没听明白，问："什么合作？什么结束了？"

"前期合作。"张小可认真地解释道，他开了家网络公司，主要是做包装、策划等项目。因为跟程阳是朋友，所以没收一分钱就帮他策划了这个方案，只是，自己毕竟也是要吃饭的，接下来程阳如果还想合作就需要收费了。

程阳听了有些失望，但又一想，毕竟谁都需要吃饭嘛，就问："那如果继续合作下去，要收多少钱？"

"整个流程下来，差不多有个七八万就够了。别嫌贵，这已经是给你打六折了。"

程阳听了，心里一紧，太贵了！他这小饭店，一年生意好时能挣个十几万，可那是两个人起早贪黑换来的啊。他不舍得，孙玉更不舍得了，两人目光交换，决定还是算了。

张小可面露惋惜之情，让他们再好好考虑一下，说："也就是你们，要换别人，请我也不一定帮。你们知道现在网络推广的作用吗？"

程阳赔着笑说："是是，我知道你厉害，可是花费太大了，我们小本生意承受不起。"

张小可叹了口气，说："好吧，到时你们别后悔就是了。"

看着扬长而去的张小可，夫妻俩面面相觑，感觉有些忐忑不安，好像要发生什么不好的事一样。

很快，那三个"饭托"也有意见了，要么说时间凑不上，要么说饭菜不好吃，如果不给钱，他们就不来了。程阳知道是张小可的指示，有些恼火，说："你们来我这儿白吃白喝还想拿钱，过分了吧！"

结果，晚上程阳刷视频时，发现自己跟那三个人理论的画面被人发在了网上，网友说他这个曾让流浪汉吃中毒的饭店为了洗白，竟请了三个群演来演戏，结果因为报酬没谈拢，起了争执。

程阳气得浑身

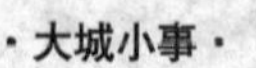

直哆嗦，立即给张小可打了电话，质问他为何这么做。张小可却笑道："这是给你上一课，网络社会就是这么残酷。"

"网络社会难道就不需要道德了吗？""对不起，真不需要，流量才是唯一。"最后，张小可还告诉他，如果他想合作还来得及，要不然自己都未必能控制局面了。

孙玉很担心，说要不就给他钱吧，这种无赖，跟他玩不起。程阳怒不可遏，说："我就不信了，他能代表网络！"

可让他们几乎绝望的是，这件事再次在网上引起了轰动，刚刚好一些的生意又凉了。

这天傍晚，店里一个客人也没有。程阳炒了两个菜，跟孙玉一起吃。这时，有个人走过来，站在门口，程阳一看，顿时火冒三丈，正是先前那个发羊癫疯的流浪汉！他烦躁地喝道："走走走，我都快被你害死了！"但对方似乎听不懂他的话，杵在那儿一动不动。这样一来，程阳也没法吃了，他一咬牙，盛了碗饭，夹了菜递过去，嘴上说："给给给，上辈子欠你的！"流浪汉接过饭菜，很自觉地到门口的小桌子上去吃了。

吃了这一顿后，这流浪汉就像是赖上了他，每天早中晚，一到饭点就来。来了啥也不说，就拿着他们给的饭菜安静地坐在门口吃。有时候遇到店里忙，他也不急，远远地站着，等人少了才过来。

有一天，孙玉跟程阳说："怪了，最近生意好像好一些了。"程阳也有同感。他想，这可能跟流浪汉有关系吧，自己每天招待他，不就跟张小可找人来扮演流浪汉一样嘛。

时间一天天过去了，饭店的生意也越来越好了。有一天中午，程阳好不容易忙完，出门却没看到流浪汉。而且，打这以后就再也没见过他了。

这天，程阳和孙玉聊起流浪汉，孙玉若有所思地说："你说有没有可能，他是专门过来帮我们的，现在见我们生意好了，他又去过他自由自在的生活了。"程阳笑她是电视剧看多了，但又一想，除此之外似乎也没别的解释了。

第二天，程阳买来一个冰柜，在里面放上矿泉水，外面贴张字条：免费供应。虽然明知肯定有人来占便宜，但一想到那些真正需要的人能得到帮助，他们就觉得值了。

（发稿编辑：朱　虹）

（题图、插图：张恩卫）

□ 梁柱生

成都东部是沱江流经之地，支流纵横，号称天府水城。那里水多鱼多，自然鱼火锅也多。不少火锅店都像昙花一样旋开旋闭，唯独“摆子鱼府”一直兴盛不衰，靠的就是质量和味道。

摆子鱼府的老板是名年逾花甲的残疾人，姓梁，拄根握得发亮的竹杖，走路左摇右摆，所以被叫作摆子。这天摆子看晚报，发现城东开了家“川博鱼庄”，庄主任博大搞促销酬宾，不禁笑了笑：“这种优惠，花钱买吆喝，有啥意思？活动一过，就要关门大吉啰。”

然而，活动结束后，川博鱼庄依旧门庭若市。受其影响，摆子鱼府的食客明显少了些，摆子坐不住了，便叫经理前去看看。

经理是他的独生女儿梁丽，年近三十，因一心扑在事业上，至今单身。这也成了摆子的一块心病：当年梁丽读大学时曾跟一个技校生谈恋爱，摆子坚决反对，所以两人分了手。梁丽毕业后到店里帮忙，跟异性接触得少，也就把婚姻大事耽搁了。

梁丽到川博鱼庄明察暗访一番后回来了。从她用手机拍摄的视频看，川博鱼庄座无虚席，食客如云，有不少还是从市中心专门过来的。摆子惊讶了，从市中心出来到川博鱼庄要经过摆子鱼府，这些人竟舍

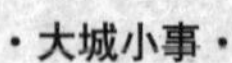

近求远去吃火锅！他不解地问："他们为啥不在我们这儿吃？我们可是正宗的川味！"

这个问题梁丽也问了，食客的回答是："摆子鱼府虽说不错，但只有上河帮一种滋味；川博则不同，五个帮派的味道都有！"

原来，川菜从地域分布上分为上河帮、下河帮、大河帮、小河帮、自内帮，其中上河帮在成都、乐山一带，下河帮在重庆、达州、万州一带，大河帮在泸州、宜宾一带，小河帮在南充、绵阳一带，自内帮在自贡、内江一带。

摆子是成都人，只学过上河帮川菜，故而摆子鱼府也主要做上河帮的鱼火锅。川博鱼庄则不一样，五个帮派的火锅都有，任君选择，生意怎能不兴隆？

此前，梁丽也提出过多弄些火锅品种，但摆子却说弄杂了会把特色掩盖，没想到事到如今，成都人竟然不满足于上河帮川菜了！

痛定思痛，摆子叫女儿去招聘厨师，也推出其他帮派的鱼火锅。这样一来，摆子鱼府生意立马好了起来。但这种局面没维持多久，食客又跑到川博鱼庄去了，原来川博在鱼庄那栋楼的第二层推出了上河帮川菜。这样，客人吃火锅可以，吃中餐也行，选择更多样了。

这次摆子一点也不慌，他信心百倍地说："我们也扩大经营范围，将客源抢回来，做上河帮川菜可是我的拿手好戏！"

梁丽环顾狭窄的店堂："可我们哪儿还有多余地方？"

摆子想了想说："这样吧，你购些透明篷布，沿店面搭些帐篷，将一半火锅桌搬出去，腾出地方来发展中餐。"

梁丽依计而行，摆子亲自下厨，老伴帮忙端菜。出色的菜肴留住了不少客人，可没过多久，消费者又蜂拥到川博去了。原来，川博一口气把三、四、五、六、七层全部开发出来，分别推出下河帮、大河帮、小河帮、自内帮川菜和小吃！

摆子目瞪口呆："那栋楼原先是空的吗？"梁丽说："听说川博的老板是搞房地产的，那栋楼是新建的，有九层呢，都是他自己的。你想去看一下吗？我开车搭你去。"

摆子有些犹豫。他腿脚不便，不爱抛头露面，但是上次一个老顾客说的一句话，让他很是在意，那人居然说摆子做的上河帮没有川博家的好吃！

摆子越想越郁闷，半晌才对女

儿说："走吧，咱今天就到川博去吃晚饭。"

到了川博，梁丽把车停在川博后门的停车场，搀着父亲走进川博。一楼是火锅，刚进去，一股又麻又辣的花椒味儿迎面扑来，摆子职业性地抽抽鼻子，晓得店里的火锅十分正宗。

两人坐电梯上了二楼，细看上河帮的菜品，竟十分齐全，一些菜肴，连摆子这个成都土著都没有吃过。再逐层看上去，摆子不由得感叹川菜的博大精深。他年轻时曾有过一个梦想：建个博物馆，将所有川菜陈列进去。现在川博这样做，不是相当于替自己圆了梦吗？这样一想，他对川博的敌意减少了很多。

参观完，摆子下到二楼吃饭，点了上河帮中几道著名的招牌菜，细细一品，的确要比自己做的好吃些。他想了想，叫服务员把厨师喊来。

厨师一来，就弯腰谦虚地说："老前辈，请多提宝贵意见。"

摆子抬头一看，对方是个三十来岁的年轻人，不由得竖起大拇指："你做的菜不错，好就好在辣椒酱上。"他一下子看出了亮点所在。

厨师高兴地回答："谢谢老前辈！辣椒是川菜的灵魂，但市场上的辣椒酱多是用机器打出来的，缺少辣椒的清香，所以我们就用了手工制作的剁椒酱。"

摆子一听，跟女儿对视一眼，不再说什么了。

饭后，两人从正门出来，摆子回了一下头，看到楼顶上屹立着五个大字，在夜空中闪烁：川菜博物馆。原来"川博"是这么来的呀！

回去后，摆子也用剁椒酱做菜，但味道还是赶不上川博，他不明白了，这到底是为啥子？

这天，店里来了一

老一少两个客人，年轻人正是川博那名厨师，手里拎着一只小罐子。老者揭开罐盖，一股辣椒酱的清香飘了出来。摆子眼睛一亮，这是他小时候吃过的任氏剁椒酱！可这辣椒酱……不是已经失传了吗？

“任氏剁椒酱一直都在。”老者见摆子一脸疑惑，笑着讲开了，“十几年前，我也曾想放弃，去捡垃圾算了。那时我们家穷，儿子到建筑工地打工，孙子初中毕业到城里读技校，每周只能带瓶剁椒酱去拌饭吃。我担心他只吃剁椒酱会影响长身体，但后来看到他身体棒棒的，也就没多想，结果前些天才知道，他那时常到你这儿热饭，你每次都要往他饭盒里舀好多菜！梁老板哪，你不但帮了我孙子，也帮了我，不然我早就停做剁椒酱了！”

年轻人解释说：“任氏剁椒酱现已被评为非物质文化遗产，我爷爷是这一项目的代表性传承人。”

摆子点点头：“怪不得川博的菜做得好吃，都是因为这剁椒酱啊！”他也想起了往事，问年轻人：“你就是当年那个经常来热饭的羊娃子？真认不出来了。”

“羊娃子是我的小名，我叫任博，谢谢伯父当年对我的关照。”

“啊！你就是财大气粗的川博老板？”摆子大吃一惊。

任博笑了笑：“财大气粗的是我爸，他在建筑工地做出了名堂，搞起了房地产。川博那栋楼的确是我爸的，不过川博的老板，其实是另外一个人。”说完，他从手提包里拿出营业执照递给摆子。

摆子一看，眼睛瞪得比灯泡还大，“法定代表人”一栏赫然写着梁丽的名字！

这是怎么回事？

这时梁丽出来了，对父亲说：“任博在技校学的就是烹饪专业，毕业后，为了实现你建立川菜博物馆的梦想，他到各地去苦学不同帮派的川菜烹调，终于学有所成，建起了川菜博物馆。当然……我也是出了资的……”说着说着，她害羞地低下了头。

摆子恍然大悟，指指任博：“他就是当年那个跟你恋爱的技校生？”

“是呀……其实我们一直都在暗中联系。”梁丽甜蜜地说。

摆子乐得合不拢嘴：“那还说啥，赶快领本本噻，我还等着抱外孙呢！”

（**发稿编辑**：赵嫒佳）

（**题图、插图**：陶　健）

射覆

□杨　哲

早年间，京城古玩行出了一位牛人，牛爷。牛爷祖上是镶黄旗的包衣，三代内务府广储司瓷器库主事，他打小受家学熏陶，对历代瓷器的真伪了然于心，一瞧一个准，倍儿牛。

宣统帝倒台后，牛爷就吃上了鉴定瓷器这碗饭。他为人正直，眼里容不得半粒沙子，但凡请他掌眼瓷器，如鉴为仿品，当场一锤砸碎，以免害人。牛爷每次到琉璃厂，如发现有古玩店铺售卖仿品，一准点破，因此得罪了不少人。

这天早上，一个外地行商火急火燎地来找牛爷，说有件雍正款的粉彩碧桃过枝盘，请他去古玩商会给掌掌眼。

牛爷愣了一下：“听人说，这盘子已经被德泰古玩店搂走了，干吗还要再看啊？”

行商苦笑着说出了其中的缘由：半个月前，他在古玩商会的窜货场摆出了这件粉彩盘，被德泰古玩店的外柜看中，出价五百银圆搂走了。谁知，德泰的东家胡发看后，却说是仿品，找到行商要退货。行商坚称粉彩盘是真品，两人最后闹到了古玩商会。商会请来十位瓷器行家鉴定，结果竟有五人说真，五人说仿。

牛爷听后，“哦”了一声：“我的规矩您知道吧？”

行商豁出去了："要是高仿，您只管砸了，大不了我给退钱。"

牛爷来到古玩商会，见到这件粉彩盘，瞅了一眼釉面，拿手一搭彩面，说："是瓷器库没开封的库货，真品。"一锤定了音。

胡发无话可说，臊眉耷脸地离开了古玩商会。谁知他前脚进了古玩店，那外地行商后脚就跟了进来，笑嘻嘻地伸出手："胡东家，答应我的银圆呢？"

胡发转身拿出五十块银圆，往桌上一码："此事天知、地知、你知、我知。"

行商赌咒发誓后，怀揣银圆，心满意足地走了。

谁也没想到，这是胡发设的套儿。之前，他聘请了几位曾给宫里烧制瓷器的名师，在景德镇秘密地设了私窑，仿制清三代的官窑瓷器，每件只仿一到两件，想以假充真大发横财，谁知却被牛爷点破了一件高仿。胡发意识到，牛爷是只拦路虎，只有搞垮他，自个儿的买卖才好做。于是，胡发雇了这个外地行商，演了一出过场戏，就等牛爷正经八百入局……

过了些日子，德泰古玩店忽然声称，他们高薪聘了三个有眼力的外柜，到古董大省收了不少散落民间的官窑瓷器，要举办三场清三代官窑瓷器射覆会，并给京城古玩铺掌柜及藏家广下帖子，邀请他们来射覆。

射覆是古代文人雅士猜物的一种娱乐游戏，"射"是猜度之意，"覆"为覆盖之意。一方在瓯、盂等器具下覆盖一件物品，让另一方猜测所盖为何物，此为射覆。

而德泰举办的射覆会，则是把收来的官窑瓷器陈列在柜阁子里，请射覆者站在一丈外掌眼，如发现哪件瓷器不对，当场请行家鉴定，如确为仿品，立马砸毁，并赠射中者五百块银圆；若是真品，竞价卖出。

这下，德泰古玩店热闹了，一拨又一拨的瓷器行家和藏家前来参加射覆。两场射覆会下来，德泰陈列的瓷器竟全部为官窑真品。大伙儿感慨不已，胡发这回要咸鱼翻身了。

牛爷也收到了德泰下的帖子，在第三场射覆会时来瞧瞧热闹。大伙儿都想看他射覆，胡发更是笑脸相迎："牛爷，您要是瞧着哪件不对，只管开口，千万甭客气。"

牛爷双手一拱："那我就试试。"

看热闹的人把德泰古玩店围了

个里外三层。只见牛爷站在一丈之外，瞅了一圈摆放瓷器的三排柜阁子，先是一愣，接着目光如炬，手指那件粉彩盘库货："这件不对劲儿。"

大伙儿听后，全惊呆了。半年前，牛爷刚鉴定这件粉彩盘为库货真品，今儿怎么又说不对了呢？

胡发心中暗喜："好嘞，我这就拿过来，请牛爷说说它哪里不对劲儿。"说完，他走到柜阁子前，慢吞吞取下粉彩盘，放在了桌上。

令人意想不到的是，牛爷只瞧了一眼，却忽然一个趔趄，站定后稳了稳神，冲着大伙儿作了个揖，没言语，匆匆离开了德泰古玩店。

大伙儿全愣住了，围过来仔细瞧这粉彩盘，正是行商卖给德泰的那件库货真品。也就是说，牛爷今儿自个儿打了自个儿的脸，这个跟头可栽大了，往后谁还会找他掌眼啊？

自此，德泰古玩店名声大振，官窑买卖火得不得了。

再说牛爷，回家后，他躺在炕上不吃不喝，琢磨来琢磨去，就是不明白，那粉彩盘明明是一眼假的高仿，为啥一眨眼却变成了库货真品？他把射覆的全过程像拉洋片那样过了一遍又一遍，终于隐隐发现了其中的猫腻……

半年后的一天，德泰古玩店来了个愣小子，他盯着柜阁子瞧了大半天，最后看中了那件粉彩盘，付了一千银圆后，他接过包好的粉彩盘，转身离开了德泰。

第二天，愣小子一脚踏进德泰，嚷嚷起来："你们德泰也忒欺负人了吧，怎么拿高仿蒙事儿啊？退货！"说完，他从包袱里拿出了粉彩盘。

伙计慌忙叫来了胡发，胡发不慌不忙地问："我这儿只卖正经八百的官窑，京城里人人知道。您说盘子是高仿，哪儿不对啊？"

小伙子回答："我请高人瞧了，一眼假！"

胡发"呵呵"笑了："是哪位高人啊？"话音刚落，忽听有人应声："我。"胡发扭头一瞧，居然是牛爷，他身后还跟着十几位古玩铺的掌柜。

胡发一愣，话里有话："哟，原来是牛爷啊，有日子没见您露面儿了。听说您眼睛出了毛病，好了吗？"牛爷却答非所问："胡掌柜，您看这件粉彩盘，釉面冒贼光，盘底的三行六字楷书款青花颜色暗淡，缺少官窑的浓艳和局气。您觉得呢？"

大伙儿半信半疑，仔细看起了粉彩盘，发现正如牛爷所言，还真缺那么点儿官窑的意思，于是纷纷点头称是。

胡发一瞧，着急了："这粉彩盘和那件库货是一对。我要是撒谎，天打五雷轰！"

牛爷听后，一声冷笑："那件库货真品呢？"胡发回答："卖了。"

牛爷却没言语，忽然几步奔到摆放粉彩盘的阁子前，用手一拔拉，奇怪的事出现了，那空阁子突然一转，居然冒出了另一件粉彩盘！牛爷慢条斯理地说："这才是那件库货真品吧。"

大伙儿惊呆了，围上前来仔细一瞧，的的确确是那件库货真品。他们立马明白过来，半年前的射覆会上，牛爷一眼瞧出不对的粉彩盘，就是昨天小伙子搂走的那件仿品。等牛爷说了粉彩盘不对劲儿，胡发便上前，趁人不注意时快速转动阁子，拿出挡板后的库货真品，放在了桌上。

此时的胡发彻底无话可说了。

牛爷环视了一圈柜阁子，指着里面摆放的官窑瓷器："大伙儿都睁大眼睛瞧好了。这些个阁子挡板后，都各有一件一模一样的高仿。至于是谁仿制的，想必你们心里都有数了，我点到为止。"说完，他忽然拿起高仿粉彩盘，往地上"啪"地一摔，抬腿走人了。

整个京城古玩界一下子炸了锅，曾经买过德泰官窑瓷器的人闻听后，一窝蜂似的找上门来，个个提出退货。胡发吓得躲了起来，没过几天，德泰就彻底关了门。

奇怪的是，自打破了德泰的局后，牛爷就再也没露过面儿。有人登门请牛爷掌眼，他却说："鉴古容易，鉴人难呐。对不住了，我已不再鉴定瓷器，您另请高明吧。"

（发稿编辑：赵嫒佳）

（题图、插图：杨宏富）

禅寺斗智

□ 郭宝宁

康熙年间，城内有一座禅道寺，寺内僧侣云集，香客终日不断。

这天，住持未几禅师正在寺内巡视，突然，一年轻人走上前来，彬彬有礼道：“大师，在下吕方，是路过此地的客商，慕名前来聆听大师佛法，冒昧打扰，还望大师见谅。”说完，他又深施一礼。未几禅师眼见年轻人谈吐不凡，对他印象很好，两人随即在寺内边走边聊。

临分别时，未几禅师突然发现吕方面露难色，似有难言之隐，忙问道：“施主面色忧虑，不知为何烦恼？”吕方犹豫再三，这才开口道：“不瞒大师，在下有收藏佛珠手串的喜好，包袱内有一些近日寻得的手串，想请寺内师父打坐念经时盘用，权当开光积福，一个月后在下再来取回，不知大师能否成全？”未几禅师听完，觉得没什么不妥，随即点头应许下来。

一个月后，吕方如约而至，未几禅师热情地将他引进禅房，道：“吕施主，请到禅房稍事休息，我这就去取。”说完，便走出门。

未几禅师前脚刚走，吕方马上一屁股坐在蒲团上，他抿了一口茶，得意忘形地笑了起来。

原来，吕方是一个古玩商人，手串是他从盗贼手中买来的古木制成的。那日，他本想携手串出城，可古木被盗，城中加大了盘查，虽说没人知道古木已做成手串，但他还是不敢大意，思来想去，他想到将手串暂存到寺庙内。一来佛珠手串是寺庙常见之物，不易被人察觉；二来手串本是盘玩之物，僧侣每日念经盘用，手串的成色会更好，更能卖个好价钱！

正当吕方得意扬扬之时，禅房门突然被人一脚踢开，一群衙役一拥而上，瞬间将他按倒在地。吕方大惊之余，挣扎着呼喊道："你们凭什么抓我？！"

吕方还在挣扎，未几禅师突然现身道："阿弥陀佛，老衲那日端详施主送来的手串，发现竟和寺内供奉的一串御赐佛珠材质相同，为皇家御用之木所制，老衲担心手串来路不正，这才报了官，不想手串竟是赃物制成！施主既已被擒，就不要再做无谓的挣扎了。"

吕方这才明白，原来他早被对方识破，只等他自投罗网了。被带走时，吕方恶狠狠地说道："老秃驴，迟早要让你好看！"

未几禅师望着吕方被带走的背影，摇摇头念了声"阿弥陀佛"。

半年后，康熙皇帝为了庆祝太后寿辰，为其增福增寿，不仅下令大赦天下，还准备亲自到禅道寺祈福。为了迎接圣驾，未几禅师带着寺内众僧连日准备，不敢有丝毫懈怠。

这天，未几禅师在后院巡查时，远远看到有人在给院内巨石上的刻字上色，他大惊失色，急忙走上前去。

原来，禅道寺建寺已有百年，最初名为玄道寺，寺内有一块巨石，通体黝黑，正中雕刻"玄道寺"三个大字，刻字用朱砂填色。后来康熙皇帝即位，为了避讳，寺名这才改成了禅道寺。但这块巨石早被视为镇寺之宝，众人一向爱护有加，怎能允许他人随意着色？

哪知，这工匠又聋又哑，嘴里一边"咿咿呀呀"地说着，看未几禅师听不大懂，他忙从怀里掏出一张官府凭信，信上说他受官府委派，要对寺内巨石上的刻字重新填色，以供皇帝御览。

眼见有官府凭信，未几禅师也不好再说什么，不过他却比画着告诉哑巴工匠："玄"字的最后一笔不可填色，否则会犯大不敬之罪。还怕哑巴工匠不明白，他索性站在一旁亲自做起了监工。

重新上色完成，未几禅师自觉没什么疏漏后，这才让哑巴工匠离开，哑巴工匠急忙收拾好工具，回头又看了看那块巨石，嘴角露出了一丝耐人寻味的笑意。

两天后，皇帝一行人驾临禅道寺，先是上香祈福，而后就开始游览寺内景致。

就在众人观赏那块巨石时，不远处的一间禅房顶上竟然鬼鬼祟祟地伸出了一个脑袋，正是那天干活的哑巴工匠！只见他眼睛死死盯着那块巨石，嘴里还恨恨地小声道："老秃驴，看你如何躲过这一劫！"那工匠不是别人，正是被未几禅师送进大牢的吕方。

原来，吕方锒铛入狱后，赶上皇帝大赦天下，很快被放了出来，出来后他发誓要报复未几禅师。吕方找人配制了一种特殊的药剂，那药剂一开始并不显色，但是只要经阳光一照，就会慢慢显露出红色来，擦也擦不掉！他趁着黎明之际，偷偷潜入禅道寺，将药剂涂抹在"玄"字的缺笔处，然后暗地里躲在禅房顶上，等着好戏上演！

可就在吕方自鸣得意之时，他突然听到未几禅师朗声道："阿弥陀佛，圣上仁慈，感化万物，因而有此异象。"

吕方吓了一跳，再看那块巨石，发现"玄"字缺笔处的红色消失了！他又惊又气，一不小心从藏身处掉了下来，当场被御前侍卫当作刺客给斩杀了。

他至死都不知道，其实，玄字最后一笔上的红色并未消失，那里正好有一大群蚂蚁聚集，将其遮住。众人议论纷纷，都说这里的蚂蚁有灵性，康熙皇帝更是龙颜大悦，将其视作吉兆，还要重赏禅道寺。

未几禅师不禁悄悄擦去了冷汗，松了一口气。

原来，皇帝上香祈福之际，沙弥突然悄悄来报，巨石的"玄"字不知何时竟然被人填上了缺笔，而且怎么也擦不掉！

未几禅师顿时冷汗直冒，他急中生智，吩咐随身沙弥，取蜂蜜水涂在"玄"字缺笔处，再捉些蚂蚁放在上面，等待蚂蚁慢慢聚集，自己则先引着康熙皇帝到别处游览，争取时间。直到沙弥告诉未几禅师蚂蚁已布满缺笔处时，他这才不慌不忙地带着众人来到巨石处，因蚂蚁嗜甜，久聚不散，最终遇难成祥、逢凶化吉。

（**发稿编辑**：田　芳）

（**题图**：刘为民）

潜伏

□徐树建

眼下，敌军占领着一个具有重要战略意义的高地，我军很难攻克。这天，师长韩向胜做出了一个重大决定：把一个团的兵力潜伏于敌人的高地前，潜伏时长约为十二小时，等时机合适发起突袭，一举拿下该高地。之所以如此决定，是因为这个高地易守难攻，敌军武器占优，如果按常规打法，我军将付出极大的代价，而用潜伏的方案发起突袭，很可能会有意想不到的效果。

但这个计划有一个很大的风险：一个团的战士潜伏这么长时间，保不准会有人咳嗽、打喷嚏，包括喝水、吃东西，万一发出动静怎么办？更何况有的战士烟瘾相当大，要他们这么长时间不抽烟，太难了。总而言之，计划相当冒险，但成功的可能性也不小。

韩师长把自个儿的担心跟各个团长讲了，最后说道：“我知道你们每个团都曾身经百战，可这次任务有些特殊，一着不慎，满盘皆输，所以我要认真掂量掂量，必须选定一个万无一失的团来执行此项任务。你们回去再想想，各自拿个作战方案给我。”

过了两天，韩师长陆续收到各个团的作战方案，这些方案都很详细，看得出大伙参战的决心，但韩师长反复比较后还是拿不准，总觉得无法做到绝对不发出动静。韩师长看着看着，突然想起来猛虎团的方案还没交来，要知道自参战以来，猛虎团就没有一次落后的，这回是怎么了？

就在这时，有人高喊一声“报告”，韩师长一看，来人正是猛虎团团长李大虎。望着魁梧精干的李大虎，韩师长沉下脸，说：“你的作战方案呢？”

李大虎笑着说：“我就是来交作战方案的，不过在交方案前，请师长到我的防区走一趟。”

韩师长严肃地说：“干什么？想走后门？告诉你李大虎，门都没有！事关重大，谁的方案好，就让谁的部队上。”

李大虎嬉皮笑脸地说：“师长，我哪敢走后门哟？我只是见你日夜操劳，瞧，你比我大不了几岁，头上都有白发了，所以想请你散散心而已。”

韩师长略一沉吟：“我不管你葫芦里卖的什么药……不过我也确实需要散散心，顺便跟你谈谈，走！”

两人当即并肩朝李大虎的防区走去，不知不觉中来到一座山头，面崖而立，山风吹来，军衣呼呼作响。李大虎东拉西扯了好一会儿后，朝山沟里一指，说：“韩师长，假如此刻我们脚下山头驻扎的是敌军防地，我就敢让我的部队潜伏于山下，保证一丝声响也不发出。”

韩师长不理他，眺望着眼前如海浪般起伏的峰峦，感慨道：“多么美丽的河山啊，可是侵略者非要燃起战火，豺狼本性永远不会改的。如果我们不守住这江山，我们的子孙将永不得安宁。这场战争我们非胜不可！”

李大虎深有感触地点点头：“韩师长，这么多年了，我一直都跟着你。”

韩师长点点头说：“嗯，为了保家卫国，我们一直并肩作战，老战友了……”说到这里，他再次警觉起来：“我说李大虎，你东拉西扯了这么多，到底想说什么？我再次声明，想套近乎，没门！”

李大虎却掏出表看了又看，然后不答反问：“韩师长，我们在这儿聊天一个多小时了，你就没有发现什么异常吗？”

韩师长一愣，左看右看、上看下看，说：“什么意思？”

李大虎神秘地一笑，转身居高临下，面朝山沟大喝一声：“演习结束！”

一声令下，随后发生的一幕让

韩师长一下子瞪大了眼睛，只见山沟里突然站起无数战士，个个头上、身上插着树枝、青草等伪装物，精神抖擞、意气风发，像标枪一样挺立着！

李大虎大声说："韩师长，这就是我的团！"

韩师长眯起眼看了会儿，不动声色地说："不错，连我都骗过了。不过，我要到他们中间看看。"

李大虎大吼一声："原地卧倒，接受韩师长检阅！"

韩师长当即下山，后面紧紧跟着李大虎。

两人来到山沟里，只见密密的草丛中埋伏着整整一个团的战士，个个精神百倍、纹丝不动，潜伏现场除了风声，没有一丝异响。

韩师长问一个战士："只要是人就会有本能的反应，例如咳嗽、打喷嚏，你是如何做到不发出声响的？"

只见那趴着的战士一挪动嘴，下面竟露出一个小坑来，坑底垫着毛巾。

战士正色道："报告师长，如果我们实在控制不住要咳嗽，就把嘴朝坑里咳，下面垫着毛巾，这样一来既没有声音，也不会咳起灰尘呛人。"

韩师长紧接着问："那怎么保证吃饭不发出声音？"

战士一脸的坚定："个个身上揣着干粮，就地无声解决。"

韩师长不吱声，在战士们中间走了一会儿，随后又问另一个战士："即将到来的潜伏时间将会长达十二小时，你难保不会打瞌睡，瞌睡难保不打呼噜，那时怎么办？"

那战士从口袋里掏出几根红艳艳的干辣椒，说："报告韩师长，我们所有人都分到了几根奇辣无比的辣椒，如果我想打瞌睡就嚼几口，

保管吓退瞌睡虫！之前打仗时我就用过这招，保灵！”

现场响起一阵轻笑声，笑声里透出自信，显然战士们都用过这招。韩师长眼里闪过一丝笑意，但转瞬即逝，接着他又走出老远，问另一个战士：“你想大小便怎么办？”

战士说：“我们在身侧一左一右挖了两个小坑，万一要大小便，就地侧卧解决，再用浮土盖了，不发出异味熏着战友。”

韩师长在满地趴着的战士们中间走着，一边走一边低头看着，他看到的全是一模一样的脸庞：年轻、坚定、无畏生死！

突然，韩师长看到了一个上了点岁数的战士，他嘴里全是草，竟在努力咀嚼着，脸上有些痛苦的样子。韩师长惊问：“怎么了？”

那战士脸上露出一丝羞愧的表情，说：“报告韩师长，我是个烟鬼，现在烟瘾发作了，只好嚼草，实在不行就嚼辣椒。韩师长放心，我连敌人都不怕，还怕烟瘾吗？”

这时，韩师长用眼睛余光瞟到另一侧似有动静，转头一看，发现一个战士满头大汗，紧咬牙关，十分痛苦的样子，连脸上的肌肉都扭曲了。

韩师长赶紧问道：“怎么了？”

那战士低声说：“没事。”

韩师长突然一把夺过一位战士手中的钢枪，一刺刀刺下，再一挑，刺刀上赫然出现了一条扭动着的蛇！

韩师长大叫道：“卫生员在哪儿？我们的战士被蛇咬了！”他低下头又问：“为什么不呼救？”

那战士面容沉静：“一条蛇算什么？我绝不呼救！”

这时，李大虎在一旁说：“韩师长，我们团此前开了几次会，大家畅所欲言，所有可能发生的意外我们全想到了，也一一想好了对策……”

韩师长点点头，急步跳上一块石头，面朝大伙，吼道：“这些细枝末节都可以解决，可是，万一敌人朝山下打冷枪冷炮，甚至扔燃烧弹，怎么办？”

没有丝毫的犹豫，所有战士一起大吼：“就算那样，我们也决不暴露！”他们的声音响彻山沟，久久回荡。

韩师长和李大虎再也忍不住热泪盈眶。这就是我们的战士，有了他们，侵略者永远不会得逞！

（发稿编辑：朱　虹）

（插图：刘为民）

·茶舍听书·

艺不可欺

□魏　炜

何员外买了块地，让管家周福给他张罗着盖幢新房子。这天晌午，何员外溜达着来到新房子前，看到周福正给孙三幸递银子。孙三幸是专门给人雕房檐上的脊兽的，在十里八乡也有些名气。

何员外叫过周福，问："你给他多少银子？"周福老老实实地说："东家，我给了他四两银子。"何员外又问："他做了多大的活儿？"周福指了指墙边放着的四个砖雕说："他给咱雕了四只兽。"何员外不干了："四只兽就要四两银子？这不是抢钱吗？咱家的银子也不是大风刮来的，可不能就这么给了！"

他说话的声音很大，孙三幸听了个清清楚楚，不高兴地说："何员外，你是说我的活儿不值这几两银子吗？"何员外凑到那四只兽前看了看，见孙三幸雕的是四只老鹰，尽管雕得栩栩如生，何员外却摇摇头说："这手艺也就一般嘛。"孙三幸听了，铁青着脸把银子还给周福，转身走了。何员外白捡了四只兽，顿时高兴起来，说房檐上就用这四只兽了。

很快，房子盖起来了，房檐上砌上了那四只兽。只见四只老鹰振翅欲飞，英俊神武，谁见了都说好。没过多久，何员外让他大儿子何大壮搬过来住了。

何大壮住了两天，就跑回去对何员外说，这房子夜里闹鬼，他吓得睡不着。何员外气得直骂儿子不争气，但骂归骂，他还得去给儿子壮胆。他叫上周福，还有几个年轻的家丁，一起搬进新房住下了。

夜里，何员外和儿子睡在一间房里。他根本不相信有鬼，很快就打起了呼噜。睡得正香，他突然被儿子摇醒了，只听儿子在耳边惊恐地说："来了，又来了！"何员外侧耳细听，房顶上果然有"咕咚咕咚"的声音。他爬起身，喊上家丁上房去看看。

几个人爬到房顶上看了看，啥都没见着。回到屋里，刚刚躺下，又听到一阵"咕咚咕咚"的声响，再去看，还是啥都没。折腾了几次，连何员外心里也不踏实了。

这一宿，几个人都被折腾得够呛，尤其是何大壮，更深信有鬼，非要搬回去住。新盖起来的房子就闹鬼，大把的银子白扔了，何员外很不甘心。他悄悄叫过周福，问道："你说，会不会是孙三幸搞的鬼？"

周福一想，觉得有理。孙三幸白白雕了四只兽，却没拿到工钱，很有可能搞鬼呀。他就对何员外建议，今天晚上一边派人在新房子捉鬼，另一边他带人盯着孙三幸。何员外觉得这个主意不错，就点头应了。

天刚黑，周福就去盯孙三幸了，何员外则带着几名家丁，备上火把棍棒，坐着只等捉鬼了。到了半夜，房顶上又传来"咕咚咕咚"的声响，何员外带着家丁们冲上房顶，却还是啥都没看见。和昨天夜里一样，几人折腾了一宿，却连个鬼影也没看到，可那"咕咚咕咚"的声音仍时不时地响起，连何员外都开始怀疑了：难道真有鬼？

好不容易熬到天亮，何员外和家丁们都被折腾得筋疲力尽，周福也打着哈欠回来了。何员外忙问："孙三幸使坏了没？"周福摇了摇头说，孙三幸天一黑就睡下了，早上才起来，一宿都没出家门。周福还偷偷往屋里看了，孙三幸一直在睡觉，也没作法啥的。何员外皱着眉头，想不清楚是咋回事了。他见周福熬得眼睛都红了，忽然想到一个好主意。

再到晚上，何员外让两个家丁成为一组，轮流到房顶上去守着，

一组守一个时辰。他和周福当第一组。天一黑，两人就带着棍棒上了房顶，各守一边。

俩人连着两宿没睡好觉，守了一会儿就困了，不知不觉都闭上了眼。忽然，周福惊叫了一声，何员外猛地醒了，见一团黑影正向周福扑去，便挥起棍棒向那黑影砸去。那黑影叫了一声，逃走了。何员外说："像是夜猫子！"周福也是惊魂未定，望着那团黑影说："像是。"

何员外皱眉问道："它们到咱家房顶上折腾啥呀？"周福摇了摇头，说他也想不明白。俩人继续在房顶上守着，先后又有好几只夜猫子奔着房顶来。何员外和周福知道是啥了，胆子也就大了，抡起棍棒来驱赶，那些夜猫子很快就逃走了。但夜猫子并不远去，瞅着空子还要到房顶上来，誓不罢休的样子。何员外点亮火把，在房顶上仔细寻找了一遍，也没看出有啥古怪的地方，更猜不透夜猫子为啥跟这房顶过不去。

等天亮了，何员外又带着家丁们到房顶上去察看，仍然没看到有啥怪异之处。周福却懊恼地一拍手说："坏了！"何员外忙问："咋啦？"周福叹了口气，说道："瓦片都踩碎了，得重新挂一遍，花费不小啊。"何员外这才惊觉，脚底下的瓦片都碎了。这几天光忙着捉鬼赶夜猫子，没顾得上瓦的事。重新挂一遍瓦，花费当然不小，他不由得心疼起来。这时，他的目光落到房檐边的老鹰上，对周福说："孙三幸这兽雕得不错，把银子付给他吧，再帮我给他赔个不是。"

于是，周福去找孙三幸。孙

三幸却不接银子，冷冷地说："何员外当面贬低我的手艺，就得他当面来给我道歉。不然，你家重新挂十遍瓦都不够。"周福顿时明白了，那夜猫子闹房真和孙三幸有关。他赶紧回去把话传给何员外。没办法，何员外只好备了一份礼物，又带上那四两银子，登门来向孙三幸赔礼道歉。孙三幸没再说啥，让他老婆熬了一锅浓稠的江米汤，盛了一罐子，提着来到何员外家的新房。

紧接着，孙三幸提着罐子上了房，何员外和周福也跟着上来了，睁大眼睛看他做啥。只见孙三幸来到老鹰前，把老鹰脚下的一只灰毛老鼠提了起来，在下面的凹槽里灌上了江米汤，再把灰毛老鼠放下，压实。何员外惊得瞠目结舌："孙师傅，这老鼠还能拿起来呀？"孙三幸说："不光能拿起来，还能跑动呢。"何员外更是惊得说不出话来了。

孙三幸淡淡地笑了笑，这才讲开了。原来，房檐上砌什么兽，那是有讲究的。官宦人家，自然是砌祥瑞之兽，而普通人家，却要把兽改成老鹰。这是因为老百姓要在房顶上晒粮食，白天怕鸟吃，晚上怕老鼠吃，雕个活灵活现的老鹰，就能吓跑那些鸟和鼠。砖雕师傅在雕刻的时候，不光要注重外观美，更得注重实际效果。

孙三幸的绝活，就是老鹰脚下的这只灰毛鼠。灰毛鼠虽也是用青砖雕成的，极为轻薄，身上刺孔，鼠耳偏大，鼠身下有个凸起，正与下面的凹槽相配，抹上桐油，极为润滑。稍有风动，那灰毛鼠就会在老鹰的两脚间来回跑。附近的夜猫子不辨真假，看到活动的灰毛鼠，就会扑下来捕捉，进而捕捉房顶上偷吃粮食的老鼠。就算没捉到，看着夜猫子飞下来捕食，老鼠们自然也会被吓跑了。孙三幸给别人家砌砖雕时，会把这里面的门道讲清，人家知道了是怎么回事，也就不怕了。而何员外贬低了他的技艺，他连银子都不要了，自然不会再说啥，何员外一家这才深受其扰。

如今，孙三幸把灰毛鼠粘住了，灰毛鼠动不了了，夜猫子也就不再到房顶上来了。粘完了灰毛鼠，孙三幸把四两银子还给何员外，说："你家得重新挂瓦，这银子我不能要。我只是想告诉你，莫看不起手艺人啊。"

何员外恍然大悟，使劲地点着头……

（**发稿编辑**：朱　虹）

（**题图、插图**：刘为民）

苦中作乐

瑞贝卡在商场遇见朋友费恩，开口就问："费恩，有什么好事让你遇到了？瞧你满脸笑得像朵花！"

费恩回答："我收到远在以色列的儿子马可斯的信，我有整整三个月没收到他的信了。"

"你的宝贝儿子给你带来了什么好消息？"瑞贝卡问。

"马可斯说他老婆两个月前被车撞了，他没办法，只好辞职在家照顾老婆和两个年幼的女儿。你知道，他是做财务顾问的，这下可好了，他的薪水、医保全被停掉了。"

瑞贝卡惊讶道："怎么会这样？"

"还有雪上加霜的事呢。"费恩顿了顿，继续说，"按以色列的楼市政策，他连把房子卖掉来渡过难关的可能性都没有，而且，他的小女儿又被查出患了白血病，治疗需要花一大笔钱。马可斯焦虑万分，他不知道怎么办！"

"唉！"瑞贝卡流着眼泪说，"太惨了！可是，费恩，你为什么还这么高兴？"

"噢，你不知道，我儿子是用希伯来语写的信，字写得非常漂亮，看他写的字，真是享受……"

在生活中，可能很多时候我们都无能为力，但不妨苦中作乐，那也许是一种可以企及的人生境界。

（**编译者**：夏建清；**推荐者**：珊珊）

在墙角打洞的老鼠

夏天，下了几场雨，把泥墙的墙根泡软了。一只老鼠在墙角打了一个洞，随着洞越来越大，老鼠干脆钻了进去，把泥土往外抛，没过多长时间，一个宽敞的窝就做好了，有卧室，还有粮仓。

做好窝后，老鼠一家就搬了进去，在里面储存了大量的粮食，过得很是惬意。

平安无事地过去了一年，老鼠就开始动起了脑筋，打算把窝再做大一点。于是，老鼠一家行动起来，把洞的面积扩大了一倍。这下子，洞里可就宽敞多了，都能在里面举办舞会了。

雨季再一次来临，雨一下就是好几天，鼠洞外面的泥墙也再次被雨水泡得酥软了。不过老鼠一家并不着急，鼠洞里有充足的食物，吃上个把月都绰绰有余，洞里有粮，心里就不慌嘛。

可是原本就松软的泥墙哪里经得住雨水长时间的淋泡？终于在一天晚上，泥墙轰然倒塌，把老鼠一家压在下面。

一味只往好处想，而不考虑其中的隐患，迟早有一天会给自己带来灾祸。

（**作者**：赵元波；**推荐者**：东岳）

狮子头核桃

狮子头，是文玩核桃的一种，而且是“四大名核”之一。某地曾经有一棵野生狮子头核桃树，在分地的时候分给了张老汉家。

那时候人们都觉得核桃树没什么用，不过张老汉还是把树留下了。每年等核桃长成，他就用筐装起来，到县城里去叫卖。核桃很便宜，也就是几毛钱一斤。

有一次，一位做文玩生意的孙老板一眼就看中了张老汉的核桃，二话没说立刻都收走了，并且让张老汉带着他去看看核桃树。一见这棵树，孙老板两眼放光，说明年自己还要这树上的核桃。

第二年的核桃，孙老板果然都要了，张老汉很好奇，问孙老板要这么多核桃干什么。孙老板说：“我开了一家核桃仁加工厂，需要大量的核桃。”

一连好几年，孙老板都准时来收核桃。又过了一年，孙老板再来的时候，发现张老汉的核桃已经不是狮子头核桃，而是非常普通的核桃。

孙老板吃惊地问：“你原来的核桃呢？”张老汉说：“几年前，我就开始在别的地上种核桃，今年收获了，我就把原来的那棵老树砍了，它占地方不说，产量还不高。”孙老板一听直摇头，自然也不会再收张老汉的核桃了。

有时，我们在不了解的情况下做出决定，自以为精明，其实只会失去更多。

（**作者**：任万杰；**推荐者**：天天天蓝）

（**本栏插图**：张恩卫）

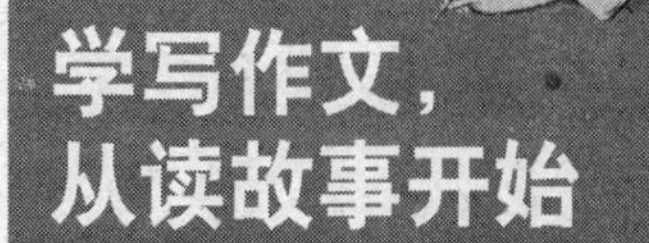

戴维·莫雷尔，加拿大裔美国小说家。他以“第一滴血”系列作品而享誉全球，2009 年被国际惊险小说作家协会授予“惊险小说大师奖”。本文改编自他的同名短篇小说。

合伙人

麦肯齐和多兰是一对合伙人，两人合开了一家建筑公司，生意做得红红火火。但不知从何时开始，两人的关系却越来越差，无论麦肯齐做什么，多兰都会想尽办法将他比下去。麦肯齐很不痛快，想要和多兰拆伙，便提出要买下多兰的股份。多兰断然拒绝，还说自己无论如何也不会让麦肯齐如愿。更要命的是，多兰还威胁说，如果麦肯齐硬要拆伙，他会向税务局举报麦肯齐做假账的事。结果，两人的关系越来越僵。

麦肯齐越想越气，思量了几个月，最后觉得只有买凶干掉多兰才行。于是，他在小酒吧里旁敲侧击地打听，花了几张百元美钞才搞到一个杀手的电话，并约定和对方在动物园里碰头。

这天，麦肯齐按照和杀手的约定，来到动物园碰头。在约定地点，麦肯齐看到一个二十多岁的年轻人，穿着约定的浅蓝色慢跑服，正靠着扶栏看猴子。麦肯齐走上前，拿不准地问道：“是史密斯吗？”史密斯正是杀手的名字。

对方转过身，说：“没错。”他看到麦肯齐犹疑的神色，补了一句：

“是不是我和你预期的模样很不一样？你以为干我这一行的都是些面带刀疤的壮汉？不瞒你说，我是大学毕业后找不到工作，才干了这个行当。但你放心，我保证提供专业服务。你要我解决的目标是谁？”

麦肯齐说：“我的公司合伙人多兰。他处处贬低我，我要与他拆伙，他却不肯。你帮我干掉他需要多少钱？”

史密斯说：“我会弄得像一场事故，但收费不便宜，要一万美元。你现在付一半，事后再付一半。钱带来了吗？”

麦肯齐点了点头：“嗯，钱装在棕色信封里，而且按照你的要求，还放入了多兰的详细信息。”

史密斯说：“不要直接给我。你走过去把装钱的信封丢进那只垃圾桶里，再径直离开。我待会儿会去拿走信封。如果有事，我再联络你。”

就这样，两人成交。与麦肯齐分开后，史密斯径直来到一家五金店外，上了一辆汽车。不多会儿，汽车的主人多兰从五金店走了出来，当发现自己的汽车上好像坐着人时，他大步流星地走到汽车跟前，一把拉开车门，对车上的人喊道：“你是谁，怎么会在我的车子里？快滚出去，不然我就把你扔出去！”

史密斯没有回答，只是不屑地冷笑一声，顺手拉下慢跑服的拉链，露出了挂在肩背式枪套里的手枪。

多兰看到了枪，顿时感觉血压升高，他面色惨白，跌跌撞撞地退了几小步，口气也软了下来：“老兄，别这样，你想要什么都可以。”

史密斯拉上拉链，对多兰说：“放轻松，上车来，咱们聊一下。”

多兰惊恐地看了眼四周，这会儿偏偏停车场里半个人影都没有。他寻思是否该夺命狂奔，但掂量了一下自己的身体状况，他还是打消主意，乖乖上了车。

多兰刚坐定，史密斯就告诉他：“你叫多兰，对吧？麦肯齐是你的合伙人？他雇用我来杀你，酬金是一万美元。”

多兰吓了一跳，叫道：“麦肯齐要杀我？这太荒唐了！”

史密斯说道：“我真希望你没说过这话。”说着，他伸手摸进慢跑服里。

多兰挥着手，说：“等等，我不是那个意思！”

“不用怕，我只想给你看一下你的合伙人写给我的东西。他列出了你的详细信息，你肯定认得出他

的笔迹。他希望我将你的死亡弄成一场事故。”

多兰看着文件，内心怒不可遏，面庞涨得通红，胸膛一起一伏，大声叫道：“那个该死的浑蛋，他想霸占整家公司，但我不会让他如愿！既然他不仁，那就休怪我不义。我什么价都愿意出，只要你去杀了麦肯齐！”

史密斯狡黠地一笑，伸出手指，报出他的要价。

搞定了多兰后，史密斯去了一个酒吧，那里是麦肯齐经常喝酒的地方。果然，他走进酒吧的时候，看到麦肯齐一边喝着美酒，一边遐想自己摆脱多兰后的快乐日子。史密斯走上前，对麦肯齐说：“先生，抱歉，我有个坏消息要告诉你。”

麦肯齐认出说话的人是谁，吓了一跳，然后愤愤不平地说道：“别告诉我你全搞砸了！”

史密斯不急不慌地说道：“别太大声。不知你相不相信公平竞争？”

“什么？”麦肯齐问道。

“假如你和我一样认为企业应该公平竞争，那么你肯定会同情我的立场。我去见了你的合伙人——”

“什么？！你见他做什么？难道你把事情全告诉了他？”

“基于公平竞争原则，我不能直接杀了他，让他丧失报价的机会。那不合乎美利坚精神。”

麦肯齐颤抖起来：“报价？报什么价？”

“别激动。我俩商量下来，多兰可以付我一笔钱让我别杀害他，但你可以派出别的杀手。于是我俩最终决定，他会付我一大笔钱，请我回过头来干掉你。他先付我一万美元的定金，等你归西后再付一万美元。”

麦肯齐叫道：“但你接受了我的出价！你先答应了我！”

“口头约定不具备约束力嘛。总之，你现在在一个卖方市场里，我销售的服务如今变得值更多钱了。”

麦肯齐骂道：“你这个骗子！”

史密斯露出痛苦的神情，嘲讽地说：“很抱歉让你有此感觉。”

麦肯齐骂完后，也慌了，忙说：“不，等等。我要重新报价……”

随后的几天，史密斯又接连找上了多兰和麦肯齐，说他们的合伙人报出更高的价钱，巧舌如簧地让他们抬高报价。很快，他提供的服务价格就水涨船高，从一万美元变成了二十万美元。多兰和麦肯齐也发觉了各自的尴尬处境，如果继续抬高报价，他们将面临一个无底洞；但如果不那么做，万一杀手真的动手要了他们的命，又如何是好？

思来想去，麦肯齐和多兰终于坐到了一起。这天，他们在公司的办公室里互相摊牌，商量出他们认为唯一的解决办法，就是联手除掉史密斯。但多兰很担心，再雇杀手去除掉史密斯，新的杀手可能也会这么敲诈他们。于是，麦肯齐建议两人一起动手，成为一条绳上的蚂蚱，这样就无法相互告发。多兰同意了。

两人敲定计划，一起走出办公室，却赫然发现史密斯坐在外面的接待室里。女秘书看到两位老板，赶忙解释：“这位客人说，你们约好了和他见面。”

麦肯齐朝女秘书挥挥手，让她回避一下，然后和多兰一起把史密斯拽进办公室。两人异口同声地质问史密斯：“你怎么找到这儿来了？”

史密斯挣开两人的手，不慌不忙地说：“我过来是要知会你们一声，今后咱们是合伙人了。”

多兰疑惑地问：“合伙人？”

史密斯呵呵笑着说：“没错。而且我拿你们给我的钱进行了一笔投资。”

麦肯齐一头雾水，问：“什么投资？”

史密斯说道：“投资了一个保障措施。我雇用了一名真正的职业杀手，假如你俩杀了我，就会死在那名杀手的枪下。”

听了这话，麦肯齐感觉胸膛像被刀戳中一样刺痛，多兰感觉口腔溃疡的地方像被火燎一样疼痛。

还没等他们反应过来，史密斯继续说道：“所以，以后咱们仨就是公司合伙人了。你们瞧，我甚至提前印好了名片。”他递出一张名片，名片上印着“麦肯齐－多兰－史密斯建筑承包公司”的字样……

（**编译者**：无机客；**推荐者**：鱼刺儿）

（**发稿编辑**：田　芳）

（**题图、插图**：佐　夫）

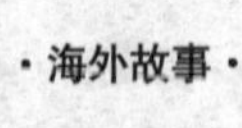

有敌自远方来

□ 鹰翔狼啸

乔治是一个老兵，住在一个小镇上。最近，政府正推行一项优军政策，凡是上过战场的老兵，都可以领取一份丰厚的津贴。

乔治兴奋地去登记领钱，然而他的入伍档案却显示，他曾有近两年的时间不在部队。结果乔治非但没领到一分钱，还差点被当成逃兵送上军事法庭。这事闹得沸沸扬扬的，传遍了全国，乔治又气又恼，都不敢随便出门了。

这天，镇上来了个外乡人，他自称罗尼，是乔治的生死之交，于是热心的镇民便把他带到了乔治家。见到罗尼，乔治心头猛地一颤：这家伙怎么会不请自来？他不由得想起那段往事。

十几年前，国内爆发了内战。乔治作为政府军的一员，跟随大部队去攻占一个内陆岛，谁知反政府武装也在那里布下重兵，双方杀得天昏地暗。

等乔治反应过来时，岛上已经不见一个活人了。他正不知如何是好，却忽然听到一个声音：“伙计，咱们能谈判吗？”

乔治循声看去，只见一人漂浮在近处的湖面上，露出的上半身制服显示出他是一名敌军。那人把步枪高高举过头顶，朝天放了一枪，显示自己没有恶意。

在乔治的默许下，那名敌军游上了岸，他就是罗尼。罗尼提出和谈，乔治觉得有些不可思议："就咱们两个人代表双方宣布停战？"罗尼苦笑道："这岛上只剩你我两个人了，上帝都同意让我们活下来，又何必要拼个你死我活？"

乔治同意了罗尼的建议，他们把小岛从中间一分为二，各守疆界，如果一方主动越过界线，另一方有权将其击杀。

一开始，两人还彼此防范，但日子一久，他们的关系变得微妙起来，谁要是捕到猎物，还会给对方丢过去一部分，嘴上却刻薄地说："好好保住你的小命，我还要留你解闷呢。"

不知从什么时候起，两人变得像朋友那样，靠得很近聊起天来，不过，中间还是隔着那条界线。

然而，这种默契的友谊却被一场意外破坏了。一天晚上，乔治刚入睡不久就被一阵急促的脚步声惊醒，心里"咯噔"一下：罗尼越界了！他快速拿起身边的步枪，转身瞄准了持刀跑来的罗尼，但在开枪的一瞬间，他不由自主地把枪口往下挪了几寸，子弹躲过了罗尼的脑袋，射进他的左肩。

罗尼硬撑着没有倒下，他拿着寒光闪闪的匕首，却是狠狠地向地面刺出，将一条毒蛇死死钉在了地上。乔治傻眼了，肯定是罗尼看到他有危险，才顾不得越界匆匆来救，结果却伤在他的子弹下。

罗尼这时才感到一阵剧痛，破口大骂："浑蛋，这一枪老子记下了，总有一天我会把这颗子弹还给你！"这件事之后，两人陷入了"冷战"，直到有一艘商船经过小岛，他们才得以离开。

罗尼这时候来找自己，还说是自己的生死之交，究竟打的什么主意？乔治想了想，坦然地对罗尼说："你要是想报那一枪之仇，随时欢迎。"罗尼冷笑道："要是真想杀你，还用等到今天？话说回来，政府的优军政策不错，但你好像拿不到钱吧？"见乔治脸色一变，他又说："你放心，我是来跟你合作的。"

其实，罗尼当年比乔治还倒霉。他出门跑生意时，被反政府武装抓了壮丁，稀里糊涂地打了一仗，两年后才带着枪伤回到家。更尴尬的是，家人们都不肯相信他是去打仗了。罗尼天生多情又胆小，所以他们笃定他是藏到哪里风流快活去了。至于那枪伤，大概是情妇被惹

急了，给他留了个窟窿吧。

为此，罗尼很苦恼，他想要自证清白，所以想辛苦乔治跑一趟。乔治爽快地同意了。

罗尼点点头说："当然，我不会让你白帮忙的。我也能证明你没有当逃兵，在那个岛上，你一直都面对着我这个敌人。"

见罗尼信心满满的样子，乔治勉强说了句："合作愉快！"其实，要想取信于政府可没那么容易，仅靠证词是远远不够的，但他不想挫伤罗尼的积极性。何况就算没有回报，他也是一定要帮罗尼的。

罗尼的家远在几百公里外，两人坐了大半天的火车才终于抵达。罗尼早就为乔治安排好了宾馆，还给他办了一个简单的欢迎仪式。

乔治急于要作证，罗尼却总说不急，一拖就是半个月，后来更是索性断了联系。乔治迷惑不已，这是怎么回事，难道罗尼是在恶作剧？但是把自己骗来，他又有什么好处呢？

就在这时候，乔治突然接到了当地医院的电话，让他立即赶过去。等乔治到了医院，发现这里聚集了许多交头接耳的记者。他快步走进一个病房，只见罗尼正孤零零地躺在病床上，脸色显得特别苍白。

见到乔治，罗尼指了指桌上的一个铁盘子，那里面赫然放着一枚沾着鲜血的子弹头。罗尼说："那时候的战争，政府军用的是M16步枪，如今它已经被淘汰了。这是M16的子弹，你把它拿给外面的记者，等报道出来了，大家就会相信你不是逃兵了。"

乔治震惊不已："你一直没取出它？""你说得轻巧，做手术不危险吗？我可是个胆小鬼呀！"

乔治追问："那你现在又肯做了？"罗尼故作轻松地说："还不是家里人不肯相信我参加过战争？这下好了，有这子弹和你的证词，他们不得不信我是个参加过战争的大英雄了！"

乔治瞬间泪流满面，他终于知道，罗尼在说谎。要是罗尼有家人，为什么他做这么大的手术，家人都不来医院看一眼呢？但乔治不想戳破这个谎言，只是哽咽着说："是啊，你是一个大英雄，更是我的生死之交！"

"还记得我说过，会把这颗子弹还给你吗？哈哈，我说到做到！"罗尼眨巴着眼睛，笑得像个孩子。

（发稿编辑：赵嫒佳）

（题图：佐　夫）

保姆

□李国明

老崔半身不遂，好在有一个虎背熊腰的儿子顺。可儿子给爹洗衣做饭出不去，没有进项的苦日子实在撑不住了。

老崔说："顺，别光守着我，进城找个活路吧。"

顺去县城问了好些工厂，不是三班倒，就是工时长，顾得了上班顾不了爹。顺放弃了上班的打算，批了一箱袜子，在离家三里路的农贸市场摆摊，虽然只能挣点儿小钱，可做生意和照顾爹两不误。

偏偏祸不单行。这天，交警队打给老崔一个电话，把躺着的老崔整蒙了。老崔半边身体没有知觉，站不住，可又迫切想去医院看顺。

"顺，顺！"他从床上滚到地上，又艰难地爬到院子里，幸好被村主任遇见。

顺被救护车送回家时，截了一条腿。因为肇事司机逃逸，顺还欠着医院医药费。

村主任是老崔本家的堂弟，为老崔的事，头发都愁白了。他先是在镇上给老崔申请救助金，发动村民捐款，又跑中介为老崔和顺雇来一个保姆。那是个抽烟的老女人。

保姆来的第三天，敲开了村主任家的红漆大门："大兄弟，你给

我一个月一千两百块，伺候两个瘫痪爷们儿，钱忒少了吧？或者涨工资，或者你把这两天的工资给我，我走人。”

村主任挠着头皮，心想，这钱也不是自来水，拧开水龙头说来就来，都是自己发动村民们这个十块、那个二十块捐助的，以目前的工资标准也仅够维持三个月。如果给保姆涨工资，怕是两个月都不够。

村主任跑进厕所，给中介打电话。中介说：“她不愿意干就换人，我再派一个老爷们儿去，人家不嫌工资低。”

“老爷们儿”保姆一瘸一拐地走到村主任面前时，张着大嘴巴哈哈笑，脸上红扑扑的。

这人一只脚畸形。村主任想，别太挑剔了，顺的伤口在恢复期，这人如果能把老崔爷儿俩伺候三个月，就算是好保姆。

村主任问：“你会煮粥吧？”

“会！”

“给老崔翻身拍背，给顺熬药喂药，你都会吧？”

“会！”

问啥都会。村主任一脸疑虑地走了。

第二天晚饭时，村主任让老伴儿把一盘刚出锅的饺子给老崔和顺送过去。老伴儿回来说：“老崔和顺见了饺子，就像两只饥饿的小鸟，扒着炕沿儿要吃，可那男保姆，把饺子接过去，却搁在了老崔够不着的地儿。”

村主任坐不住了，他搁下筷子，大步流星地往老崔家赶。

村主任从窗户缝往里瞧，男保姆悠然自得地吃着饺子，喝着小酒。老崔和顺反复拍打着炕沿儿：“我饿，饿！”男保姆白了爷儿俩一眼，拧过身子，继续吃饺子喝酒。

“滚！给我滚出去！”村主任一脚踹开门，狮子一样冲男保姆吼道。这和虐待有啥两样？他心疼老崔和顺，给中介打了一遍又一遍电话，那头儿说：“不是我不给你找，你给这点儿工资，去伺候两个残疾人，谁去呀！”

九天后，村主任家的饭桌上，一锅刚炖好的鸡块香气扑鼻。村主任说：“给老崔爷儿俩盛上一碗送去吧。”老伴儿手里把着勺子：“凭啥？”村主任火来了，从老伴儿手里抢勺子。两个人从厨房滚到客厅，又从客厅滚进卧室，都累得气喘吁吁。老伴儿头发散乱地坐在地上，哭号着：“这日子怎么过呀！你知道外面说你啥吗？说你把保姆轰走，没黑没白地伺候他爷儿俩，是为了吞食给老崔和顺的捐款、赔偿金！”

夜深了，村主任客厅茶几上的烟灰缸里，烟头堆成了小山。

三天后，村主任正坐在村委会的椅子上打瞌睡，忽然听到敲门声。

一个自称桃的中年女人，进屋就问：“大哥，听说你招保姆？”

村主任的眼睛一下亮了起来。

“是啊，快坐！”村主任说，“老子偏瘫，儿子又出了车祸截了腿，赶上肇事者逃跑，没钱给。不管咋说，人到了这一步，也得活着不是？村里发动大家伙儿先凑了点儿，工资不高，一个月一千二，咋样？”村主任紧盯着她的脸问。

“你快领我去他家吧。”她说。

进了门，桃满眼有干不完的活儿：擦桌子、扫地、洗碗、晒被褥、擀面条。村主任看在眼里，出门时长吁一口气：“谁家的婆娘呀，这般勤快、干净？老崔爷儿俩的福要来了。”

隔几天，村主任就揣两个热地瓜或几个热包子去老崔家。他每次突击检查，都发现桃对待老崔和顺始终如一，像对待亲人一样细致贴心。

桃在外屋洗衣服，顺坐在圆桌旁组装打火机。这是桃从外面领来的手工活儿。

桃把洗好的衣服搭在院里的铁丝上，用毛巾擦着手，说：“闲着时做点儿手工活儿，既解闷儿，还能挣点儿钱。”

老崔的衣服干净整洁，他拽了一把村主任的衣襟，说：“你给桃的工资，还有手工活儿挣的钱，桃全给俺爷儿俩买药、补品，贴补生活了。桃可是个大好人，俺家的救命恩人哪！”说着他就哽咽了，抬袖子抹泪。

桃听说陶瓷厂刻字工有残疾人，她跑去看他们往泥坯上刻字。桃也买来刻刀、字帖、样坯，手把手地教顺刻字。

这天饭后，桃又躲在一边打电话。这个号码她拨了无数次都关机。桃不死心，每天拨，她相信自己的男人不是铁石心肠。这一次她拨通了：“他爸，回头吧。”

“桃，咱那车被扣了，可车贷咋办？俺撞的人还不知死活，得赔人家多少钱啊？恐怕我们这辈子……”

“你要是个爷们儿，就给我回来！去自首，去坐牢，去还贷，去赔偿……咱俩一起来扛。”

（发稿编辑：王　琦）

（题图：豆　薇）

人都说，孪生兄弟，一心二体，有极善必有极恶，有极聪必有极痴；却不知，善中有恶，恶中有善，善恶到头终有报，只争来早与来迟。

善恶平衡

□吴 嫡

1.兄善弟恶

在古代，孪生兄弟俗称“双棒”，民间说双棒是一心二体，夺天地造化之功，因此有种种特殊之处。其中一个，就是善恶平衡。啥意思呢？就是说一个人出生时有好的一面，也有坏的一面，就看这人后天往哪方面发展了，但双棒却不是，他们一出生往往就分成两个极端：比如一个聪明，另一个就笨；一个勇敢，另一个就胆小；一个善良，另一个就凶恶。这种说法没什么科学依据，但在过去，人们却深信不疑。

话说镇上有个刘员外，靠经营药材和开医馆成了镇上首富。他药铺的王掌柜是当地名医，又是经营好手。俩人是光屁股长大的朋友，彼此十分信任。刘员外也不请管家，让王掌柜一起忙活了。

刘员外算不上坏人，也谈不上善人，就是个标准的商人。他有两个儿子，是双棒，长得一模一样，内里却大相径庭。哥哥刘渊十分聪明，说话读书都很机灵；弟弟刘潭则有些迟钝，为人沉默。

王掌柜有个女儿名叫王玉，比兄弟俩小一岁，从小就跟兄弟俩一起读书玩耍。下人们逗她，问她两兄弟谁好，她童言无忌，说刘潭性子闷，但发起火来很吓人，自己害怕，而刘渊则对谁都很温和。

再长大点，三个人在花园玩。树上有个鸟窝，刘渊很喜欢小鸟，经常坐在树下看。刘潭则比较残忍，爬上树去要掏鸟蛋，结果不慎踩断树枝摔着了。幸亏家里就开药铺，各种好药都用上，刘潭保住了一条命，但落下个跛脚，而且还摔伤了脑子，更沉默寡言了。十三岁那年，刘渊中了秀才，头戴儒冠，配着青玉，更显得人才出众，远胜其弟。

两兄弟十六岁那年，母亲病逝了。刘员外不甘寂寞，娶了姨太太。姨太太是唱戏出身，年轻漂亮，刘员外视如珍宝。刘渊虽然不高兴，但面上还过得去，告诉刘潭，不管怎样，这是姨娘，要以礼相待。刘潭低着头不作声。

这天晚上，刘员外和王掌柜正在药铺里盘点账目，忽然家人气喘吁吁地跑来说："老爷，王掌柜，家里出事了。"

原来，姨太太吃完饭，早早就睡下了，突然感到有人压在自己身上，她以为是刘员外回来了，睁开眼睛却看见是个蒙面人！她刚要叫喊，嘴就让人捂上了。挣扎中，她扯下了那人的面巾，那人一愣，手也松了，她趁机大喊救命，那人捂着脸逃走了。

刘员外赶回家，姨太太哭天抢地，要老爷做主。刘员外问："到底是谁，你可看清了？"姨太太犹豫了一下，小声说："是少爷，但究竟是哪个少爷，我分不清。只是那人逃跑时，一瘸一拐的。"

刘员外愣住了，他看着满院子的人，最后把目光落在了两个儿子身上，大声问："姨太太叫救命时，你俩在何处？"刘渊道："我和王玉在书房下棋，听到喊声就一起赶过来了。"刘潭沉默半天才说："屋里睡觉。"刘员外怒道："听说全院人都到了，你还没到？"

刘潭又沉默半天："睡得沉。"刘员外气得发抖："逆子，逆子！来人，给我关起来，没有我的话，不准放出来！"

天下没有不透风的墙，很快外面就传开了，都说刘员外家门不幸。刘员外本来就在姨太太身上掏空了身体，竟然怒气攻心，一病不起。虽然王掌柜尽力诊治，还是无力回天，不到半年刘员外就去世了。

办完丧事，刘渊当家主事。他不忍心弟弟一直被关着，就把他放了出来。姨太太慌了，找刘渊说：“老爷活着时他都想害我，现在老爷没了，你把他放出来，万一害我怎么办？”

刘渊也很为难：“可我也不能因为你，一辈子囚禁着弟弟吧。这样，给你些钱，你走吧。”姨太太也确实害怕，拿上钱就走了。

2.兄弟情深

刘潭被放出来后，刘渊也不敢让他出府，只让他在花园里转悠，一开始还相安无事，可几天后的夜里，刘潭就偷偷跳墙跑出府去。他先跑到赌场赌钱，带的钱输光后，又借了不少。赌场的人认识他是刘府二公子，自然也肯借给他，直到他再次输光，红了眼，跟对家打了起来。别看他一瘸一拐的，打架真狠，差点把对家打死。赌场的人赶紧拉架，把他劝走了。他一瘸一拐地回到刘府，翻墙而入。

直到第二天，赌场上门要账，刘渊才知道弟弟干的事。欠赌场的钱，连同被打赌徒的医药钱，数目不少。刘渊气得浑身发抖，把弟弟叫出来训斥。刘潭也不说话，一副死猪不怕开水烫的架势。王掌柜都看不下去了，建议动家法训诫，刘渊长叹一声，挥手让弟弟回屋了。

消息很快就传开了，人们纷纷议论，看来这双棒善恶平衡的说法很灵，哥哥如此良善，弟弟就如此混账。

说刘渊良善，确实不假。刘渊接手产业后，不像他爹那样甩手享福。他从小就跟着王掌柜学医问药，算是半个徒弟。他帮着王掌柜一起打理，生意越做越好。碰上贫苦人看病，往往就不收诊金，还会免费施药。

刘渊能干又善良，又是秀才，自然让无数少女垂青。给他说媒的人踏破了门槛，其中不乏官宦之家。知县也暗示媒婆，给自己女儿保媒。不过刘渊以父亲新丧，要守制为由婉拒了。大家只能耐心地等上三年。好在知县女儿还小，三年不是问题。

刘潭消停几天后，又惹了事。刘渊忙于生意，对他管束稍有松懈，他就趁夜出府，跑去青楼，包下了最红的歌女饮酒作乐。人家姑娘是卖艺不卖身的，他正在兴头上，强行动粗，姑娘哭喊着引来了人。老鸨子也不敢把他怎样，只是说："刘公子，我这儿有的是姑娘，您换换人吧。"

刘潭冷笑着扔下银子转身走了。想不到，那歌女虽在青楼，却是有性子的，当众受辱，一口气咽不下去，竟然半夜上吊自杀了。

这一来事就闹大了，老鸨子跑到刘府来闹，要拉着刘潭去见官。刘渊气得手足冰凉，当下行家法狠狠打了刘潭一顿，又拿出一大笔银两来安抚老鸨子。

老鸨子本想趁机狠狠敲上一笔，但知县那边派来了人，偷偷警告她："你那是青楼，客人和青楼女子发生争执，你也有责任。人是自杀，刘潭最多打板子，你也少不了，何苦呢？"

老鸨子心里清楚这是知县给未来女婿撑腰，知道再闹下去讨不到好，也就顺水推舟，收了银子。

知县把刘渊请来喝茶，表示刘府中有刘潭这样的人，对将来女儿嫁入刘府十分担心。刘渊沉默片刻说："舍弟年幼受伤，身有残疾，我对他难免怜惜。但他总也要成家的，待我成家后，分与他一份财产，在乡下给他置办田庄安稳度日。"知县想想也没有更好的办法，也就认同了。

这次刘潭挨打比较重，趴在房间里好几天不能动。仆人们厌恶他，每天给他送了饭菜，换了药就罢，也没人真心看护他。倒是王玉念在一起长大的情分上，经常跑去看望他，陪他说说话。

想不到这天，王玉惊叫着跑到前堂，衣衫不整，鼻青脸肿的，仆人们都吓坏了，问她怎么了，她只是失声痛哭。直到王掌柜和刘渊听到消息赶来了，她才断断续续地说出原委。

原来，她今天又去陪刘潭说话，想不到刘潭一把抓住她，欲行非礼。她拼命挣扎，刘潭给了她几拳，险些把她打晕过去。好在她在挣扎中，

碰到了刘潭的伤处，刘潭吃痛，手上一松，她才跑了出来。

王掌柜气得浑身发抖，刘渊扶着王玉，惭愧地说：“师父，刘潭虽然顽劣至极，但念他是我弟弟，请师父宽恕。”王掌柜长叹一声：“好孩子，你如此心软，他会毁了你一辈子啊！”

3. 大义灭亲

此事发生后，就更没人搭理刘潭了。刘潭再次趁着夜色出府，他还没想好要去哪里放纵，却在路上遇到了一个行色匆匆的少女。这少女衣着朴素，显然是小户人家的，但模样秀丽，颇为动人。

刘潭见那少女冲着自家药铺而去，心里一动，也跟着来到药铺前。药铺晚上是关门上板的，但其实铺子内有伙计值夜，免得有生死攸关的病人急需用药。那少女涉世不深，不懂这规矩，见药铺关门了，急得不行，犹豫着正要敲门，刘潭走上前说：“姑娘可是要买药？”

少女后退一步，看刘潭衣着华贵，温文尔雅，心里安定一些，低声说：“是，我爹病了，急等着用药。”

刘潭心中暗喜，温和地说：“姑娘，药铺关门后，正门是叫不开的，得从后门叫才行。”少女看着连成一排的房子，为难地说：“这后门在何处？”刘潭指了指前面说：“就在前面巷子，拐进去就是了。我也是来买药的，我带你去。”说完他转过身，向巷子里走去。

少女犹豫一下，还是跟上了。刘潭带着少女在巷子里绕了半圈，来到一间废弃的房子处，狞笑着说：“到了。”

半个时辰后，刘潭来到刘府墙外，这里的墙最矮，还有他早就留好的踏脚之处。他正要攀爬而上，忽然蹿出一个黑影，在他腿上狠狠打了一棍，又蹿入黑暗之中不见了。

刘潭捂着腿在地上打滚惨叫，惊动了街上的路人。正在花园里散心的王玉也听见了墙外的声音，让刘府仆人跑出去察看。人群围住了在墙下打滚的刘潭，灯笼高照，火把通明。

被惊醒的刘渊从府内跑出来，看着躺在地上的刘潭，又惊又怒：“弟弟，你怎么又跑出来了，腿怎么了，旧伤复发了吗？”

刘潭抬头看着刘渊，扭曲的脸上极其惊恐。他指着刘渊，全身抖得像寒风里的树叶一般。

刘渊还在问他：“弟弟，究竟

怎么回事？你又闯什么祸了？”这时巷子深处传来打更人的惨叫声：“快报官，快报官！出人命了！”

那少女衣衫凌乱，脖子上有掐痕，显然是受辱而死。臭名昭著的刘潭，无疑是最大的嫌疑犯。很快，衙役们现场查验确定，死者脖子上的伤痕与刘潭手掌相符，死者指甲中残留着血肉，而刘潭的脖子上就有指甲的抓伤！

少女病重的父亲在街坊的搀扶下也来到现场，他见到女儿的惨状，惨叫一声，口吐鲜血，一命呜呼。一案两命！知县大怒，把刘潭铐上枷锁，押进天牢。知县怕刘渊仍不醒悟，顾念兄弟情谊，因此走到刘渊身边，郑重地说：“人命关天，证据确凿，你万不可阻拦！”

刘渊愣了半晌，跪在地上号啕大哭：“父亲啊，母亲啊，孩儿不孝，没能照顾好弟弟，让弟弟越陷越深，终于犯下滔天大罪，孩儿混账啊！”他字字泣血，感天动地。人们既对刘潭无比痛恨，又对刘渊万分同情。

被铐上了枷锁的刘潭忽然大叫起来：“不对，你不是刘渊，我才是刘渊！你是刘潭，你设计陷害了我，你这个恶毒的浑蛋！”

人群顿时哗然，刘渊目瞪口呆地看着刘潭：“弟弟，你疯了吗？”刘潭疯狂地大喊：“你们才疯了，你们这帮废物，都让他给骗了！”

知县再也听不下去了：“你简直丧心病狂，你哥哥如此爱护你，你不知悔改也就罢了，竟然还恩将仇报！”

刘渊从震惊中回过神来：“各位，我弟弟一向疯癫，这次犯下大罪，心智恐怕更加迷乱了。各位知道，我弟弟幼年从树上摔下来后，右腿是跛脚，我现在走几步，大家看看我是否有跛脚的迹象？”

刘渊走了好长一段，只见他步履从容，风度优雅，哪有一点跛脚

的迹象？反倒是戴着枷锁的刘潭，站立不稳，一步三晃，分明就是个跛脚。

刘潭急了，大吼道："原来你骗我，你的腿早就好了，你却瞒着我！你早就计划好的！刚才有人打我这一棍，肯定也是你指使的，我的腿本来是好的，不是跛的！"

刘渊哭笑不得："我骗你什么？我的腿本来就是好的。你说你的腿本来是好的，你几次出门闯祸，很多人都看见你跛脚啊！"

赌客们纷纷点头，表示他在赌场闹事时确实是跛脚。老鸨子等其他目击者也纷纷做证。

刘潭嘶吼道："我那是装的，不对，你那是装的！"

刘渊静静地看着他："那你说，我为什么要装成你呢？"

刘潭愣了一下，喊道："你冒充我出去干坏事，然后好嫁祸于我。"

刘渊苦笑道："你刚才还说我是刘潭，我如果是刘潭，为什么还要冒充跛脚的刘潭呢？换句话说，如果我是刘潭，我做坏事想要嫁祸给你，你又说你不跛脚，那我要嫁祸于你，为什么要装成跛脚呢？何况，我要嫁祸于你，那这少女的死，难道是我所为？你的脸上不是这少女抓的？少女不是你掐死的？仵作就在这里，不妨再检验一遍。"

仵作对知县说："大人，我已经验了两遍，少女的伤痕确系刘潭所为，他的脸也确实是少女的指甲所伤，绝无差错。"

知县冷冷地说："你还有什么可说的，一派胡言，想装疯卖傻逃脱罪责吗？"

刘潭崩溃地大喊起来："狗官，你忘了你在后堂跟我说过什么了？你问我你女儿嫁过来后，我这个疯癫弟弟怎么办！这是刘潭能知道的事吗？"

4.真假难分

知县像是挨了一闷棍，不可思议地看着戴着枷锁的刘潭。从那双疯狂的眼睛里，他仿佛看到了平时那个温文尔雅、才高八斗的刘渊。他转过头又看向刘渊，从这个戴着青玉方巾、温文尔雅的人眼睛里，他看到了一种隐忍冷酷的光芒。一刹那，知县想通了很多事情，可他此时已是骑虎难下，他狠狠地一挥手，让人将刘潭押走了。

当天晚上，知县造访刘府，看着温文尔雅的刘渊道："我来此就是想弄个明白。你无须担心，无论你俩谁是刘渊，谁是刘潭，之前的事是谁所为，都无关紧要了。因为那少女是死于狱中刘潭之手，证据确凿，无可分辩。”

刘渊眨着眼睛，说：“大人你被骗了，那天和你对话的人就是我。你一定奇怪为什么刘潭会知道咱俩私下的对话，说来惭愧，这全是因为与我青梅竹马的王玉闹出来的。”

刘渊让仆人将王玉请过来。王玉给知县行礼，羞涩不安地站在旁边。刘渊叹口气说：“大人的美意，学生本想愧领的。那日从县衙回来，我与王掌柜聊起此事，王掌柜回家对王玉说了。想不到王玉急了，不顾羞涩，找到我表明心迹。我本来一直把王玉当妹妹，一下反应不过来，只说从长计议。王玉以为我决意娶令千金，郁闷至极，又无旁人可言，就跑去和刘潭倾诉苦恼。想不到刘潭竟说，哥哥娶知县女儿，我娶你就是了，还想非礼王玉，王玉挣扎之下跑出来，还受了伤，此事刘府尽人皆知。所以刘潭从王玉口中得知你和我的对话，并不奇怪。”

知县死死地盯着刘渊，半天才松了口气：“原来如此，那与小女的婚事，你怎么想？”刘渊深施一礼：“还望大人见谅，学生本无德行可配小姐，是大人错爱，愧不敢当。我与王玉青梅竹马，原本不知她有意于我，如今既然知道了，她父亲又是我师父，我怎敢嫌弃？”

刘府出了人命案，虽说与刘渊无关，但毕竟影响很大。此时既然刘渊推辞，知县也就顺水推舟，唏嘘一番后回县衙了。

知县走后，刘渊看着王玉：“好险，如果他坚持让我娶他女儿，麻烦就大了。”

王玉抬起头，脸上的羞涩早已不见，冷若冰霜地说：“刘潭，你哥如果不是有这个念头，你又怎会有机会取而代之？”

刘潭点点头说：“玉儿，我不会像他那样，我这一辈子，只爱你一个人。这么多年来，他折磨我，陷害我，拿我当替罪羊，我斗不过他，只能忍了。但他要对不起你，我绝不答应。要不是你帮我，我也不可能成为这刘家之主。以后这刘家就是你的，我也是你的。”

王玉痴痴地看着眼前的刘潭，忽然笑了：“刘潭，所有人都以为你哥哥聪明善良，你迟钝狠毒，却没人知道他的另一面。他在人前是温良如玉的翩翩公子，背地里却残暴狠毒。可我就是喜欢他，他欺负你，然后告诉别人是你先欺负我，他才教训你的。大人们骂你，我也不吭声，因为我喜欢他。我想要小鸟，他就逼着你上树去掏。你摔得半死，他说是你自己要掏小鸟，我也这么说，因为我喜欢他。他非礼姨娘，然后推到你身上，我也帮他证明，因为我喜欢他。他把你囚禁起来，半夜换上你的衣服，装着你跛脚的样子，出去放纵，赌钱打人，嫖妓害命，然后说是你干的，我也帮他证明，因为我喜欢他。可他要娶别的女人了，我不接受。我告诉他，他只能娶我，他竟然敢打我。他还是栽赃给你，说你非礼我，打我，我还是帮他证明了。我太喜欢他了，如果不能嫁给他，我就要毁了他。”

刘潭看着王玉，他爱这个女人，从小就爱。不管她帮着刘渊冤枉自己多少次，他仍然疯狂地爱着她，就像她爱那个人格分裂的哥哥一样，毫无道理。他们俩都比自己聪明百倍，他即使反抗，也没人会相信。从小到大，他就是个被囚禁的傀儡，替他哥哥做下的所有错事承担罪责。

这一次，王玉却让刘潭帮她，他当然义无反顾。王玉有完整的计划，刘渊换上刘潭的衣服一出门，王玉就打开门锁，把他放出来，还给他准备了一身黑衣服。他偷偷跟着刘渊，他知道刘渊每次出来，都会变成黑夜里的魔鬼。但刘渊不知道，刘潭的腿早就好了，他一直装跛脚。

刘渊掐死女孩，想爬墙回家时，刘潭突然蹿出来，狠狠打断了刘渊的右腿。这样一来，穿着刘潭衣服的刘渊，就变成了跛脚的刘潭，而偷偷回到刘府、换上刘渊衣服的刘潭，就变成了不跛脚的刘渊。

这个计划并不复杂，刘渊无论如何都要死。没人会相信他的话，

连王玉都会指着他，对所有人说他就是刘潭。况且，刘渊其实一点也不冤，那些恶毒的事都是他做的，从小到大，每一件都是。

5.兄弟同归

秋风萧瑟，刘渊被判斩刑，就是今天的事了。也许知县已经明白了所有的事，不过他肯定会假装不知道，他不可能让女儿嫁给这样一个疯子，也自然没必要救他。至于府里的那个究竟是谁，对知县都不重要，毕竟是县城首富，卖个人情总是好的。

刘潭和王玉的大婚之日也定在今日。原本父亲死去未满三年，不宜成婚，但府里出了杀人犯，人心低落，正需要喜事冲一冲，谁都觉得合情合理。仆人们抖擞精神，府里张灯结彩。

刘潭掀开王玉的红盖头，兴奋得如登天堂。他两手颤抖，直勾勾地看着王玉，喃喃地说："玉儿，从小到大，我都梦想着这一天。"

王玉抿嘴笑了笑，拿起合卺酒："喝一杯吧。"刘潭一饮而尽，然后紧紧抱住王玉。他原本抱得很紧，但慢慢地，他的胳膊松了，整个人瘫倒在床上，痛苦地看着王玉。

王玉看着他，眼神迷离："你长得和他一样，如果你们是一个人该多好，可惜你不是他。"她抚摸着自己的肚子："我不需要你，我只需要这场婚礼。婚礼过后，我就是刘府的女主人了。我不会让你碰我，我肚子里有他的孩子。你说，我这么做没错吧？"

刘潭全身无力，嘴角流出口水，意识渐渐模糊。王玉轻声说："你不会死的，这药还是我和刘渊研究出来的，本来预备着万一哪天他闯下大祸时，你被抓到官府可能会胡说坏事，所以在你被抓走之前，先给你吃药。你会变成一个真正的白痴，你放心，府里有钱，你会丰衣足食地活一辈子，我想他的时候也可以看着你。"

刘潭痛苦已过，眼神变得痴呆，呼呼地睡了过去。王玉给他盖上被子，轻声说："你不是爱我吗？你变傻了，我就会把你当成刘渊一样爱你，你开心吗？"

第二天，全城人都知道了两个消息，一个是，牢里的刘公子已经正法，人头落地；另一个是，府里的刘公子新婚之夜中风，人已痴呆。王掌柜亲自诊脉，也无法治好。

好在新过门的大奶奶王玉精明

能干，和父亲一起操持家务，刘家依旧蒸蒸日上。痴呆的刘潭被照顾得很好。大奶奶亲自给他喂饭、洗澡，她爱怜地看着他，嘴里轻声叫着：“刘渊，刘渊，你爱我吗？”刘潭呆呆地看着王玉，含糊地说着：“我是刘潭啊，我爱你啊。”

王玉会笑着说：“傻话，你是刘渊，刘潭是你弟弟，记住了啊。”刘潭就会听话地点点头，嘴里念叨着：“我是刘渊。”

更让刘府上下高兴的是，王玉怀孕了，王掌柜亲自诊脉，断定是个男孩。真是老天垂怜，祖宗保佑。

想不到九个月后，王玉却难产了。王掌柜使出浑身解数，各种手段都试遍了，却毫无效果。王玉失血过多，眼看不行了，王掌柜泪如雨下：“玉儿，报应啊，报应啊。”

王玉却看着在床边傻站着的刘潭，说：“刘渊，我好冷，你抱抱我吧。”

刘潭听话地俯下身，抱住了王玉，王玉的身体慢慢变冷了。王掌柜拉着女儿的手，痛彻心扉地说了句“报应啊”，就垂下了头，也跟着去了。

仆人们不知道屋里发生了什么，谁也不敢进去。过了一会儿，浓烟升起，火焰翻腾。大伙惊呼：“走水了，快来救火啊！”

风大火急，大伙根本到不了跟前。偌大的刘府，瞬间就成了火海。火海中，刘潭紧紧抱着王玉的身体说：“不冷了，刘潭给你生火了，玉儿不冷了啊。”

大火烧了一天一夜，刘府完全烧没了。刘家没人了，慢慢也就成了传说。人们只有在柳树下闲聊，提到谁家生了双棒时，才会想起来：“双棒往往是一个聪明一个傻，一个善来一个恶。原来咱城里有个刘府，两个公子就是如此，大公子刘渊善良聪明，小公子刘潭凶恶狠毒……”

（发稿编辑：朱　虹）

（题图、插图：杨宏富）

心术不正的人，再英俊潇洒，也只是金玉其外，败絮其中；动机不纯的爱，再费尽心机，也只能竹篮打水一场空……

金龟婿计划

□ 滕建军

1.杰瑞的理想

杰瑞是个游手好闲的花花公子。他长得高大英俊又能说会道，很多女人被他的甜言蜜语哄得神魂颠倒，心甘情愿地为他买名牌衣服和价值不菲的手表。

可杰瑞却并不满足于这些，他有着更高的理想，那就是有一天能成为某位富翁的乘龙快婿，实现一步登天的愿望。

所以一有空闲，他就会搜寻一些富翁的信息。终于有一天，杰瑞搜到了一个各方面条件都令他满意的目标，那就是富商布洛克的女儿艾琳。布洛克的妻子去世早，他没有再娶，所以艾琳是他唯一的子嗣。谁要是娶到了艾琳，谁就等于继承了布洛克的亿万家财。

仔细打探清楚以后，杰瑞经过了精心的谋划，将自己塑造成一个自强上进的青年才俊，上演了与艾琳从偶遇到相识再到相恋的一系列剧情。当然，自始至终杰瑞都要装作自己根本不知道她是布洛克的女儿。

在杰瑞处心积虑的表演下，善良的艾琳很快沦陷了，与他陷入热

恋之中。

过了不久，艾琳就将杰瑞介绍给父亲，说她遇到了自己的一生所爱，希望父亲能祝福他们。然而令杰瑞没想到的是，布洛克好像特别不喜欢他，不仅极力反对他们在一起，还警告杰瑞离艾琳远一点，否则对他不客气！

可布洛克没想到，已经深陷爱河的艾琳什么话也听不进去，她坚信自己和杰瑞之间是真爱，没有什么能阻止自己嫁给他。

布洛克被女儿气得暴跳如雷，一旁的女管家见状，急忙从身上掏出一个药瓶来，一边给布洛克服药，一边低声劝他不要发脾气。

布洛克服药后，情绪缓和了许多，但依旧很生气。他气呼呼地对艾琳大喊："好吧！你不是说你们是真爱吗？那我明天就找律师立下遗嘱，等我去世后，名下所有财产都捐给慈善机构，一分钱也不留给你，你去追求你的真爱吧！"

艾琳也毫不示弱："无所谓！因为我们相爱的时候，杰瑞根本就不知道我是你的女儿。你以为这样做就能拆散我们吗？简直太可笑了！"

第一次见面就这样不欢而散。

杰瑞感到很懊恼，他已经仔细调查过，布洛克这个老家伙脾气暴躁，性格很倔，而且说到做到。如果惹恼了他，他真的立下遗嘱把钱都捐给慈善机构的话，自己岂不是竹篮打水一场空？所以他体贴地劝艾琳不要和父亲闹僵，先缓和一下关系，再慢慢找机会让布洛克相信他们之间的爱情。

在杰瑞的劝说下，艾琳尝试着心平气和地去说服父亲，想让他接受杰瑞，结果布洛克却反而劝艾琳离开杰瑞，说他是一个到处骗女人钱的浪荡子。艾琳当然不会相信他说的话，父女俩谁也说服不了谁。

杰瑞为此非常苦恼，可一时也想不出什么好的解决办法。

2.奥斯曼的药丸

这天，杰瑞一个人来到酒吧散心。结果没等他一杯酒喝完，忽然来了几个壮汉，为首的告诉他："奥斯曼想要见你。"

杰瑞知道奥斯曼，对方也是一位富翁，而且还是布洛克生意上的对手，两人的实力不相上下，遗憾的是奥斯曼没有女儿。虽然杰瑞曾经调查过他，可两人之间并不认识，奥斯曼找他干什么呢？

几个壮汉不由分说，带着他来到了一家酒店的豪华包房。杰瑞曾经在电视和杂志上见过奥斯曼，现在见到本人，看起来还要比电视和杂志上显得年轻和精神一些。

一见到杰瑞，奥斯曼就让手下都出去，他示意杰瑞坐下，然后开门见山地说："年轻人，听说你正在跟艾琳谈恋爱，但布洛克这个老顽固从中阻挠是吧？"

杰瑞诧异他怎么会知道。奥斯曼也不瞒他："我和布洛克是竞争对手，我在他的公司里布有眼线。听说布洛克扬言，要是女儿一定要跟你结婚，他就会立遗嘱，在死后把名下所有财产都捐出去，让你们一分钱都得不到。"

杰瑞不知道他说这些是什么意图，就故作轻松地耸耸肩，说："无所谓，反正我跟艾琳相爱，又不是冲着他的钱去的。"

奥斯曼笑了笑，说："年轻人，你不会以为布洛克是说着玩的吧？我可太了解这个老家伙了，这个老顽固一生气可什么都能做得出来！"

杰瑞没吱声，他知道奥斯曼说得不假。

奥斯曼自顾自地点上一支雪茄，慢悠悠地吸了两口，然后说道："你知道吗？布洛克不仅是你们结婚的绊脚石，还在生意上处处与我作对，尤其在最近的一个大项目上，这老家伙想用卑鄙的手段赶我出局。所以年轻人，他是我们共同的障碍。"

说到这儿，他看了看杰瑞脸上的表情，见对方正目不转睛地盯着自己，奥斯曼又慢悠悠地吸了两口雪茄，不紧不慢地说道："你说如果布洛克突然去世的话……"

杰瑞一听吓了一跳，他猛地站了起来。奥斯曼挥挥手示意他坐下来，继续说道："别激动，年轻人！我只是说如果，并没有说布洛克真的会去世。不过你不知道吗？这个老家伙患有很严重的心脏病，每天

要按时服药，而且情绪稍一激动，也要马上服药才行。”

杰瑞想起来，前几天布洛克气得暴跳如雷时，管家马上从身上掏出一个药瓶，布洛克倒出一把小药丸来吞下去，看来那就是治疗心脏病的药。

这时，奥斯曼也从身上掏出了一个药瓶，说道：“这里面有一粒药丸，它看起来和布洛克服用的心脏病药丸一模一样。药丸无毒无味，可是如果不小心把它和那些心脏病药丸混在一起吃下去，就会产生奇妙的化学反应，虽然短时间内看似一切正常，可二十多个小时以后，病人会猝死。而且不管如何鉴定，死亡原因都是再正常不过的心肌梗死。”

奥斯曼将那个药瓶放在桌子上，继续说道：“当然这很难办到，因为布洛克那个老家伙非常谨慎，他的药都是由女管家管理，那个老巫婆对他可是忠心耿耿。所以虽然我巴不得他快点死掉，却一点办法也没有。”说完这些以后，奥斯曼一边慢悠悠地抽着雪茄，一边观察着杰瑞脸上的表情。

过了一会儿，奥斯曼站起身来，整理了一下衣服，说道：“年轻人，我们就当今天从没见过，而且以后也不会再见。愿上帝保佑你！希望布洛克能回心转意，同意你和他宝贝女儿的婚事。不过说起来，想要让这个老顽固回心转意，比让他吃下这个药丸还难办到呢！”说完，奥斯曼头也不回地走了，却把那个药瓶留在了桌子上。

杰瑞呆呆地盯着那个药瓶发愣。过了一会儿，他突然鬼使神差地抓过药瓶，倒出药丸看了看，药丸只有黄豆般大小，看起来和布洛克那天吃的药丸差不多，他又放到鼻子前闻了闻，也没什么味道，然后，他鬼使神差地将药瓶装进裤兜里，急匆匆地离开了。

回去后，杰瑞琢磨了很长时间，越想越觉得只有让布洛克快点死掉，他才能顺利地和艾琳结婚，进而拥有亿万家财。可是就像奥斯曼说的那样，虽然他巴不得布洛克快点死掉，却没有办法将这粒药丸放进布洛克的药瓶里，也只能是想想而已。

3. 不平常的旅行

这天，艾琳突然告诉杰瑞一个好消息，下周她和父亲要乘坐私人邮轮游玩三天。经过她的不懈努力，父亲终于做出让步，答应让杰瑞跟他们在邮轮上一起出行。

艾琳想借这个机会，让杰瑞在父亲面前努力表现一下，从而改变父亲对他的看法。

可杰瑞心知肚明，像布洛克这样久经沙场的老狐狸，肯定把自己的那点小心思看得一清二楚，想用三天时间就让他改变看法，几乎不可能。

不过这倒是个接近布洛克的机会，只要经过认真谋划，说不定就会让这个老顽固因为突发心脏病提前离世。

所以杰瑞仔细地向艾琳打听了旅游行程的具体安排，经过反复推敲，他提前制订了一个计划，并做好了充分的准备。

几天以后，私人邮轮从港口出发，开始了短途旅行。游轮上除了布洛克、艾琳、杰瑞和女管家外，随行的还有公司里的几个高管。

按照提前规划好的行程，前两天布洛克要和那几个高管在海上比赛钓鱼。第三天一早邮轮会到达一座风光旖旎的小岛，上午他们去岛上游玩，中午在岛上的酒店就餐，下午回到邮轮后直接返航。

在布洛克钓鱼的时候，杰瑞殷勤地在他身边跑前跑后，想找机会讨好他，可和他猜想的一样，布洛克对他的态度依旧十分冷淡。这更加坚定了杰瑞要送他见上帝的念头，现在杰瑞只需要耐心地等待机会。

杰瑞注意到，每次吃饭前，女管家都要拿出药瓶，先让布洛克倒出一把药丸服下。而女管家总是随身携带药瓶，从不离身。

不过杰瑞早就从艾琳那儿打听到，女管家有一个习惯。她因为年纪大了，非常注意养生，所以走到哪儿都带着一

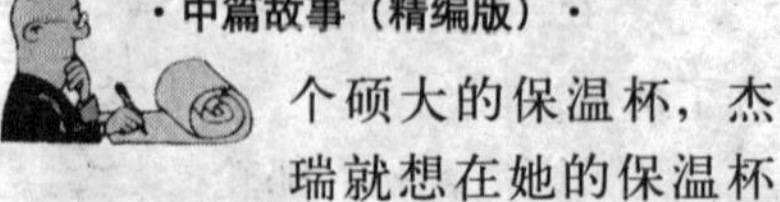

个硕大的保温杯，杰瑞就想在她的保温杯里做点文章。

通过观察，杰瑞发现，女管家对她的保温杯可没那么在意，每次只要听到布洛克喊她，她就会将保温杯随手一放，急匆匆地跑过去，这样想做点手脚就很容易。

邮轮出发后的第二天傍晚，杰瑞瞅准机会，将事先准备好的一包泻药倒进了女管家的保温杯里，正好西洋参的味道会掩盖住那点药味，女管家不可能察觉。

眼瞅着女管家一口一口，逐渐将保温杯里的水喝干净，还意犹未尽地又去续添了半杯开水，杰瑞不由得心中暗笑：老巫婆，看今天晚上不拉死你！

谁知在当天晚上就餐的时候，布洛克对杰瑞的态度却有所缓和，不仅对他有了好脸色，甚至还主动提议让杰瑞喝了一杯红酒。

这令艾琳相当开心，杰瑞却一下子被弄蒙了，眼见送布洛克见上帝的计划已经迈出了重要的一步，偏偏这时候布洛克改变了态度，真不知道这个怪老头抽的是哪门子风！那么接下来究竟是该继续还是停止呢？

杰瑞想来想去，觉得布洛克的脾气这么令人捉摸不透，未来的变数实在太多了。于是杰瑞打定主意，继续实施原定计划，他感觉还是送走布洛克，心里比较踏实。

第二天一早，当邮轮到达小岛的时候，可怜的女管家已经拉肚子拉得身子发软，两腿打战，连站都站不稳，更别说上岛了。没办法，她只得将药装进包里，交给艾琳带上，并叮嘱一定要记得在午饭前先让布洛克服药。

等他们几个来到小岛上，布洛克和几个高管在一起闲逛，而杰瑞则体贴地紧跟在艾琳身边，帮她买东西。艾琳玩得很高兴，很快就大包小包买了一大堆。

杰瑞趁机殷勤地将艾琳身上的大包小包通通拎在手上，趁着艾琳又去买东西的时候，杰瑞打开了那个药包。只见里面有一个大瓶和一个小瓶，大瓶还没开封，而小瓶里是女管家提前为布洛克准备好的一次药量。

杰瑞环顾了一下四周，见无人注意，偷偷将他带来的那粒药丸放进了小瓶里，然后装作若无其事地继续陪艾琳游玩。

直到中午用餐的时候，艾琳才记起了女管家的叮嘱，急忙拿过药包递给父亲。杰瑞眼睁睁地看着布洛克将小瓶里的药丸全都倒出来，然后一颗不剩地吞了下去，他紧张得心都快跳到了嗓子眼儿。

所幸布洛克服完药后什么都没发生，一直到下午返回邮轮时都一切正常。

杰瑞这才松了口气，看来奥斯曼没有骗他，服完这个药后要过二十多个小时才能猝死。而那时布洛克已经回到家里，是在家里正常突发心脏病死亡，所以任谁也不会怀疑布洛克的死和他有关。

4.布洛克的遗嘱

回去以后，杰瑞紧张不安地等待着布洛克死亡的消息。果然当天晚上，他接到了艾琳打来的电话。

艾琳在电话里哭得几乎说不出话来，只是让杰瑞快点过去陪她。

杰瑞赶过去后，得知布洛克因心脏病发作被送往医院抢救，刚刚传来消息，布洛克因抢救无效去世，死因为突发心肌梗死。

女管家在医院那边处理后事，艾琳因为受不了这突如其来的打击，变得六神无主，一直坐在沙发上哭泣。

杰瑞赶忙虚情假意地上前安慰艾琳，实际上心里却暗暗窃喜，计划终于成功了。

正当杰瑞以为接下来自己会顺利迎娶艾琳，然后拥有布洛克的亿万家财时，布洛克的私人律师却给了他当头一棒。

第二天，私人律师在劝过艾琳节哀后，从包里拿出一份遗嘱，礼貌地问："艾琳，您还记得吗？在您和布洛克吵架后的第二天，布洛克找我来立了一份遗嘱，要求在他去世之后，将名下所有财产全部捐给一家慈善基金会。"

听了律师的话，杰瑞一下子愣住了。艾琳一听也急了，急忙争辩道："律师先生，那是我爸爸在气头上，为了逼迫我和杰瑞分手而立下的遗嘱，并不是他的真实想法。而且他也说过，以后他会根据情况改变遗嘱的。"

律师点点头："事实确实如此，可是……没想到布洛克会走得这么突然！所以这份遗嘱……从布洛克去世的那一刻起就产生了法律效力，他名下的所有财产，包括你现在所住的房子，都要被收走。我对此深表同情，但却无能为力。"

艾琳和杰瑞都惊呆了，尤其是杰瑞，他真不敢相信。杰瑞红着眼睛看向艾琳，气急败坏地问："你知道老东西立遗嘱的事，为什么不早告诉我？”艾琳被他近乎疯狂的样子吓了一跳，嗫嚅着说：“我觉得那是爸爸在气头上，逼迫我跟你分开的手段，并不是他的真实意图，以后他肯定会改过来的。”

说着，艾琳挽起杰瑞的手臂，温柔地说：“不管他用什么手段，我都不会和你分开！只是没想到，爸爸走得这么急……事情会弄成这个样子！”杰瑞简直都快气疯了，他猛地甩开艾琳的手，歇斯底里地大喊：“疯子！疯子！你们一家都是疯子！你现在一无所有，居然还想着和我在一起不分开！”

艾琳呆住了，她愣愣地看着杰瑞，不敢相信地问：“难道你和我在一起，就只是为了钱吗？可我们刚认识的时候，你并不知道我是布洛克的女儿啊！”

杰瑞觉得十分可笑地摇了摇头：“你以为我也疯了吗？不知道你是布洛克的女儿，我会那么挖空心思地追求你？”

听了杰瑞的话，艾琳不亚于五雷轰顶，一下子跌坐在沙发上。

女管家见状，急忙上前抱住艾琳，轻声告诉她：“你知道吗？当布洛克知道你有了男朋友以后，曾暗中派人调查过他的底细。可那时不管布洛克说什么，你都认为是为了分开你们，故意诽谤他！所以布洛克才会立下遗嘱，想让这个家伙知难而退，可布洛克没想到，这么重要的事情，你竟然没有告诉他。”

艾琳听了十分后悔，她拥住女管家低声哭泣，自责当初不该听不进父亲的话。

眼见自己这么大费周章，最后却是竹篮打水一场空，杰瑞心中别提多懊恼了。他可没心思看艾琳在这儿哭哭啼啼，他得赶紧回去，抓紧时间寻找下一个目标。

5.背后的真相

杰瑞刚想离开这儿，却被布洛克的私人律师喊住了，说是要给他看一个东西。只见律师拿出一个U盘，插到客厅的电视上播放起来。

杰瑞一看到电视上出现的画面，顿时惊慌失措起来。原来电视上播放的竟然是他和奥斯曼见面的场景，他们之间的谈话也被清晰地播放了出来。

杰瑞愣住了，不知道律师是怎么弄到这个视频的。难道是奥斯曼设下的毒计？先借他的手除掉布洛克，再向律师提供视频让他入狱。可这样一来，奥斯曼不是也难脱教唆的罪名吗？

艾琳看见视频后也惊呆了。

杰瑞努力想让自己镇定下来，他为自己辩解道："拿走那个药瓶并不能代表我给布洛克下了药，因为正如奥斯曼所说，布洛克的药品一直都由女管家管理，别人根本没机会下手。"

律师听了微微一笑，示意他继续往下看。只见画面一转，杰瑞给女管家杯里下药，给艾琳拎包时趁机放药的画面，都清清楚楚地在电视上播放了出来。

杰瑞彻底蒙了，这是怎么拍到的？律师耸了耸肩："这个……我想还是由布洛克亲自来告诉你吧！"

律师的话音刚落，就见布洛克从门外走了进来，艾琳和杰瑞顿时都惊呆了。

布洛克张开双臂对着艾琳说道："我亲爱的孩子，让你受到这么大的惊吓，真是对不起！可谁让你这么不听话呢！我这么做也是逼不得已，看在上帝的分上，一切都结束了！"艾琳愣了半天才反应过来，赶紧扑上去紧紧抱住了父亲，感觉就像做梦一样。

此时杰瑞脑子里一片空白，他呆呆地看着布洛克，嘴里喃喃自语："不可能！我亲眼看着你把所有的药丸都吞了下去。"

布洛克拥着艾琳又坐回到了沙发上，他点了点头，说："是的，你没有看错。可是你知道吗？你放进去的药丸和我吃的药没有一点分别，我只不过是多吃了一粒药丸而已。"

杰瑞不敢相信地摇了摇头："这怎么可能呢？那粒药丸是奥斯曼亲手交给我的，奥斯曼怎么会给我一粒普通的药丸呢？他可是你的死对头啊！"

布洛克轻蔑地笑了，嘲弄地说：

“你说得没错！奥斯曼确实是我的死对头，可你见过真正的奥斯曼本人吗？你没发现你见到的奥斯曼比电视上要年轻一点吗？告诉你，为了演好这场戏，我可是费了不少力气才找到一个和奥斯曼很像的人，而且化妆师也下了不少功夫。再加上心理师专门设计的对白，才会让你信以为真。”

杰瑞脑袋“嗡”的一声，彻底傻掉了。

艾琳此时才如梦方醒，她嗔怪父亲不该连她也瞒着。布洛克抱了抱她：“傻孩子，你在恋爱的时候智商几乎为零，跟你说什么你都不信，如果让你知道，万一你傻乎乎地告诉他，或者让这个家伙看出点蛛丝马迹，那我苦心设计的计划不就全泡汤了？”

艾琳听了羞愧不已，她紧紧抱住自己的父亲：“爸爸，谢谢你！以后我不会再这么任性了。”

布洛克听了，高兴地拍了拍她：“其实，你最应该感谢的是女管家，为了完成这个计划，她可是吃了不少苦头。”

女管家听了，恶狠狠地瞪了杰瑞一眼：“你知道吗？本来我们都设计好了，在上岛的前一天晚上我会装病，将药包交给艾琳，给你制造放药的机会。没想到你小子这么狡诈，居然往水里给我放泻药。”

说到这儿女管家看向艾琳，委屈地说：“你知道吗？艾琳，为了不让这个家伙看出破绽，我只能硬着头皮一口一口把那些泻药全喝进肚里，这小子心可真狠啊！居然下了那么多。哇！那一晚上折腾得我差点没了老命！”

布洛克收起笑容，气愤地说：“当这个家伙给女管家下药以后，我突然想试探一下，如果我改变了态度，他会不会悬崖勒马呢？”

说到这儿，布洛克看向杰瑞，一字一句地说：“没想到你小子是铁了心要送我去见上帝啊！本来我还想最后放你一马呢！既然你如此狼心狗肺，也就怪不得我了！”

布洛克拍了拍手，从门外走进来几个警察。布洛克对他的私人律师说：“这个案子就交给你了，至于定什么罪名不重要，重要的是，一定要让大家都认识这个卑鄙无耻的家伙，让他以后不能再继续干骗钱的勾当。”

看着警察掏出来亮晶晶的手铐，杰瑞身子一软，瘫在了地上。

（**发稿编辑**：田　芳）

（**题图、插图**：谢　颖）

手镯的缘分

□刘振涛

阿P要去参加老同学聚会，据说要带上家属，这下阿P犯愁了，自己还是单身，咋办？但他不甘在同学面前丢面子，眼珠一转，想到了一个主意。

他溜进老妈的房间，找出一个首饰盒，里面的翡翠手镯是外婆留给老妈的，听说价值不菲。阿P把手镯塞进包里，赶去饭店。

果然，有同学问阿P为啥没带另一半，阿P不紧不慢地掏出手镯，说："我女朋友在外地，明天来看我。这不，今天我刚给她买了个小礼物。"

同学里有懂行的，拿过手镯仔细看后说："啧啧，老坑料，冰种，虽有瑕疵，但价格也得七八万呢。"

随便买个小礼物就七八万，阿P财大气粗啊！酒酣耳热之际，一个女同学说："你对女朋友那么大方，啥时对老同学也大方一次呀？"飘飘然的阿P大手一挥："行，这顿我请！"

聚会结束，阿P摇摇晃晃地来到饭店收银处："5号包厢结账，多少钱？"

收银的女孩叫小兰，她看了眼账单说："3800元。先生，刷卡还是现金？"

阿P掏出手机，看到余额，浑身一哆嗦，昨天刚花出去一笔钱，手机里基本没钱了，咋办？想到手

镯，阿P眼睛一亮，试探着说："今天出门急，忘带钱了，你看能不能用这个抵押？明天我再来结账！"

小兰摇摇头，说自己做不了主，要让经理来决定。经验老到的经理看过手镯后，立马同意了，让小兰做好登记。

第二天，阿P带钱刚来到饭店，就看见小兰先迎了出来，她一脸紧张地说："先生，不，阿P哥……对不起，你的手镯让我不小心弄断了……多少钱？我赔给你！"说着，她颤抖着手捧出一团纸巾，里面的手镯竟断成了三截！

原来昨晚阿P走后，小兰想再检查一下手镯有没有放好，可她越看越喜欢，忍不住偷偷戴到自己手腕上，还没来得及摘下，临时处理了点事，谁知竟碰碎了。

阿P气得火冒三丈，要找经理来处理此事，小兰一听就急了，拦住阿P说："这是我的责任，你千万别找饭店，不然我工作就丢了。"说着，小兰落下泪来。

阿P心软了，叹了口气："我也不想为难你，但这手镯是我妈的传家宝，你说咋办？"

小兰说："我考虑过了，我们一起拿着手镯去鉴定，不管多少钱我都赔给你。"

很快，两人找了家珠宝店，经鉴定，手镯如果没有损坏，价值八万左右。阿P心里有数，小兰却有点蒙，自己不吃不喝一年都挣不到八万块，拿啥赔啊？可事已至此，她一咬牙，把包里的车钥匙给阿P："我的车八万多买的，还有一年半的车贷没还，算新车，抵给你，等车贷还完，再过户给你！"

阿P被小兰的真诚打动了，他脑子里忽然闪过一个念头——老妈是打算把这手镯给她儿媳妇的，自己最近又被老妈催婚，相亲很多次都没成，如今跟小兰误打误撞遇上了，说不定有机会发展发展？

阿P试探性地问："你有男朋友吗？"

小兰摇摇头："没有。就算有男朋友，大概他也不会替我赔这么多钱的。"

阿P心里一喜："我倒有个方案，不如我们……处处？"

小兰愣了，想了好一会儿，摆手说："你这是让我以人抵债啊！要是我们好上了，人是你的，我的车也是你的，你用一样换我两样，我太亏了。"

这下轮到阿P愣了，咋能这么比喻呢？但好像也有道理？最终，赔偿方案没谈妥，两人不欢而散。

回到家，阿P越想越觉得小兰比相亲认识的那些女孩强多了，于是第二天，阿P又去找小兰，说：“我请你吃饭吧，我有第二个解决方案，咱们边吃边聊。”

两人来到一家小饭店，阿P殷勤地跟小兰聊家常。了解到小兰的家境不好，她独自在外打工也很辛苦，阿P有些不忍心，趁机提出第二个方案，就是让小兰认阿P妈当干妈：“我敢打包票，我妈肯定喜欢你这个干女儿！等她发现手镯断了，就算让你赔，也会给你打折的，还有可能，我妈一高兴就不让你赔了，你看咋样？”

阿P心想小兰肯定愿意，这样一来，两人关系就近了，离擦出火花就不远了。

谁知小兰惊讶地看着阿P，脱口而出：“你咋能骗你妈呢？你这样硬把我塞给她，万一她把我当儿媳妇来培养咋办？有一天我跟别人结婚了，她能不难过？我跟你谈钱，你总是跟我谈感情，算了，我看你也没啥好办法，我会尽快凑钱的！”说完，她气呼呼地走了。阿P傻眼了，又觉得被训得很有道理，看来这丫头心地善良，可是她就那么看不上我？

阿P又苦思冥想了好几天，想出了第三个方案。既然拉近关系失败，那就拉近距离，就不信我阿P追不到你！

他再次把小兰约了出来，这次约在咖啡店，阿P特地点了永结同心奶茶和比翼咖啡，小兰一见，脸一红：“谢谢你……那钱……我还没凑够，要不我先给你……”

阿P马上说不着急，趁机提出第三个方案。原来阿P通过上次聊天，知道小兰跟别人合租，每月房租也要一千块，阿P琢磨自己家房子大，可以租给小兰一间，她每月只要付五百块钱，看似是房租，但这钱是用来赔偿手镯的，等于她免费住阿P的房子。

见阿P如此帮自己，小兰感动不已，可渐渐也回过味来：“每月还五百，我要还十四年！天呐，我要在你家耗这么久？还能涨点吗？每月付你两千，我要尽快还完！”

哈哈，你同意来住了就好！阿P心花怒放，立马领小兰去认门。阿P妈见一个漂亮文静的女孩来租房，马上热情招待，并给了阿P一个鼓励的眼神。阿P正要胡吹，小兰的手机却响了，她接完电话，又看了一下微信，面露喜色道：“阿

P哥，饭店表彰我见义勇为，奖励我一万块呢，还钱有希望了！”

阿P蒙了，啥见义勇为奖？

小兰松了一口气，这才讲述起来。原来，那晚阿P走后，小兰把手镯戴在手上，忽然一个精神不稳定的病人挥舞着一把刀冲入饭店，人群四散奔逃，却落下一个小女孩在大厅里。为了救女孩，小兰顾不得摘掉手镯，冲出去挡了一刀，她人没事，手镯当即就断了……

事后，病人被控制住送回医院，女孩的家人也对小兰感激不尽，但她私下动客人寄存的物品是事实，饭店不可能为她承担赔偿，甚至会因此开除她，小兰也就不敢说出来……

阿P听了唏嘘不已，对小兰的好感度更是“噌噌”上涨。阿P妈也感动了，但她疑惑地看着阿P：“手镯是咋回事？”

阿P知道瞒不住了，只好把来龙去脉一五一十地告诉了老妈。阿P妈听完，不停地埋怨着阿P：“还八万，不值那么多钱了！你这臭小子，拿走为啥不跟我说啊？”

阿P和小兰都愣住了，阿P妈也解释起来，去年有一次她戴着手镯干活，不小心把手镯磕出了一道细细的裂纹，她心疼不已，就去玉器店咨询，人家说如果没裂纹的话，能值七八万，有这裂纹，就不值那么多了。如今这手镯断成三截，有两截也正断在那道裂纹处，因此阿P和小兰拿着手镯去鉴定，才没发现那道裂纹。

小兰喜出望外，阿P却哭丧着脸，这时，小兰忽然问：“那个……之前你说的还算数吗，五百……一个月？”

阿P听了精神一振：“算数，肯定算数！”和小兰的事儿有戏！这么想着，他不由得在心里吹起了口哨。

（发稿编辑：王　琦）

（题图、插图：顾子易）

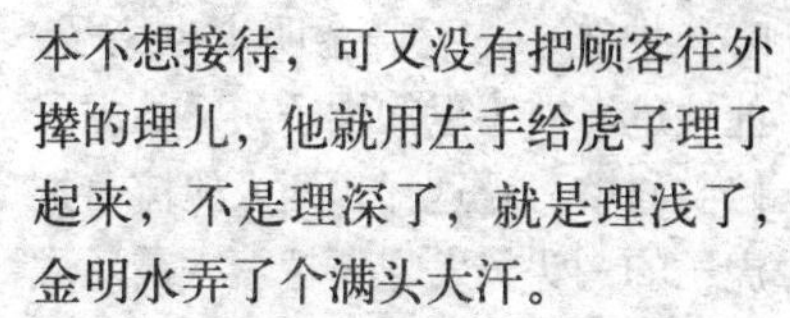

剪刀情缘

□ 崔建华

金明水在部队时是个“理发兵”，负责给战友们理发，转业回家乡后，他就开了个理发店。因为他手艺不错，再加上人长得利落帅气，去他那儿理发的人天天不断。

这天，金明水忙活了一天，傍晚时分，正准备到隔壁海霞餐馆简单吃几口，没想到遇到三个小混混，他们趁机占餐馆老板海霞姑娘的便宜，金明水最见不得这些，二话没说就跳起来替海霞出头，跟三个混混打了一架。虽然金明水在部队练就了过硬的体格，可好汉架不住群狼，他的右臂被打伤了，裹起了石膏，能不能恢复如初还不知道。

右臂伤了，金明水还怎么理发？没办法，他只好试着用左手理发，可手艺自然一落千丈，去找他理发的人越来越少，金明水天天唉声叹气。

这天，金明水正在店里闲着，海霞来了。因为心里愧疚，海霞这些天都主动来给金明水送饭，但对理发店生意的萧条，她也无能为力。

谁知这天，海霞是带着弟弟虎子来理发的。金明水本不想接待，可又没有把顾客往外撵的理儿，他就用左手给虎子理了起来，不是理深了，就是理浅了，金明水弄了个满头大汗。

海霞在一边看不下去了：“你歇会儿吧，让我试试，你可以教我。”说着，她就把金明水手中的推子拿了过来，可海霞毕竟是第一次理发，她的手艺还不如金明水的左手呢。

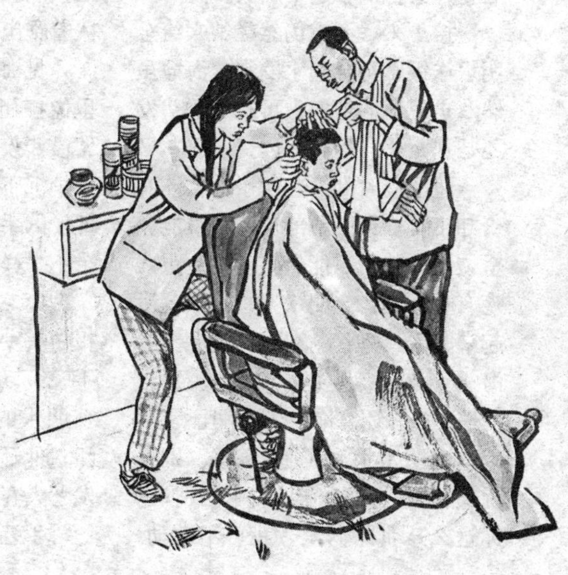

看着虎子的头被自己弄得像被犁耙过，海霞“咯咯”地笑了，惹得金明水也笑了，他接过海霞手里的推子，又给虎子修整修整。就这样，两人轮流着把虎子的一头黑发越理越短，最后成了刚冒头皮的板寸儿。

俩人这一通闹腾，倒是把彼此间的距离拉近了不少，尤其是金明水，他感觉好久都没这么开心地笑过了。海霞临走时，借走了金明水店里的一把剪刀，她说今天她也算学会理发了，借把专业的剪刀回去把自己的头发捯饬一下。金明水本想说他给海霞理，可是看看自己的右臂，又打消了这个念头。

接下来，海霞仍然经常来给金明水送饭，可金明水发现，海霞虽然拿走了他的剪刀，可是她的头发还是那么长，没有剪过。

过了段时间，金明水右臂的石膏卸下了，可关节部位还是没能完全恢复，基本只能僵直着。这跟残疾有啥区别？金明水不禁心灰意冷起来。这天晚上，金明水正要关店，海霞又来了，她说：“我这头发自己理不好，还是你来帮我理吧。”

金明水为难了：“海霞，别开玩笑了，你也知道我右手的情况。你这么珍贵的秀发，我可不敢动。你就别难为我了。”

“什么珍贵不珍贵的？遇不到识货的，一分钱也不值，你就给我理吧。说真的，别说头发，我这个人也想交给你，好不好？”

金明水万万没想到，海霞一个姑娘家竟这么大胆地向自己表白了。他不是不喜欢海霞，可是自己现在这个样子，怎么对人家负责啊？一念及此，金明水下意识地后退了几步：“不、不……”他还想解释，可一时却找不到合适的话来说。海霞呢，见金明水连说了几个“不”就没了下文，一下愣了，看来人家金明水这把笊篱不捞她这根面条啊。她又羞又恼，不禁捂着脸，哭着跑出了理发店。

见海霞哭着跑走了，金明水心里像打翻了五味瓶，要是自己的右臂没残疾多好啊。不行，他不能这么消沉下去了，他决定好好练左手理发的手艺，一定要让海霞看见一个不一样的自己。

第二天，金明水就关店进城，报了美发班，专门练习左手理发的手艺。功夫不负有心人，一年后，金明水的左手比过去的右手还灵活，他还参加了省里的“金剪刀”发艺大赛，拿到了金奖。

手艺学成，金明水兴冲冲地回

到了家乡，他要向海霞表白。谁承想，在他关店后不久，海霞也关了餐馆进城了，更让他伤心的是，听说她进城没多久就谈了个男朋友，估计这会儿都快有孩子了。

金明水拼死拼活地练手艺，就是为了证明给海霞看，然后和她在一起，然而现在……金明水心灰意冷，感觉生活一下没了奔头。

正当金明水坐在积满灰尘的理发店里伤心时，有个人忽然推门进来，竟然是海霞。那一刻，俩人四目相对，千言万语都不知道从何说起。最后还是海霞笑着开口："老板，理个发。"

"你、你不是去城里了吗？城里多好的理发师没有啊？干吗非要来这儿理发？"金明水的话里明显醋意十足。

"城里那些理发师哪有全省'金牌'理发师的名头响啊？我要请'金剪刀'给我理。"海霞边说话，边偷眼看金明水的反应。

"什么？你怎么知道的？"金明水一头雾水。

"你这个傻瓜，看看这是什么！"海霞说着话，把手机伸到金明水面前，一张张地让他看里面的照片。金明水惊呆了，海霞手机里保存的是他参加"金剪刀"发艺大赛获得金奖时的照片。

原来，这一年，海霞一直离金明水不远，一直在默默关注着他。她进城后，也在另一家学校学了理发手艺，现在已在城里开了一家像模像样的理发店。至于说她进城嫁人的事，都是家乡人子虚乌有的谣传。过了这么久，海霞也明白过来了，当初金明水不是拒绝她，只是事发突然，一时语塞，不知说什么好。

海霞递给金明水一样东西，是她借走的那把剪刀："我学理发的时候，这把剪刀一直陪着我……现在我的店开起来了，你这把'金剪刀'愿意加盟吗？"

"愿意，愿意！"金明水生怕自己再被误会，把头点得似鸡啄米，心里像喝了蜜。

"不过，我这加盟可有个条件——必须是终身的。"还没待海霞说完，金明水一把把她揽入了怀里。接着，金明水发现，自己情急之下，竟然是用右臂搂的海霞！看来经过这一年的时间，右臂慢慢恢复了，只是他自己出于心理原因还不敢怎么用。金明水想，都说爱情是奇迹，真是一点儿也不假。

（发稿编辑：王　琦）

（题图：陆小弟）

被拒绝的理由

□楚　囝

丹尼尔和老伴住在欧洲的一座小城。最近，由于天然气一再涨价，他们已经交不起昂贵的取暖费了。眼看寒冬即将来临，丹尼尔为此忧心忡忡。

其实，有丹尼尔夫妇这样烦恼的人很多，在民众的抗议声中，政府不得不拨款改建了一批临时公寓，以便接收部分处境艰难的老年人进入公寓过冬，免费享受食宿，最重要的是有暖气。但因为公寓的床位有限，通常只有体弱多病的孤寡老人才有机会入住。

丹尼尔怕妻子被冻坏了，多次去找社区负责人哈里，要求让他们夫妇住进临时公寓。可哈里总是笑着说：“很遗憾，丹尼尔先生，您跟您太太身体状况良好，只能在自己家里过冬了。”对此，丹尼尔十分不满，却又无可奈何。

这天，丹尼尔听说同一社区的托马斯夫妇住进了临时公寓，他再次找到了哈里，气愤不已地质问道：“为什么托马斯夫妇能住进临时公寓，而我和我太太却不行？这太不公平了！”

哈里解释说：“那是因为我们通过调查，发现托马斯夫妇性格不合，经常争吵，已经分居了……”

丹尼尔不解地插嘴问道：“这与能否住进临时公寓有什么关系？”

哈里没有急着回答，自顾自地接着说：“而据我们了解，您跟您太太一直都十分恩爱。”

丹尼尔更来气了：“难道夫妻恩爱有错？反倒成了拒绝我们住进临时公寓的理由？”

哈里点点头，笑着说：“是的，因为冷的时候，您跟您太太完全可以抱在一起取暖啊！”

（发稿编辑：朱　虹）

女司机

□ 胶年儿

梁宽大学毕业后一直在总公司担任中层，今年公司改革，他被调去基层分公司做经理。

梁宽满怀热情，他大学就是机械专业的，来到分公司就准备大展拳脚。到车间进行调研后，他便召集分公司骨干开会，研究他草拟的技术改良方案。谁知主管大崔一上来就否决道：“这方案确实不错，不过不太适合咱们实干……”其余骨干也纷纷附和。

没有得到认同，梁宽很是不甘，此后他一找到时机，就唾沫横飞地试图说服大家。这天，几名骨干被梁宽折磨得无可奈何，一同来找大崔诉苦。

大崔叹了口气：“是啊，得想想办法……”正在这时，大崔的老婆打来电话，大崔接起电话便说：“我有事，送不了你，等一下我再想想其他办法吧！”

放下电话，大崔突然眼睛一亮，直接来到梁宽办公室，笑着说：“经理，今天是周五，下午你是不是回城里啦？”

梁宽愣了愣：“是啊，有事吗？”

大崔不好意思地说：“我媳妇在城里的驾校学车，但我要加班，实在走不开，能让她搭你车去城里不？”梁宽爽快地答应了。

过了个周末，梁宽再回到分公司，开会时却绝口没再提技术改良方案的事，让骨干们很是好奇。

大崔歪嘴一笑道：“看来这招儿见效了！”声音有些大，惹得大家纷纷看向他。

这时，梁宽清了清嗓子，惭愧地说道：“大家也别好奇了，其实是大崔他媳妇的功劳。那天回城时，她这个刚开始学车的驾校理论派，一路上都在质疑和纠正我的驾驶技术，喋喋不休地指导我开车，把我这个驾龄多年的老司机都整不会了……”

（发稿编辑：赵嫒佳）

为啥让我拎

□玉　米

小莹今年十岁。这天，妈妈让她出去买些肉包回来，小莹老大不情愿地出了门。买完后，小莹刚好看到了邻居大李，她立刻走上前，对大李说：“李叔叔，可不可以帮我拎这袋肉包回家呢？”

大李看了一眼，说：“这些肉包看起来也不重啊，你为啥不能自己拎呢？”

小莹支支吾吾地撒起了娇，大

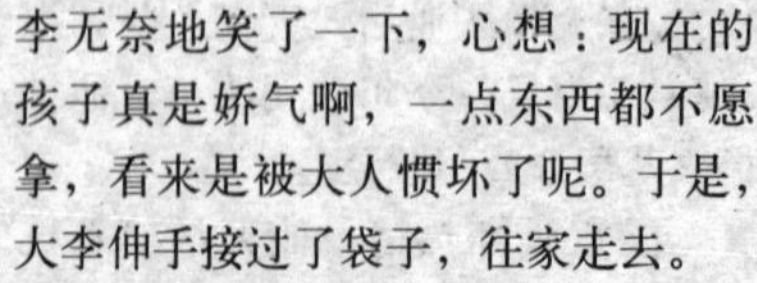

李无奈地笑了一下，心想：现在的孩子真是娇气啊，一点东西都不愿拿，看来是被大人惯坏了呢。于是，大李伸手接过了袋子，往家走去。

可奇怪的是，一路上，小莹总是远远地跟在大李的后边，大李让她靠近点，好跟她说说话，可小莹就是不情愿。大李不免有些生气：这孩子，帮你干活还离我那么远，人小鬼大!

等回到小区后，小莹的态度突然来了个180度大转变，她高兴地跑上前，抱着大李说道：“李叔叔，谢谢你帮我拎东西。”

大李感觉有些莫名其妙，忍不住问道：“刚刚你走路时故意离我那么远，为啥现在突然又愿意和我亲近了？”

小莹挠挠脑袋，说：“李叔叔，实在不好意思，因为……刚才的巷子里有一条野狗，我怕狗！”

大李更纳闷了：“怕狗跟离我远有啥关系？”

小莹不好意思地笑了笑，说：“我知道李叔叔不怕狗，所以才让你拎着肉包，用肉包的香味把狗吸引过去。这样一来，我远远地跟在你后面就安全啦！”

（发稿编辑：朱　虹）

销售表情包

□ 范祺敬

小张在一家网络公司上班，专门负责制作付费表情包。来公司一年多了，小张陆续制作了七八款表情包，但这些表情包销量始终不温不火，小张的业绩也一直是全公司垫底。

时间久了，经理不乐意了，他对小张说："如果到年底你的业绩还是没有起色，那就准备另谋高就吧，公司不养闲人。"

正当小张急得抓耳挠腮的时候，他却交上了好运。小张半年前做的一款"蔬菜柯基"表情包突然火了，不到一周时间就有两万多人购买，小张的业绩也一跃升到了公司第一。

小张经过调查，发现了爆火的原因：女歌手阿美的爱宠是条柯基犬，前阵子她在网上发了蔬菜柯基的表情包，阿美的粉丝爱屋及乌，也纷纷购买，这才让他捡了个大便宜。

小张赶紧趁热打铁，他经过一个多月的加班加点，终于制作好了第二期的"蔬菜柯基"表情包。与第一期相比，第二期的表情更加丰富。小张美滋滋地想：这下主管的位子自己是坐定了。

到了新表情包发布的时候，小张满以为会像上次一样被粉丝一扫而空，可过了几个小时，第二期的"蔬菜柯基"只有个位数的销量。这反常的现象让小张摸不着头脑，这时候经理进来了，一见到小张就大发雷霆："公司对你寄予厚望，你就用这么差的业绩来回报公司？我看你是不想干了！"

小张哭丧着脸说："经理，怎么会这样？不合理啊！"

经理气冲冲地说："你不知道吗？阿美养的柯基几天前去世了，她又养了一条拉布拉多！"

（发稿编辑：王　琦）

别开车回家

□ 金孝凤

快过年了，小张想开车回家。回去前，他特意给妈妈打了个电话，说自己打算开车回家。谁知妈妈却对他说，大过年的，还是别自己开车了，不安全。

小张有点疑惑，问自己开车怎么就不安全了。

妈妈说，过年车流量大，容易发生事故，再说了，过年期间容易堵车，还不如坐高铁快呢。

小张嘴上说那就坐高铁吧，心里却早已决定开车回家。要知道，现在回家面子最重要，人家都开车回家，自己要是坐车回去，岂不矮人一截？

次日，小张收拾好东西，启动车子，开始了回家之旅。果然，路上比较堵，还险些发生碰擦事故，一路磕磕绊绊的，直到傍晚才到家。

到了家门口，小张有意把喇叭按得震天响，唯恐别人不知道似的。

不一会儿，妈妈出来了，见小张从车子里钻出来，突然责怪道："你不是说坐高铁回来吗？咋又自己开车了？"

小张嘻嘻一笑："为了不让您担心，就撒了个谎。"

"你这孩子……"妈妈皱眉道，"你……你这下可让我难堪了！"

小张一愣，疑惑道："我自己开车回来，咋还让您难堪了呢？"

"唉！"妈妈长叹一声，"你有所不知呀，现在大伙腰包鼓了，车子一个比一个好。就你这车呀，根本拿不出手，所以我才让你别开车回家，你却……"

"啊？"小张嘴巴张得老大，半天都合不拢。

谁知妈妈跺了跺脚，又接着说："你不是答应我坐高铁回家了嘛，我就跟他们吹牛说，我儿子前不久买了一辆崭新的'宝马'……"

（发稿编辑：朱 虹）

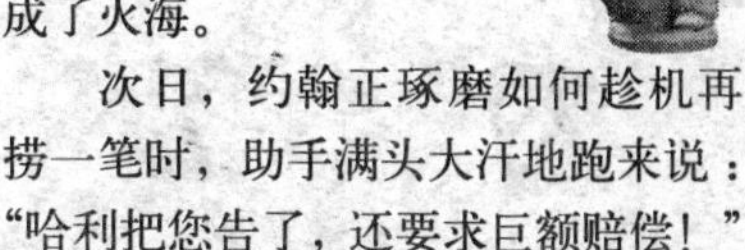

祈祷的力量

□ 一味凉 改编

约翰是个无良牧师，他爱财如命，来到库布镇后，谎称自己是上帝的代言人，捞了不少钱。这天，他的助手突然急匆匆地跑进来说：“不好了，哈利要在教堂对面建一个妓院。”

哈利是库布镇首富的独子，这两年一直在外求学，上个月才回来，听说约翰的所作所为后，他很是气愤，想出了这么个损招。

妓院怎能建在教堂对面呢？面对众教徒的担心，约翰故作镇定道：“放心，我是上帝的代言人，我会阻止他的。”

于是约翰去找镇长，希望由他出面，阻止哈利，谁知镇长却不愿得罪首富。三个月后，眼看妓院就要完工了，约翰心急如焚，等到建成的那一天，教徒们就再也不会相信他了，他该如何面对众怒？还是赶紧溜吧。夜里，约翰收拾金银细软后正要出门，却发现教堂外守着两个壮汉。

看来哈利早料到了！约翰“扑通”一声跪在地上，痛哭流涕道：“仁慈的上帝啊，请宽恕我吧！也请您惩罚对您不敬的哈利……”就在这时，一声巨响传来，约翰抬头一看，乐了：一道闪电从天而降，妓院瞬间变成了火海。

次日，约翰正琢磨如何趁机再捞一笔时，助手满头大汗地跑来说：“哈利把您告了，还要求巨额赔偿！”

约翰不屑地笑了笑：“关我啥事？那又不是我放的火。”

助手迟疑道：“他说，是您的祈祷让上帝降下了闪电，那两个守在教堂门口的壮汉可以做证……”

无稽之谈！约翰否认道：“我只是祈祷一下罢了，听不听是上帝的事。”

助手欲哭无泪道：“但您不是说自己是上帝的代言人吗？”

（发稿编辑：赵嫒佳）

刀　王

□ 陶崇银

小林和大强在一家料理店工作。小林的工作是切生鱼片，大强的工作是端盘子。小林每天上班，基本一上午就结束了，而大强往往要工作到很晚才能下班。更让大强不能接受的是，小林的工资竟然是他的三倍！

这天，小林向老板请假办事。大强一看机会来了，于是向老板毛遂自荐，由他代替小林来切生鱼片。老板不放心地说："你能行吗？"大强自信满满地说："老板，切生鱼片这样的活儿，我们农村孩子从小就开始做了。"老板将信将疑地点了点头，就出门了。

当晚，老板打电话问餐厅领班："今天店里的生意怎么样啊？"领班说："今天是开业以来，顾客最多的一天。"老板一听，自然很高兴。

领班还把店里座无虚席的视频，发给了老板。在视频里，老板听到不少顾客打电话的声音："快来这里吃生鱼片……"老板有点不解地问："这是怎么回事？"领班说："顾客在向他们的朋友推荐我们的店呢。"

老板想到今天切生鱼片的是大强，知道他今天一定很辛苦，便给大强打去了电话："明天你继续做小林的活儿，小林和你暂时换一下工作。"大强一听，心里美滋滋的。

第二天一大早，大强就赶到了饭店。他满面春风地和老板打了招呼，就在工作台忙开了。

过了一会儿，老板过来看大强切生鱼片，只看了几秒，便大惊失色道："大强，你……"看到老板的神态，大强一头雾水，不知所措。只听老板吼道："你看看你切的生鱼片，厚度是小林的两倍，再这样下去，我们店没几天就要关门了！"

（**发稿编辑**：朱　虹）

请假

□冯凯

翔子是一名新来的急诊科医生。他发现科室活多人少，清一色男医生。不到一个月，他就有些吃不消，于是，就想请几天假好好休息，但科室不同意，说太忙了。翔子不死心，亲自跑去找主任，旁敲侧击："主任，如果要请事假，流程怎么走？"主任回答很干脆："我们人手少，一个萝卜一个坑，要请事假，就要先找人替班。"

翔子一听，自己资历太浅，怎么好意思麻烦同事呢？事假不行，那就病假吧！

过了两天，翔子有点咳嗽，灵机一动，又找到主任请假："主任，我咳得厉害，想请几天病假。"主任先打了个电话，然后笑着说："我刚联系呼吸科主任，他是权威，你可以找他。"翔子吓得不轻，主任又说："不舒服就尽管说，我们医院有最好的医生。你一个人住，不如留在医院，我们照顾你。"翔子生怕被识破，忙找托辞跑了。

这下，翔子没了辙，但想请假的意愿越来越强烈。

几天后，翔子又来到主任办公室门口，正琢磨如何请假，突然，有个同事拿着请假条，美滋滋地出来了。翔子脱口而出："你的假批了？"同事点点头："那当然。"翔子一怔："为啥？"同事看了他一眼："你还早，等着吧。"转身就走。

翔子忍不住，敲门进去："主任，刚有个同事请假，您批准了哦。"主任笑眯眯地说："是啊，这种假，你们谁请我都得批啊！"翔子大喜："那我也请！"主任反问："你有女朋友吗？"见翔子摇摇头，主任说："那你可请不了。"翔子不忿："您不能厚此薄彼啊，他请的是什么假？"

主任说："婚假！你请得了吗？"

（发稿编辑：田　芳）

功亏一篑

□ 丁凯丽

大虎是一名武术教练。这天，好友阿明来找他帮忙，原来，阿明公司要举办一个亲子嘉年华活动，其中有个“动漫人物比武大赛”，是让父亲们穿上动漫人物的服装比武，胜出者还有奖金。阿明说有个同事之前抢了他的业务，他一直耿耿于怀，这次想好好准备，比武时打败那个同事。

大虎拍着胸脯哈哈一笑：“放心，包在我身上，我一定全力帮你！”

接下来，大虎把最厉害的招数倾囊相授。没过多久，阿明的水平果然有了明显提高。

活动当天，阿明信心满满地对大虎说：“你就等我的好消息吧！”谁知到了晚上，阿明却垂头丧气地来找大虎。大虎见状，疑惑地问：“怎么，难道输了？”阿明点点头。

大虎根本不信：“不可能啊，以你的水平，对付普通人绝对绰绰有余，怎么会输？”阿明长叹一声：“只论武功的话确实如此，可惜出了意外状况，让我功亏一篑。”

见大虎一头雾水，阿明苦笑着解释起来：“因为比赛时要穿上动漫人物的服装……”大虎纳闷道：“这我知道，可是穿这些衣服也不影响你发挥啊！”

阿明又叹了口气说：“没错。一开始，同事毫无还手之力。可比着比着，那些孩子都跑上来死死拖住我，包括老板儿子和我的儿子，同事顺势反击，我就输了……”

大虎怔住了：“这是为啥？”

阿明缓缓地说：“因为，同事穿了奥特曼的服装，而我是怪兽……孩子们怎么会允许奥特曼输呢？”

（发稿编辑：王　琦）

（　本栏插图：顾子易　小黑孩）